The Cat
of Yule Cottage

尤尔小屋的猫

〔英〕莉莉·海沃德 著
梁颂宇 译

四川文艺出版社

　　这座房子名为安尼斯尤尔小屋。

　　安尼斯尤尔——这个词在我唇边萦绕不去,如同勺中蜜糖。安尼斯尤尔:灰色,绿色,古石,古树。茅屋顶被地衣染成了土黄色,一小片草坪上长着齐腰深的青草,洒满了阳光。一条小溪流过,一脉清水直奔大海。这栋房子孑然而立,是这幽深山谷最深处唯一的一栋住宅,如同一件珍宝依偎在臂弯中。

　　一条鹅卵石甬道通向房子。我沿着甬道前行,脚下响起了嘎吱声。石子在时光的作用下碎裂。头顶上,树冠弯曲成拱形,相互交会,它们那由树叶织就的衣裳变得稀疏单薄,但依然能让落在地面上的光亮变得斑斑驳驳。我只背着一个包,手里拎着一个行李箱，走进这寂静之中，鞋跟上的都市污垢被一层乡村尘土取代——这样的情形的确不同寻常。

甬道通往前门阶梯。我在这里停下脚步，聆听零零落落的鸟鸣。几分钟或几秒钟过去了：然而分和秒似乎不存在于此，这里只有以初生幼树和倒地死树衡量的季节和世纪。即便那把钥匙也是古老的，沉重而坚硬，曾经被无数口袋打磨。我最终将钥匙插进锁眼，转动钥匙，发出低沉的咔嗒声。一种不同的生活正在门的另一侧等候着。

我深吸一口气，推开门。

门板转入黑暗中，刮擦着停了下来。数个月来未被惊扰的空气席卷而来，将我吞没。我闭上眼，吸进这空气。磨损的石头，冷却的灰烬，烘烤面包遗留下的残味，木质横梁的甜味；还有某种我说不出的东西；香料、嫩枝和雪的气味，刚来得及辨别就消散了……

我让自己的眼睛适应环境。一个长而低矮的房间在我面前延展，其末端消失在一个巨大的壁炉里。那壁炉如此宽大，如同某种生物的大口。破旧的小地毯铺在石板地上，一张扶手椅陷在一个角落里，椅子上的布料已经变得褴褛。这里没有太多的家具，只有一张长桌，一张黑黝黝的梳妆台，台边放着一张凳子。房屋原本的气味消散了，取而代之的是其他不甚怡人的气味：尘土味、潮味、霉味、腐味、锈味。屋内没有动静，我环顾小屋前方，看向草坪，什么都没有，只有门前阶梯旁放着一个浅浅的碗,碗里的水如同绿色的泥浆。

我任由自己的包"砰"的一声落在地上。

我究竟干了什么?

在古老的冬青树荫下,有什么东西动起来了。一双眼睛闪现出来。那眼睛黄澄澄的,如兽脂,如玉米。那是一双苍老的眼睛,如鹰眼般狂野。现在这双眼睛看向小屋。

我拖沓着脚步,在地板上行走。灰尘扬起,在光亮中旋转。更仔细地端详一番也无法让情况得以改善。墙上的灰泥崩裂剥落,沾染了烟熏的污渍;铺在地上的石板裂开了。照片里完美无瑕的菱形窗玻璃有几扇破碎了,缺口里塞着破布。

这都是那个老头的错。如果他没有跑去房屋中介处,如果他没有刺激我……我只想来看看这个地方,只要看一次就好,我以为那就足够了。我没想到会面对一个怒气冲冲的本地人,因自己姑妈的小屋要出租而大发雷霆。他的姓氏是罗斯卡罗,罗斯卡罗先生。他那张脸如同长着芽眼的土豆。

"即使那个老太婆没有把这房子留给我。"他恨恨地说,

"即使她没有这样做,我也不会任由城里人大摇大摆地闯进来,毁掉所有宝贵的东西,践踏我们的过去,然后丢空十一个月。在安尼斯尤尔这里可不行……"

房屋中介试图为我说话。我大老远从伦敦跑过来,结果却要听一个老头说教——对此她或许也感到难堪吧。她告诉他这栋房子不会作为度假居所进行出租,他姑妈遗嘱中的一个条款是,要将这栋房屋作为永久性居所进行出租,然而这并没能安抚他。

"这些只会闲磕牙的家伙,"他对我嗤之以鼻,"她没法在那里住下来!我了解那个地方,她连一个晚上都撑不下去。"

然后我终于受不了了。在我回过神之前,我已经对房屋中介说那栋房子我租下了。我以为那老头会讨价还价,却没想到他只是虚张声势,想要找点麻烦而已。等到房屋中介嘟囔着说什么"此处房产的附加说明及要求",我已经惊呆了,只有点头同意的份儿。然后她递给我一支笔,和我握手,就这样……我成了这栋小屋的租客。我抬头看看污渍斑斑的天花板,看看布满污垢的窗户,透过敞开的房门看向山谷。随着夜幕降临,这里也渐渐冷起来了。

我呻吟一声,从凹陷的扶手椅里支起身子,开始清点一楼的物件。广告中说这栋房子"配有家具",然而除了一张新床垫和一罐烹饪用的天然气,这句话的意思只是这里从来没经过清理。架子上还摆放着书,墙上挂着画。到目前为止,最大的一件家具是厨房餐桌。那巨大的桌子饱经风霜,上面有时光留下的伤痕。我的手在桌面上一道深凹槽处流连不去。有多少顿饭在这里被人吃下?有多少匹布料在这里被人裁剪?有多少封书信在这里被人写就?有多少擦伤的膝盖在这里被人照料?

显而易见,假如房屋中介说的话可信,那我就是有史以来入住这栋房子的唯一一个陌生人。在这房子五百年的历史中,它只为两个家族所有。而现在我却来到这里。我只是一个来自都市的乐观主义作家,连花园都没打理过,更不用说要打理整个山谷了。

我走进一个看似厨房的房间。瓶瓶罐罐依然摆在架子上,几乎所有的瓶罐里储存的都是某种鱼:欧洲沙丁鱼、金枪鱼、沙丁鱼等。架子后方有几个瓶子,瓶子里是黑漆漆黏糊糊的东西。我将一个瓶子转过来——在瓶子的标签上,有人用颤抖的手写下"黑莓酒"几个字,还有一个两年前的日期。

我把瓶子放回去。在这幽深的山谷中,我突然感到如此孤独,只有一个老太太人生中的些许残迹与我为伴。我希望能和人说说话,哪怕一分钟也好。可这里没有电话,即使有,我又能给谁打电话呢?妈妈?姐姐?她们认为我已经疯了,竟然要搬到这么老远的地方。更糟糕的是,我在有关房屋的事情上对她们撒了谎。我对她们说我在签下租约之前已经看过这房子了。我天花乱坠地吹嘘那壁炉、那花园、那美丽的茅草屋顶,还有那深沉翠绿的宁静,还说我在这里可以创作出多少作品。

如果她们知道我仅凭一张模糊的照片就签下一年期的租约，如果她们知道租约里那些不同寻常的条款……简直想都不敢想。

洗涤槽上方有水龙头，其边缘已经锈蚀。和这里所有的东西一样，这水龙头也处于失修状态。我百无聊赖地转动水龙头。开始几秒水管寂然无声，然后传来低沉的汩汩水声，接着水断断续续地喷薄而出。水是褐色的，掺着沙砾，但过了一会儿，水流变得稳定而清澈。我把手伸到冰冷的水流下方。

透过一扇污渍斑斑的窗户可以看到花园，从花园后头那块小小的草坪，看到草坪之后的树林。我低下头，往疲惫的双眼上浇了些冷水。我眨眨眼，当我的视野变得清晰时，我很肯定有个黑影在我的视野边缘出没。当我定睛一看，却发现什么都没有。"那只是一只鸟而已。"我对自己说。然而当我想到有什么人——或什么动物正在盯着这栋小屋时，我不禁感到毛骨悚然。

比落雪还要轻盈的脚爪绕着小屋潜行，钻进屋旁浓密的黑莓灌木丛中。荆棘不会划伤它，最后一批果实也不会阻挠它。那果实如同黑夜一般沉甸甸的，在它的皮毛上留下点点污渍。草坪上的青草多了几分寒意，蝙蝠开始出没，黑夜即将降临。

我放下窗帘。在渐渐暗淡的天光之中，我无可奈何地环顾四周。我几乎什么都没做呢。当我得知这栋小屋的租金那么便宜，我也想过其中或许有蹊跷。可我真没想到广告里所说的"一切以实物为准"竟意味着我眼前这一切如此陈旧。

所有物件表面都布满了厚厚的灰尘，窗台上满是死苍蝇和死黄蜂。我抖动一下窗帘，那些苍蝇和黄蜂的尸体就如同节庆时撒下的彩屑，纷纷扬扬地落到地上。我也带来了一些清洁用具——一瓶洗洁精、一块海绵、几块厨房用的抹布。然而和所要做的清洁工作相比，我的这些"装备"简直不足为道，我能用这些东西做什么呢？在我脑海中，一个声音响起：你根本就没有好好考虑，你以为所有的一切都将完美无缺，然而那不过是你做梦罢了。

我并没有放弃，而是朝那张巨大的梳妆台走去。那张黑糊糊的梳妆台潜伏在角落里。不管怎么说，擦擦洗洗总好过呆站着不动，任由自己的思绪信马由缰。我擦拭架子上的灰尘，架子上放着一些书，其中大多数配有皮革封面。时光让这些书本扭曲变形。不过当我看到那熟悉的书名，感觉好多了，就如同在千里之外的他乡遇见老朋友。我擦拭书本上的灰尘。这些书包括几本狄更斯和哈代的小说，一本散架的《圣经》，一两本支离破碎的年历，还有一本薄薄的小册子，书脊上没有写书名。

这本小册子吸引了我的注意，诱使我将它从架子上取下翻开。这看似一本速写本。我翻开这本册子，有人用墨水笔在扉页上写了一个名字：托玛辛娜·罗斯卡罗。

敞开的门边有异动，一闪而过。我手中的书差点儿掉落下来。扑扇的翅膀，昏暗的轮廓。我蹑手蹑脚地靠近，想要看个究竟。屋外，夜幕开始降临，天空染上了如同鸽羽般的紫灰色，蝙蝠在其中低飞穿梭。它们那尖细的叫声让我微微一笑。我走回屋内，寻找电灯开关。门边就有一个笨重的老式开关。我按了一下，没有反应。我再按一次，上下摆弄开关，然而连一星火花都不见。

忧虑在我胃里翻涌冒泡。我把手探进自己的背包中，寻摸手机充电器。墙上有一个插座，看上去如同20世纪70年代的产物。但我还是插上充电器，打开开关——也只能寄希望于此了。

手机显示无信号，而且也没有电。不可能发生这样的事，我坚定地对自己说：好好想想，这里肯定有一个保险丝盒。天几乎完全黑下来了，暗影涌入小屋，如同涌入岩石区潮水潭的水。我最终在厨房里找到了保险丝盒。一只蜘蛛从脆薄的塑料箱体上掉落，可这一次我太过紧张，对此根本不在意，只是把它抖落，然后把复位电闸推上去。

沉闷的"哐当"声传来，然而并没有用。

恐慌开始在我体内蔓延，过去几个月的所有情绪狂奔着朝我袭来。我有房屋中介的紧急号码，可是这里没有信号。我没有车，因此也无法开车去到村子里。如果步行的话，即使我认识路，我也没有火把，而这里的夜晚漆黑一片。再说了，我也不知道该走哪条路。我习惯了城里的黑暗——即便在黑暗中也能看到被街灯点亮的街道。可这里的黑暗却有所不同。乡村的黑暗颇为浓厚，会迅速对活物下手，可以将整个人吞噬。

冷静点，生起火，找蜡烛。光明可以让所有一切好起来。当我打开厨房里的橱柜和抽屉，我的手在颤抖。我在黏糊糊的餐具和污渍斑斑的盘子之间翻找。没有蜡烛。我跌跌撞撞地跑上楼梯，冲进主卧室，几乎看不清自己所往何处。一张巨大的床立在那里，黑黢黢的，光秃秃的，一条毯子软塌塌地挂在床边的墙上。床脚有一个箱子，可是却上了锁。

我强行打开第二间卧室的门。那是一个堆满杂物的房间，房间里有几个箱子和一盏坏了的灯。现在太暗了，已经无法看清，很快就会暗到什么都看不见。我跑下嘎吱作响的楼梯。梳妆台的抽屉卡住了，我奋力将抽屉拉开，使得架子上的书纷纷掉落。

我的手指碰到了纸张、塑料、细绳和玻璃，然后碰到了某种蜡质的冰凉物体。当我抽出一根蜡烛，几乎喜极而泣。壁炉上有一盒火柴。我屏住呼吸，祈祷这些火柴还能用。我从没想过要带上火柴。真蠢，真是太蠢了。匆忙之中我折断了第一根火柴，不过第二根火柴燃起了美丽明亮的火花。很快温暖的金色亮光就填满了房间的这个角落。我手里拿着蜡烛,仿佛那是一件驱邪圣物,可以保护我免遭黑暗的侵害。

我了解那个地方。那老头的话音在我耳边响起,"她连一个晚上都撑不过去"。

我意识到自己正在颤抖,既是因为寒冷,也是出于恐惧。门还开着,我赶紧用力将门关上,转动钥匙。无论门外到底有什么,就让它待在那里吧。我将独自度过这个夜晚。那个老头对我的看法是错误的。我紧紧拥抱这个想法,想借助这点愤慨之情让自己暖和起来。

头几次生火的尝试失败了,被团团烟雾淹没。最终,一条引火木被点燃了,接着一根木柴也燃烧起来,火焰舔舐着木柴的侧边。我扬扬自得,一屁股跪坐在自己的脚跟上。现在外面已经完全黑了。我掀开发霉的窗帘。瞬息之间,我瞥见某样东西在窗玻璃之外鬼鬼祟祟地潜行,暗影相互交叠。我又往火里扔了一根木柴,让火燃烧得更旺更明亮。

我不会离开火光圈出的安全区域,今晚不会。相反,我把老旧的扶手椅拉到壁炉近旁,摊开睡袋,裹在自己身上。我试图读书,想让自己沉浸在木柴燃烧时发出的柔和响声中。我试图屏蔽小屋的吱呀声和呻吟声,屏蔽一只如同黑暗精灵的猫头鹰所发出的苍凉叫声。

最后我终于受不了了。我拿起一根蜡烛。烛光在我手中摇曳,照亮通往厨房的路。远离壁炉的地板砖又冷又潮。我没有看向窗外,只是拿起一个之前见过的瓶子,然后匆忙跑回亮光之中。

我对着火光举起瓶子,瓶中液体闪烁着宝石般的红色。我拧开瓶盖,小心翼翼地啜饮一口,甘甜在我口中弥漫。我闭上双眼,品尝那滋味——那是挂着累累黑莓的树篱,果实的圆弧闪闪发亮,阳光落于其上。我缓缓地又喝了一口黑莓酒,心里想着酿造这酒的老妇人。当她写下自己的遗嘱时,她心目中的租客是不是像我这样的人呢?或许,如果她发现我坐在这里,她会感到失望?最后,火的暖意和酒的酒劲儿让我放松下来,我发觉自己打起了瞌睡。

然而,这瞌睡的状态并没有持续多久。某种响声让我一个激灵醒了过来。我盯着黑暗,竖起耳朵倾听。那声响是从前门传来的。那是一种抓挠声,是爪子扒拉木头的响声。有什么东西想闯进来。传说和民间故事在我脑海中狂奔——关于迷失的灵魂的故事,妖精和恶魔之犬,被诅咒的幽灵在夜里游荡,直至永远……我太害怕了,不敢开门看看。我太过恐惧,什么都做不了,只能将睡袋拉起来盖住自己的脑袋,捂住耳朵,等待那声响消失。

我在睡袋之下蜷成一团,如同一个孩童。我必定就这样睡着了,因为我做梦了。梦里没有地点和人物,那是关于一支歌的梦。那支歌将我的心灵填满,如同暮色般渐渐变浓,如同埋于土下的矿石般深入其中。我无法重复歌词,无法哼唱歌中曲调。然而不知怎的，我明白这支歌的含义。

歌曲始于冬季。我听到雪花的絮语，听到寒霜爬过大地时的窃笑。我听到小草在脚下折断的声音，听到小溪冻结时流水的呜咽声。我感到自己的血液流速变缓，冰块在血管中凝结。正当我以为自己要被冻死的时候，曲调变了。寒冷渐渐退却，所有一切都融入春天。

雷鸣般的心跳声传来——那是一千个新生命拥入这个世界。我听到黑暗悄悄地跟在这些新生命后头，它的脚爪落地无声。它正等待出击，如同潮水般无法控制。然而我也听到这些脚爪在欢腾雀跃，跃入夏日之中去捕捉阳光。我所听到的声音让我感受到莓果和鸟雀，感受到繁花形成的瀑布。那花之瀑布让短暂而无风的夜晚染上了馨香。

接着我听到成熟时的爆裂声，曲调急转直下，化为秋之乐章。歌曲变得迟缓，渐渐深沉，化为晨雾，化为漫长的黑夜，朝一年的终点滑落。我所听到的声音让我感受到挂在树上的叶子变得干燥，感受到万圣节的火光。我听到狩猎的号角，参与狩猎的骑手相互竞逐，掠过天空，追赶即将过去的一年。我听到精灵整个晚上都躁动不安，而此时这个世界已经失序。

歌曲达到高潮。我意识到我听到的所有一切都指向这一点。旋律如同轻轻落下的雪花，降了下来，化为圣诞佳节的乐章。在那个晚上，新与旧在熊熊燃烧的火炉边会面，过去、现在和将来会于一点；仇怨被遗忘，一句轻声絮语便可让人改变心意。我意识到其中的美妙让我落泪,我朝歌者伸出手……

我醒过来,一只手朝外伸展。我试图回忆起那支歌,回忆起那旋律,然而瞬息之间,音符相互碰撞,支离破碎。在那一刻,小屋里仿佛弥漫着青枝绿叶的气味——那是刚从冰冷的树上砍斫下来的枝叶。接着那种气味也消失了。

屋外的黑暗中响起一个声音。我再度满怀希望地侧耳聆听。然而那并不是那支美妙得无以言表的歌曲,只是一只猫咪在对月哀号。

这支歌贯穿了整个夜晚。这首歌谣被人传唱了上千年,在每个季节开始时便被人唱响,在接下来的一千年还将继续被人传唱。这是一支古老的歌谣:永远不变,却又永远在变。歌声在夜里飘荡,直至晨光熹微,直至鸟儿不再躲避严寒,而是在黎明时分小心翼翼地相互招呼。歌者在倾听,而女人却在沉眠。

我睁开双眼,眨眨眼睛。柔和的光线透过窗帘渗进来,屋外的鸟鸣在山谷中回响。天亮了,我熬过这个晚上了。这是我一生中度过的最长的夜晚,可我还是熬过来了。

我的四肢变得僵硬，难以伸展。我舒展一下身躯，从扶手椅中站起来。炉火几乎熄灭了，只剩下几块余炭藏身于厚厚的灰烬之下，仿佛已经沉沉睡去。我要去搜罗更多的木柴，我还要鼓起勇气去使用那个户外浴室。我哆哆嗦嗦地套上鞋子。四周的物件向我展示了我是如何度过这个无眠之夜的：被拉开的梳妆台抽屉、燃尽的蜡烛、从架子上掉落的书本……在白昼的日光下，这一切看似那么可笑。然而，我还是忘不了昨晚所感受到的那种恐惧，忘不了那首填满我梦境的歌谣。

我打开门。这是一个绝美的秋日清晨：薄雾低低地悬在山谷之中；橙色和金色的秋叶挂在树上，闪闪发亮。我深吸一口清爽的空气，希望再度涌上我的心头。当我踏上那条小径，我发觉树枝之间有什么东西在动。那个影子太大了，不可能是一只鸟儿。我感觉一双眼睛正盯着我。

"出来吧。"我叫道，我的嗓音撕破了寂静，"我知道你在那儿。"

果不其然，只听树叶窸窣作响，一个大大的黑影落到我面前的花园小径上。它的皮毛黑如煤炭，因寒冷而变得蓬松，上面还沾着叶子和细枝。如果是在城市里，我就会走过去，发出温柔的呼唤，伸出手去摸摸它。然而在这里我可不能这么做，感觉这么做不对。这只猫抬起眼眸。在那一刻，我感觉自己被它的目光钉在原地。那双猫眼黄澄澄的，如兽脂，如玉米。

"这么说你就是住在这里的那只猫咪，对吧？"我勉强挤出一句。我也说不清为什么这种感觉那么诡异。

那只猫无动于衷地打个哈欠,开始舔脚爪。

"我猜昨晚就是你在捣鬼。"我继续说道,"是你在抓门,然后我想睡觉的时候你又在屋顶乱叫,叫了几个小时,对吗?"

这话似乎惹恼了那只猫。它将尾巴甩在身后的小径上,看向相反的方向。

"好吧,既然我们俩要一起住在这儿,有些事我们得先说好,行吗?"我通情达理地对猫咪说,"不要再半夜吵醒我,不要乱叫,不要抓门。如果你想进门,你得在我睡觉前叫我。"

那只猫站起来,傲慢地竖着尾巴,趾高气扬地走进草坪之中。

"才过一天,我就成了一个和猫咪说话的疯婆子了。"我嘟囔道,深一脚浅一脚地朝户外浴室走去。

我尽力整理自己的仪表,让自己可以见人。然而,热水锅炉已经坏了——这也是理所当然的事。我只能将就着用冷水梳洗。昨天,当房屋中介维尔温太太把小屋钥匙给我的时候,她邀我周日到本地的酒吧吃午饭。她说这是为了欢迎我加入这个社区。显而易见,她还记得罗斯卡罗先生对我表现出的敌意,所以才这么说的。

今天天气很好,很适合散步。周围皆是绚烂的秋色,而冬天离我们仅有咫尺之遥。我坐在小屋门前的阶梯上,打开一张地图。整理散落在梳妆台上的书本时,我发现了这张地图。这是一张古旧的手绘地图，谁也说不清这究竟是什么时候的物件。纸张已经泛黄，衬在背面的皮革经过时光的搓揉，已经变得绵软。地图顶端写着"安尼斯尤尔"。我对着地图仔细查看，摇摇头，感觉难以置信——小屋周围有十四英亩[①]的林地，一直沿着山谷的陡坡向上延伸。我发现一条位于东边的路线。循着这条路线看下去，有一个上方写着"兰福德"的箭头，指明了通往村子的路。在路线旁边，在山谷的边界，有人画了一个圆圈，圆圈里写着"帕兰石"。

这条小路的起点就位于那块小草坪的一侧。我走到那里，透过湿漉漉的草木，我看到下方有类似铺路鹅卵石的东西。这是一条有几百年历史的古老小径，现在只剩下些许残迹。我犹豫了。疯长的杂草和荨麻几乎将小路完全淹没。或许我应该绕远路，爬上小山，找到那条乡村道路。我感觉有什么东西在盯着我，忍不住回头望望，那只猫肯定就在附近。我想和它交朋友，并为此做出种种努力，可到目前为止它对我还是不理不睬。我打开一罐从食品储藏室里取出的金枪鱼罐头，倒掉门边碗里那黏糊糊的绿水，换上清水。然而它对清水和食物碰都不碰。不久之后，我发现它在吃东西，它吃的好像是一只死掉的飞蛾。现在我的目光被房顶上一道流动的黑影吸引——正是那只猫坐在房顶上晒太阳，它正在用挑剔的目光打量着我。

[①] 1英亩约等于0.4公顷。

我把地图折起来，放进背包，深吸一口气，沿着小径前行。灌木丛中满是昆虫，我不止一次浑身打战，将沿着袖子攀爬的小生灵拂去。过了一会儿，草木退却，周围显得更开阔了。鹅卵石从泥土和青苔中冒出来，向山下延伸，钻进一条小溪里。我意识到这里是一片浅滩，于是便涉水而过。我试图想象几百年前这里究竟是何种景象。

小径时而消失在树根之下，时而化为散落的鹅卵石，可我依然沿着小径前行。我沉浸在自己的思绪中，根本没注意到那块林中空地。直到我就要踏上那块空地，我才反应过来。我马上停下脚步，一动不动，屏住呼吸。

一块石头立在一片冬青林中。冬青树的枝干密密层层，相互交织，形成一堵难以逾越的墙，只是在两侧留有两处可以钻过去的空隙。这些冬青树必定很古老了，有些甚至将近三十英尺①高；浓密的绿叶闪烁着光泽，洒下厚重的阴影。不过那块石头……那石头看起来更加古老。它饱经时光的打磨，青苔地衣覆于其上，仿佛为它披上了一件斗篷。这块石头和我一样高，宽度相当于我舒展双臂的长度。石头中央，一个圆孔穿透了整块石头。

我只觉得毛骨悚然。这究竟是怎么回事？我翻开地图。对了，就在这儿——在山谷边界上，有人用墨水笔画了一个圈，

---

① 1英尺约等于0.3米。

圈里写着"帕兰石"。这块古老而诡异的石头标示着安尼斯尤尔的边界。我的胃部开始翻腾抽搐，我尽量不去理它，而是小心翼翼地走进那片林中空地。

我刚踏上那片空地，只感觉脑袋"嗡"的一声，如同站起来太快时产生的眩晕感。在那一刻，我的视野模糊，耳朵嗡鸣，周围一切都落入黑暗之中。我听到暴风撕扯树枝的声音，听到翅膀扑扇的声响，听到马的嘶鸣和一个女人的叫喊声……

我眨眨眼，所有一切都消失了。山谷还是和原来一样，鸟鸣自远处传来，秋日阳光洒落下来。我死死盯着那块石头——那不过是一块石头而已，一块非常古老的石头，默然屹立在一片林间空地中央。现在我看到那条鹅卵石小路出现在空地的另一侧，消失在树林之中。维尔温太太为什么没有和我提起这块石头呢？感觉这很重要。看起来这是一根古老的独石柱，就立在安尼斯尤尔的后院里——应该就是这样。或许维尔温太太觉得这没什么，或许她根本不知道这里有这样一块石头。如果没有那张地图的话，我也不会知道这块石头的存在。

我紧贴着林间空地的边缘行走，和那块石头保持距离。当我离开那片冬青林，跨越安尼斯尤尔的边界，我感觉到了某种变化。感觉时光在我身边旋转堆积，将我带回现代社会。刹那间，我听到头顶传来飞机的引擎声，看到一抔化肥在一片田地上方飘洒，听到一条狗在附近某处吠叫。

那条狗距离很近。事实上，它的叫声变得更响亮更疯狂。

我抬起头,正好看到灌木丛的枝叶狂乱摆动,一条狗冲破灌木丛,朝我冲过来。它朝我狂吠,我不由自主地退回林间空地。

那条狗停下脚步。这是一只牧羊犬,它竖着耳朵,张着嘴巴,那双褐色的眼睛死死地盯着我。它发出一声呜咽,放低身躯,仿佛正在蓄势,准备跃起。不过看似它改变了主意,只是低声咆哮呜咽,在空地和林地交界处前后跑动。

"麦琪?"一个男人的声音在树林中回荡,"麦琪!"

一个身影出现在我的视野中。来者穿着绿色的外套,戴着一顶平顶帽,肩上扛着一支枪。我暗叫不妙——看起来有麻烦了。当那男人看到我,他停下脚步。他的手上拎着一只死山鸡。

"有什么可以帮到你的吗?"他叫道。他有点上流社会的口音。

"我想到村子里去。"我大叫着回答,感觉自己的两颊发烫,"或者说,我本打算到村子里去,只是你的狗似乎不愿让我去。"

"好吧,"他说着越过灌木的枝叶,靠得更近,"或许这是因为你擅自进入私人领地。你在这儿干什么呢?"

"这可不是什么擅自闯入。"我厉声喝道,"这片土地是属于我的……呃……算是吧。"

那个男人哈哈大笑,他往后推推帽子,我才发现他是个年轻小伙,或许比我还年轻。他顶着一头乱糟糟的暗金色头发,眼眸是灰色的,脸上的络腮胡剃得短短的。

"如果真是那样的话,我向你说声对不起。"看到他脸上的微笑,我也不由得面露微笑。他继续说道:"我还以为你是什么业余历史学家,没经过允许就跑到这里来东翻西找。"

"不是,我住在这儿,从昨天开始我就住在这儿。"

他睁大双眼。"哦!你就是那位恶名远扬的派克小姐吧!"他将死山鸡夹在胳肢窝里,伸出手,"很高兴见到你,我是亚历山大。"

"我是……"我不由自主地和他握握手,过了好一会儿我才听明白他的话,"什么?恶名远扬?什么意思?"

"兰福德可是个小地方,派克小姐,而你已经在本地引发了轰动。"

他松开我的手。寒冷的空气乘虚而入,填满我的掌心。

"我实在看不出这是为什么。"我反驳道,"我甚至没见过什么人。"

"你是一个外乡人,这就足够了。"他咧嘴一笑,"不管怎么说,现在你已经见到我了。"他后退一步,仔细地打量我。突然之间,我很在意自己的样貌。我想起自己刚才匆匆忙忙地梳了一下头发,鬈曲的发丝朝各个方向叉开,想起自己昨晚缺乏睡眠……

"老实说,你和我想象的根本不一样嘛。"他说。

"什么样?"我将双手插进兜里,尽力不让自己的话语流露出防备之意。

"好吧,我听说你大摇大摆地来到镇上,贿赂了房屋中介,让她把那栋小屋租给你,诸如此类的……我还听说你是个冷酷的女人,冷得像块冰……"他显然看到我脸上流露出的恼怒,马上住嘴不说了。他面露歉意:"那只是愚蠢的流言而已。"他说,"他们一见到你就知道这些流言不是真的。"

"但愿如此吧。"我尽力挤出微笑,"说实话,我正要去酒吧里和人碰面。或者说,这是我之前的打算,只是……"我狠狠地扫了一眼那条狗。那条狗正在树根处嗅来嗅去。

那男子又发出一阵响亮的笑声:"对哦,抱歉。不知怎的,麦琪不太喜欢那块古老的巨石。"他朝那块中间穿孔的巨石扬扬下巴,"据说动物具有某种感知力,你觉得呢?"

我想起那只黑猫——它坐在屋顶上,审视着我;它整个晚上都在哀号,它的叫声渗入我的梦境之中……

"我不太相信这种说法。"我喃喃道。

"我也不信。"亚历山大把枪扛在肩上,"让我给你带路吧?我告诉你怎样才能去到村子里。我也正要往那个方向去。"

我跨过了安尼斯尤尔的边界——这已经是一天之中的第二次了。

我们一起向前走。"这么说你是本地人?"我问道。阳光透过树木的枝叶洒落下来,落叶缓缓在空中飘舞,如同一片片金箔。

"没错。"他把山鸡扛在肩上,"不折不扣的本地人。在很久很久以前,我的家族就在这里扎根了,一直在这里住到现在。"

"感觉除了我,这里所有人都是这样的。"一片叶子飘舞着落下,擦过我的脸颊。我抓住它,看着那闪亮的红叶紧贴着我的肌肤。我的皮肤比亚历山大的要黑。"之前我还当真没考虑过这一点。"我说。

"别着急,他们最终会对你热络起来的。嗯……或许老罗斯卡罗不会,可他不过是个可怜的讨厌鬼。他总是要找碴儿,只不过现在他恰好选中了小屋这事作为由头,给人找不自在。一段时间之后他又会找其他的事来抱怨,到时他就不会……"他突然住口不说了。

"罗斯卡罗。"我皱皱眉头,"我认得他,当时他还跑到房屋中介办公室去大闹呢。他就不会什么?"

"没什么,不过是一件荒唐可笑的事,别为这事操心。"

"告诉我吧,求你了。"

他两颊微微泛红。"他和村里的一些人打赌。"他一边说着,一边摆弄着山鸡的爪子,"赌你能在这里住多久,他会想方设法把你赶走的。"

在那一刻,我大为惊讶,根本说不出话。我心里明白这没什么好惊讶的,我本该预料到那老头会做出这样的事。然而,预料到他人对你有敌意是一回事，亲耳听说别人对你有敌意又是另外一回事——这两种感受截然不同。

"派克小姐？"亚历山大说，"你还好吧？抱歉，我不该把这事告诉你的。"

"我还好。"我强压下心头的愤怒。这个问题以后我再解决，现在和本地人结交突然变成了头等大事。"还有，别再叫我派克小姐了。"我微笑道，"我的名字是婕丝……哦，全名是婕丝敏，只有我母亲叫我婕丝。"

"婕丝敏。"他重复道，"真是美丽的名字。"

我们继续向前走。我发觉他在偷偷打量我。

"我猜你是和其他人一起搬到这儿来的，对吧？你和谁一起来的呢？男朋友？伙伴？还是……"

"不。"我跳过一根倒地的圆木，"就我一个。"

"那么，你在伦敦还有什么人吗？"

麦琪在我们前方窜来窜去，对着树叶猖猖狂吠。我捡起一根树枝扔出去。

"在伦敦有我的家人，除此之外就没有了，只有某个我再也不想见到的人。"

"啊，抱歉。"

麦琪想要拖着一棵小树，沿着小径前行。它那模样惹得我们哈哈大笑，打断了我们的谈话。头顶上，树冠形成的穹顶渐渐变得稀疏。小径拐个弯，一泓波光粼粼的碧水突然出现在我们眼前。我也说不清这究竟是一条河还是一个河口湾。上下颠簸的小船漂浮在河中央,某条船上的一部舷外发动机发出清晰可闻的噗噗声,听起来那条船正朝我们靠近。树木沿着岸边生长,一直延伸至海滩上,仿佛正争先恐后地挤在水边,想看一眼自己在水中的倒影。

"这里就是兰福德了。"亚历山大在我身边停下脚步,"你就沿着河边走,然后越过横跨河湾的那座桥,之后你很快就能找到那家酒吧了。酒吧叫作兰姆酒吧。"

我没有回答,我想把眼前的一切都刻入自己的脑海中。安尼斯尤尔就藏在我们身后某处。我头一次意识到安尼斯尤尔隐藏得如此之深:它藏在浓绿的山峦之间,坐落于一条浓绿的山谷之中。我回头望望——当然了,我根本看不到那栋小屋。相反,我瞥见阳光照亮了某户人家的拱形玻璃窗,看到一座塔楼的顶端从树木之中露出来。

"那是什么地方?"我指指那个方向。

"哦,那是大宅邸。"他含糊其词地答道,"还有,我想问一下你这周五有什么计划?"

"什么?"我觉得脸颊发烫,"我……呃……没什么计划。我还有很多活儿要干,所以……大概是干活儿吧。"

"干活儿?修整那栋房子?"

"不,不是,其实是写书的活儿。我是一个作家,我在写一部新书,交稿时间就是圣诞节,所以……"我颇为尴尬,支支吾吾,最后终于说不下去了。

"啊,作家啊!"他微笑道,"这很棒啊。那天是万圣节,所以我才问你有什么计划没有。我打算办个聚会,不知道你肯不肯赏光,来认识更多的本地人?"

我觉得自己很蠢——当然了,他就是因为这个才问我的。"哦,好吧。"我答道。

"你先拿着这个。"亚历山大说着把山鸡塞到我手里。我发现自己正握着山鸡那布满鳞片的脚爪。一股淡淡的血腥味升腾起来,与枯叶的霉味还有冰冷的绿色河水的气味混合。他拿出一张纸,写了几个字,从我手中接过山鸡,把字条塞进我手里:"这是我的电话号码,如果你改主意了,就给我打电话。"

我还没来得及回答,他就走开了。他对麦琪吹吹口哨,迈着大步走进树林里。

酒吧里拥挤嘈杂。当我走进门,十几双眼睛朝我望过来。在酒吧的另一侧,一个人大声叫道:"你来了!"当房屋中介米雪拉·维尔温朝我飞奔过来,我只觉得自己的脸红得像火炭似的。

"派克小姐你好哇。"她亲吻我的双颊,她的香水味包裹着我的全身,"你终于来了!我真高兴!你认得路吗?那房子怎样?我去给你弄点喝的,你想喝什么?啤酒还是苹果酒?"

"哦,谢谢了。"我勉强挤出一句,"我想要……"

"好极了。"

然后她马上转身离开，留我一个人呆站在原地，再度成为酒吧里一道道好奇目光关注的对象。在酒吧深处，有人在对我招手。我认出那人——那是维尔温太太的助理丽莎。我穿过人群，朝她走去。

兰姆酒吧是一个温馨怡人的地方。头顶上是低矮的天花板，幽暗的角落和深凹的飘窗随处可见，飘窗上还摆放着坐垫；墙上挂满了纪念品：照片、绘画、黄铜马饰、纪念盘……这里洋溢着木炭的烟味、晒干的啤酒花味、烤肉味和啤酒味。我心想，不知道这个地方是否一直散发着这样的气味。

"很高兴再次见到你。"丽莎说着挪动一下肩上那昏昏欲睡的婴孩，"米雪拉有没有跑到门边迎接你？"

"有啊。"我大笑着脱下外套，"她说要给我弄点喝的……呃……至少我认为她说的就是这个意思。"

"你会习惯她的做派的。"丽莎咧嘴一笑，"米雪拉以前做过某家寄宿学校的宿舍总监。一朝舍监，一生舍监。我觉得她那种舍监的行事做派不会改变的。"

她向我介绍坐在桌边的其他人：她丈夫丹恩对我微笑，他们的小女儿黛西正把脸埋进父亲的衬衫里；米雪拉的丈夫吉奥弗——他原本正在看报纸，这时也抬起头向我点点头；还有他们的朋友朱莉和表亲彼得……我低声和所有人打招呼，试图记下他们的名字。

"这位是派克小姐。"丽莎大声说道,"她就是安尼斯尤尔的租客。"

突然之间,酒吧里的喧嚣声变小了——这究竟是真的,还是我的幻觉?米雪拉的丈夫抬起头看向我,他的目光中多了一抹前所未有的兴趣。

"叫我婕丝好了。"我说着坐了下来。喧嚣声再次变得响亮,其中有碰杯声、说话声和笑声。

"婕丝。"丽莎看上去有点担心,"那栋小屋怎么样?"

"呃……比我想象的还要简陋。"我承认道,"而且没通电。"

"这也不奇怪。"表亲彼得插话道,"真想不到你就这样把那栋房屋租给她,丽莎。那栋房屋好久都没做过修整了,有多久了……我看有二十年了,你说是吧,吉奥弗?"

"有二十年了。"米雪拉的丈夫表示赞同,随后再次看起了报纸。

"罗斯卡罗家的老小姐有点疯疯癫癫的。"彼得继续说道。他故意压低嗓音,但同时又保证所有人都听得到。

对于彼得的话,朱莉表示不屑:"哦,她就是这个样子的。她只是和其他人不同而已,就这样,罗斯卡罗家的人都这样。"

丹恩抱着黛西。他的脸出现在黛西脑袋上方,正对我微笑:"我们小时候还以为罗斯卡罗小姐是女巫呢。以前我们经常互相挑战,看看谁敢在阿伦泰节去安尼斯尤尔一趟。不过我们都没胆量这么做。"

话题已经转移,他们不再谈论我的事了。对此我很高兴。"阿伦泰节?"我问道。

"就是万圣节。"丽莎解释道,"还有,她初来乍到的,别给她讲什么幽灵和女巫的故事。"

"那可不仅仅是万圣节!"丹恩反驳道,他故意装出一副恼羞成怒的模样,"那可是圣艾伦节,是冬季的头一个夜晚。在那天夜里,幽灵鬼怪在大地上行走,而我们则点起火把,驱散即将到来的黑暗。"他对黛西发出阴恻恻的低吼,可黛西却开心地笑了起来。

我面露微笑。与此同时,我也回想起昨晚在我心中翻江倒海的恐惧。当时我以为自己一人被困在黑暗之中,有什么东西正躲在黑影中盯着我。我正想再次提起小屋电力的问题,这时米雪拉回来了。她手里拿着两个大啤酒杯,杯里的液体满溢而出。

"我不知道你想喝什么。"她喘着粗气,"你是想要黑啤酒还是苹果酒呢?我不知道,于是我两样都拿了一杯。"

接下来的几分钟在一阵忙乱中度过:下单点餐、摆放餐具……我啜饮一口苹果酒。那浑浊的液体带着酸味,让我想起小时候偷摘的苹果——那些挂在邻居家树上的苹果又小又硬,只有高尔夫球那么大。当大家再度安静下来,米雪拉往椅子里一靠,一本正经地打量我。她戴着亮粉色的眼镜,她的目光掠过镜片上沿,落在我身上。

"你见到那只猫了吗?"她问道。

所有人都看向我。

"见到了。"我结结巴巴地回答,心想这些人怎么变得那么奇怪。"不过它好像不太友好。"我说。

米雪拉和丽莎对视一眼。"好吧,现在也不用为这事操心。"米雪拉喃喃道,"以后你们会习惯彼此的存在的。"

"我看也只好这样了。"我又喝了一口苹果酒,"租约里的条款到底是怎么说的?我是说,我不介意那只猫住在那里,不过我实在不知道该怎样照料猫咪。我从来没养过猫,原屋主就没什么亲戚或随便什么人可以……"

"没有。"彼得说。

"不是那么回事……"米雪拉同时开口。

"安尼斯尤尔永远都有一只猫。"丹恩也同时开口说道。所有人都看向他,让他的脸微微泛红。"怎么了?"他叫道,"事实就是如此嘛!"

"恐怕不行,这正是租约某个条款的内容。"丽莎一边说着,一边用意味深长的目光扫视所有人,"罗斯卡罗小姐希望无论是谁租住了那栋小屋,那人都要肩负起照顾那只猫的责任。关于这一点她表述得非常清楚。"

彼得嗤之以鼻:"如果可能的话,她会把那个该死的地方留给那只猫。你也知道,她也曾试着那么做。我之前也说了,她完全疯……"这时朱莉狠狠地拍一下他的手臂,他大叫一声,"哎哟!"

"她想把那栋小屋留给一只猫?"我满脸难以置信的神色。

"嗯……那是……很不同寻常的情况。"米雪拉承认道——她看起来有点慌乱,"从法律上看,猫是没有继承权的。不过罗斯卡罗小姐可以明确要求那栋小屋只租不售,那只猫只要还活着,就可以一直待在那里,还有人照顾它。"

"那假如那只猫死了……"

米雪拉在椅子里挪动了一下:"这样一来,从法律上说那个条款就会失效。我觉得真是那样就不用操心了。"

然而,我隐约觉得这对我来说是值得操心的事,可现在为时已晚。不管怎么样,我已经签下了为期一年的租约。

我没有说出自己的真实想法,只是问:"那只猫叫什么名字?如果我知道它的名字,或许我更容易和它做朋友呢。"

"帕灵。"所有人异口同声地说。

我很想用诧异的目光扫视众人,可我还是忍住了,只是重复一句:"帕灵。"

我无法摆脱这种感觉——他们有什么事瞒着我。可不久之后饭菜就端上来了,我几乎把所有一切都抛诸脑后。昨天晚上和今天早上我只吃了一些饼干和苹果,我感觉自己就要饿死了。烤牛排浇上了浓郁闪亮的酱汁,土豆口感松脆,还有胡萝卜，尝起来就如同刚从地里拔出来那般新鲜。

"或许就是刚从地里拔出来的。"丽莎哈哈笑道，"这些胡萝卜出自你那伙伴的农场，对吧彼得？"

"没错。"彼得叉起一块胡萝卜，一脸哀伤地看着它，"这是今年最后一批胡萝卜了。"

虽说这群人的举止有些怪异，可和他们相处还是让人开心的。坐在这群人之中，我慢慢放松下来。后来我发现丹恩是一名小学老师，朱莉是护士，米雪拉的丈夫掌管着本地的博物馆和游客中心。当问及彼得的时候，他只是嘟囔什么"收废品的"，然后朝吧台走去。

"他是一个赶海人。"米雪拉悄声对我说道，"他总是在等待风暴的到来，他知道船只最容易在什么地方沉没，还知道在哪里最有可能发现被冲上岸的沉船货物。"

"那不是违法的吗？"我问道。他们会把真实情况告诉我吗？我不知道他们是否还把我当成外人。

"这不过是康沃尔地区一项古老的传统罢了。"丹恩眨眨眼。

甜点端上来了。他们告诉我这道甜点是"欧越橘酥皮点心"。我不知道欧越橘到底是什么水果，不过这尝起来很美味。浆汁从深黑色的浆果中缓缓涌出，与奶油冻融为一体。丽莎和丹恩的小女儿黛西在吃甜点的时候把自己弄得脏兮兮的，让自己成为又脏又乱的"奇景"。

过了一会儿,他们谈起了村子里的事。此时我已经吃得饱饱的,舒舒服服地往后一靠,任由他们的谈话声在我身边流淌。现在酒吧里的人少了一些,我可以看到酒吧另一头的壁炉。木柴在壁炉里燃烧,发出柔和的噼啪声。几张老旧磨损的皮椅环绕在壁炉周围,坐在椅子里的客人也穿着老旧磨损的皮夹克。他们那低沉的说话声令人闻之安心。我正要把目光移开,这时候我发觉那群人中有一双眼睛正盯着我。那双眼睛的主人是一个小伙子,他比炉边其他客人年轻至少四十岁,身材强壮,留着黑色的络腮胡。或许是因为我喝了两杯苹果酒,酒劲儿让我大胆起来。我并没有把目光移开。

"那人是谁?"我问桌边的人。

炉边的小伙子仿佛刚从门外进来。一顶羊绒帽低低地压在他的头发上,他的脸颊被凛冽的秋风吹得通红。

"哦,那是杰克。"丹恩说着举起手,向那人打招呼。作为回敬,黑发小伙腼腆地点点头,终于把目光从我身上挪开。"那是杰克·罗斯卡……"丽莎用胳膊肘捅捅丹恩的肋骨,示意他住嘴。然而已经太晚了。

"罗斯卡罗?"我问道,"和安尼斯尤尔小屋原来的屋主罗斯卡罗小姐一个姓氏?还有那位罗斯卡罗老先生——就是在你的办公室里大吵大闹的老人,和他是一家子吗?"

"我去给宝宝换尿布。"丹恩嘟囔一句,赶紧溜了。

"是啊。"丽莎不情不愿地说道,"杰克是罗斯卡罗先生的孙子，他们在造船工场工作。"

他们都等着看我有何反应。我可以让这事就这样过去，耸耸肩，不予理会。我可以等村子里的其他人接纳我，等他们对我的好奇心渐渐消退，不再对我这个"新来的城里姑娘"议论纷纷。

他和村里的一些人打赌，赌你能在这里住多久。他会想方设法把你赶走的。

"抱歉我得离开一下。"我对桌边的人说。他们还没来得及说一句话，我就已经站起来，大步朝火炉边那群老人走去。

"抱歉打扰你们了。"我用欢快的语气说道，"我只是想请罗斯卡罗先生为我给他祖父捎句话。"火炉边的人颇为震惊，目瞪口呆地望着我。黑发小伙没有说话，只是颇为戒备地看着我。他的眼眸是明亮的浅褐色，让人一见难忘。我发现自己的决心正在消退，可现在已经不能退缩了。"请转告你的祖父，我知道他和别人打赌的蠢事。"我明明白白地对他说，"请转告他，他必定会失望的，我不会离开这里。"我扫视众人一眼，"谢谢你们对我的热情款待。"

当我走回自己那桌,我感觉我的脸颊都要烧起来了,我因紧张而感觉心里发毛。

"真有你的。"彼得哈哈笑道,"说得好!"

"抱歉,婕丝。"丽莎轻声说道,"我们不该说这些事让你心烦的。"

"没事啦。"我拿起自己的酒杯,一饮而尽。

米雪拉穿上外套,她的喉头发出不满的嘟哝声,不过她把这嘟哝声咽了下去。"我要和梅尔·罗斯卡罗好好谈谈。"她说。

"我们迟早得和他谈谈,那栋小屋还没通电。"丽莎皱着眉头。"实际上他是距离你最近的邻居。"她解释道,"那一片的变电房在他家的土地上。"

"我们要和他好好谈谈,解决这个问题。"米雪拉拍拍我的肩膀,"一两天没有电,你还过得下去吧?"

此时我们正朝酒吧门口走去,我看到杰克·罗斯卡罗正坐在炉边椅子上看着我。

"当然没问题。"我对米雪拉说,声音大得足以让他听到,"肯定没问题的。"

尽管腹中的食物和苹果酒为我带来暖意,可在返回安尼斯尤尔的路上我感觉更冷了。时近黄昏,天光逐渐消散,天空染上了一抹珍珠灰色。从村子里升起的袅袅炊烟悬在空中,让周围的一切变得朦朦胧胧。我沿着依稀可见的小径，穿过树林，心里默默祈祷：这应该就是我和亚历山大一起走过的那条路吧。当时我可没怎么留意。

真有意思。今天早上我迫不及待地想要再次接触文明社会，我想看到人和汽车，听到人的说话声和接听手机的声音，然而现在……我却想一头扎进那片绿色的寂静之中，生起火，在炉边做梦。我最终会让那栋小屋成为"属于我的小屋"，然而那是一个长久渐进的过程，就如同一条漫漫长路。现在我正要在这条路上迈开第一步。

帕兰石再度猝不及防地出现在我面前。那块石头在渐浓的暮色中若隐若现，我在这里流连不去。我跨越了山谷的边界，一只脚还在现在的世界里，另一只脚却踏入山谷之中。山谷中的时光不像川流不息的河流，而是如同一个个深潭。过去的时光逐渐累积，满溢而出，与现时交接……我往前一步，把现在的世界抛在身后。

在半明半暗之中，石头的表面染上了一抹苍白色，闪烁着幽光，仿佛在微微移动。这块石头吸引着我靠近。我想将手放在石头表面，我想俯下身，透过石头中央的圆孔，看看另一侧有什么超越现实的景象。然而我没有这么做，现在还不是时候。再说了，我要打开小屋的门，搜罗柴火。如若不然，今晚我就只能哆哆嗦嗦地在黑暗中度过了。我站在草坪的尽头，抬头看着那栋小屋，静静等待着夜幕降临。我还无法相信这里居然是我的家。

"晚上好。"我对整个山谷轻声说道。

一阵枝叶的窸窣声响起,仿佛是对我的回应。一抹阴影蹿了出来。那只猫从黑莓灌木丛中钻出来,它的眼睛在暮色中闪闪发亮。

"又见到你了。"我沿着小径朝它走去,"我听说有关你的事了,你叫帕灵对吧,我叫婕丝敏。"

那只猫在门前阶梯上坐下,如同一个正在等待来客的主人。过了一会儿,它"喵"地叫了一声。我咧嘴一笑——有进展了。

"这个给你。"我一边说着一边在包里翻找,"我给你带了点晚餐。"

我掏出一个用餐巾包成的小包,里面是丽莎和丹恩的小女儿吃剩的几块鱼。我把鱼块放在地上。那只猫冷冷地看了我一眼,然后走过来,疑虑重重地对着那几块鱼嗅来嗅去。我先打开小屋的门,然后跑到柴火棚里搜寻还没有长苔变绿的木柴。我抱着一抱木柴,跟跟跄跄地走回小屋。而这时那只猫已经不见了,那几块鱼也不见了。我走进小屋,脸上挂着微笑——这回我赢了。

在那个时候,现在那些盘根错节的古树都还是小树苗。在那个时候，那条小溪几乎与河流无异，不停流动的溪水满溢而出，发出响亮的水声，就如同一个农家女孩正抬高嗓门歌唱。在那个时候，这里根本没有小屋，只有流水、石头和窥探的眼睛。之后，用花岗岩和卵石砌成的小屋出现了，道路出现了，人的身影也出现在这里。在很久很久以前的一个秋日，他们来到这里，可他们想不到自己的人生将永远改变这个地方。

晚秋已经来到山谷之中，所有树木都染上了绚烂的秋色，树叶纷纷落下，如同一片片镀金的书页从一本散架的书中飘出。小屋的石墙平整干净，没有刮擦的痕迹；新苫的茅草屋顶闪烁着光泽。小屋正等着来这里安家的人——来者是一个男人和一个女人，女人身怀六甲，长着一对明亮的淡褐色眼眸。

她穿过草坪，来到小溪旁。小径延伸至浅滩之中。她那红扑扑的脸蛋因痛苦而绷得紧紧的。她用拳头抵着自己的肚子，然而让她感到痛苦的并不是腹中的孩子。

小溪边立着一块巨石。那是很久以前竖起的一块路标，为迷路的旅人指引方向。女人张开双臂，艰难地抱着那块路标，仿佛正在将自己的爱人拥入怀中。她用手指摩挲着路标背面的刻痕——不久前由一把锋利的刀子留下的刻痕。她开始哭泣，抚摸那个印记——那是春天时许下的诺言，等到犬蔷薇凋谢时却被打破。而现在她只得嫁给另一个人,并发誓保守腹中的秘密。而她得到的唯一慰藉就是那栋小屋,那是对她保持沉默的奖赏。她心里明白这个孩子既不属于这个村子,也不属于那位名义上的父亲,而是属于造就它的这个山谷。

过了一会儿,草坪的另一侧传来一个声音。有人在叫她的名字。她往后退,擦擦脸,抬起头,直视我的眼眸……

我猛然惊醒。所有的一切都沉浸在黑暗中,炉火散发着暗淡的红光。没有落叶,没有长着明亮浅褐色眼眸的女人。我擦擦前额,不知自己身在何方。我听到某种声响——是水流的汩汩声,还是有人在叫?不,那声响距离更近。我原本把脑袋藏在睡袋里,现在我伸出头,侧耳聆听。

那是嚎叫声,一声接一声,连续不断。我没有意识到自己正屏住呼吸,现在我长长地吐出一口气。是那只猫,只是那只猫而已。它想要进来,必定是它的叫声吵醒了我。我小心翼翼地拿起蜡烛头,走到门边。我打开门,一股寒风闯进来,一道黑如石油的影子掠过我的脚踝。等到我关好门插上门闩,转过身,那只猫已经在扶手椅里安顿下来,把我那散发着余温的睡袋当成了自己的窝。它抬头看着我,轻轻地叫唤一声,仿佛在说,"你想得可真周到"。

"那是我的床。"我哆哆嗦嗦地对它说,"你得到别处去。"

那只猫转个圈,然后又躺下来,看起来它觉得无比舒适。如果换成另一只猫,我就会把它拎起来扔到地上……可现在我只是小心翼翼地在椅边坐下,把自己的身躯塞进猫咪给我留下的狭小空间里。那张扶手椅那么大,可它几乎占据了整张椅子——它究竟是怎么做到的呢?对此我还是百思不得其解。最后我扯扯睡袋,我抢到的只是整个睡袋的四分之一。那只猫抬眼看看我。它被我挤了一下,发出不满的咕噜声。

现在我的姿势颇为别扭。"就这样,好不好?"我对它说。

作为回应,那只猫把爪子伸进睡袋深处,开始发出惬意的呼噜声。它那低沉的叫声如同柔和的雨声,充斥着整个房间。

第二天早上我擦洗窗玻璃,尽力不让自己胡思乱想,可惜却是徒劳。在伦敦城里,人们裹着最新一季的外套,或是挤进咖啡馆里,或是在写字楼和地铁站之间来回奔波。我尽力不去想留在伦敦的家人,不去想我的前男友。或许他正在我们住过的那套公寓里搬东西,把我俩恋情留下的印记统统抹掉;或许他正围着一小撂箱子踱步,等着快递公司将它们运走,而箱子里装着我曾经的生活。想到这儿我更加用力地擦拭窗玻璃,手中的报纸团支离破碎。我叹了一口气,将报纸团扔到地上。

昨天的灿烂阳光已经消失得无影无踪,取而代之的是连绵阴雨。小屋外,雨水不停落下,而这意味着我只能被困在小屋里,没有音乐,没有收音机,只有信马由缰的思绪与我为伴。对了,还有这只猫在我身边。我不得不承认,尽管这只猫一整天都待在原处,几乎没有离开过那个睡袋,可是它的存在让我感觉好多了。

"你可舒服了。"我嘟囔着爬下窗台。

至少现在楼下的房间看起来也还过得去。我擦拭每一块完好的窗玻璃,擦拭那张伤痕累累的古旧大桌。我还找来一把笤帚,扫除地板上的灰尘。小屋还是没有通电,不过我已经学会使用那个燃气灶了。我裹紧身上的开襟毛衣,往原本放在炉上的老式水壶灌水。我还不能开灯,不能给手机充电,也不能使用笔记本电脑,可我至少能给自己泡杯茶。

水烧开的声音让我想起昨晚的梦被类似水声的声响打断。我闭上双眼,试图忆起那个梦:溪水汩汩流过浅滩,一个有着明亮浅褐色双眸的女人;她身怀六甲,张开双臂,拥抱一块路标石,摸索石头上的刻痕……

水壶的呜呜声斩断了我的思绪,让我回到现实中。我关上燃气,一种诡异的感觉油然而生。房间的另一侧有动静,那只猫正在全神贯注地盯着我。这都是过于活跃的想象力在作祟,我对自己说。我把开水倒入一个马克杯中。停笔一段时间之后,你就会发现周围一切都藏着故事。我坐在桌边,拿出笔记本,试图找到通往我笔下世界的路。在我离开伦敦之前,我就用笔创造了这个世界。我可以消失在那个世界中,那里充斥着旅行、秘密、古老的魔法和各种可能……

我感觉汗毛直竖。昨天我越过浅滩的时候是不是看见了一块路标石?我记不清了,不过去确认一下也花不了多少时间。

我试图把这个想法挤出脑海,开始创作书中新的一幕场景。可最后我发现自己描绘的是一个山谷,一个男人用刀子在石头上刻下自己的诺言。我赶紧把笔记本推开,一股自我厌恶之感在心中升腾。

"真是太荒唐了。"我对那只猫说。那只猫伸出一只爪子,发出低沉的叫声,似乎在表示赞同。"而你也不帮帮我。"我说。

我套上靴子,嘴里一直在嘟嘟囔囔。我身上原本穿着一件老旧的开襟毛衣,现在我再披上一件雨衣。当我走到门前阶梯上,我开始哆嗦。屋内,壁炉里的火焰摇曳跳跃;屋外,寒冷刺骨的雨水倾盆而下。相形之下,小屋里显得温暖舒适多了。可我还是跟跟跄跄地走出门,沿着那条小径前行,钻进滴着雨水的草木之中。

那一处浅滩看起来和之前不同了。在我的梦里,流过此处的水清亮澄澈,闪耀着波光,不同颜色的落叶给溪岸铺上一层地毯。可现在所有的一切都是潮乎乎、湿漉漉的,到处是泥泞。我在泥水中跋涉,四处搜寻一块状似石头的东西。最后我看到了某样东西的顶端从枯萎的荨麻和杂草中露出来。在我的梦中,那块路标石昂然挺立,可现在它却斜斜地靠着溪岸,半埋在泥泞之中。

我犹豫不决,在石块前的泥地里蹲下。我伸出手,穿过覆盖在石块上的草木,尽力不去想藏身其中的蜗牛和鼻涕虫。我的手指拂过石头的表面。这块石头饱经风霜,表面坑坑洼洼,可是并没有任何刻痕。当然不会有什么刻痕,一个严厉的声音在我脑海中响起。这都是因为你思虑过度,让自己魂不守舍。除了饱尝寒冷和潮湿的滋味,弄得自己一身泥泞,到最后你什么都得不到。

正当我准备后退,我摸到石头上的一道凹槽。我的手指沿着这道凹槽一点点地挪移。凹槽化作一条直线,一段弧线,又一段弧线——毫无疑问,这是一个心形……我慌忙后退,我的心加速跳动。枯叶粘在我的手上。在阵阵雨声中,我敢发誓在那一刻,我听到了另一种声响——那是金属敲击石块的微弱响声。我汗毛直竖,跌跌撞撞地爬上泥泞的溪岸,有多快跑多快,根本不敢往后看一眼。我朝小屋奔去。我正要拉开门闩时发现门已经打开。门内有一个昏暗的身影。那人转过身看着我,他那双闪亮的眸子是淡褐色的。

我把烧水壶放在炉上,壶里的水洒得到处都是。杰克·罗斯卡罗站在壁炉边,看着我用袖子擦干洒出的水。他也是浑身湿透,被打湿的黑发乱糟糟的,从他身上滴下的雨水在他脚边的地板上形成了一个小水潭。

"抱歉未经邀请就这样闯进来。"他说,"这雨声那么响亮,我以为你没有听到敲门声。"他顿一下,盯着火焰,"我并不是想吓唬你。"

"没事啦。"我把颤抖的手插进兜里,"你来这里干什么?"现在和他虚礼客套也没什么意思,于是我就直接问了。

他脸色阴郁,不过从他脸上的表情我看得出他想和解。他抬起眼眸,和我对视。

"我想为我爷爷的事和你说声对不起,就是他和人打赌的事。"他轻声说道。他说话时带点口音:"现在他的脑子有点糊涂了,不过这也不是待人无礼的借口。"

"待人无礼?"我重复道,满脸难以置信的神色,"拿一个素不相识的陌生人来打赌……"

"他并没有恶意。"

"他想把我赶走!"我朝他逼近一步,"你觉得那是什么样的感受?"

罗斯卡罗小伙用手抓抓湿发。"你得理解,"他说,"这个地方对他而言意义重大。他担心这个地方将会遭遇某种变化。长久以来,这里一直属于我们家族,在我们家族中代代相传。"

"那我怎么知道?"我转身面对燃气炉,"即使我知道这事,那也是托玛辛娜·罗斯卡罗决定要将小屋出租,而不是由我来决定的。我为什么要为此受到惩罚呢?"

站在我身后的杰克发出一声叹息。"我明白,"他说,"我也试着和他讲道理。"过了一会儿,窸窣声传入我的耳中。我抬眼一看,看到他举起手里的纸袋。"我……呃……买了一些圆面包,就当成谢罪礼吧。面包里加入了藏红花,我想你或许没有尝过。"他低头看看手里的圆面包,皱皱眉,"不过老实说,这些面包好像被打湿了……"

既然我已经泡了茶,出于礼貌我只能邀请他留下来喝杯茶。我们坐在炉边,用一对老旧的叉子叉着圆面包在火上烤。

"我好久没来这里了。"杰克·罗斯卡罗一边说着,一边往一个圆面包上涂奶油。他的目光恋恋不舍地掠过整个房间,掠过那张大餐桌和塞着破布的窗玻璃。"感觉没怎么变嘛。"他说。

他把圆面包递过来,我咬了一口。那种滋味感觉既陌生又熟悉。

我含着满满一口圆面包,问他:"她是你爷爷的姑妈?我是说托玛辛娜?"

"差不多吧,反正爷爷是和她血缘最近的亲戚,所以他时不时来看看托玛辛娜太姑奶奶。不过她不太喜欢有客人上门。她是一个古怪的老太太,有时当她盯着你,你会感觉她能看透你的心。"他微微一笑,"不过我小时候喜欢上这儿来玩,往浅滩的水里放纸船什么的。"

此时烤面包的甜香味充斥着整个房间。"那她为什么不把安尼斯尤尔留给你爷爷呢?"我问道,"你也说了,这个地方在你们家族里代代相传。"

"老实说,也不是一直都属于我们家族。"杰克说,"这里还有一个古老的家族,特拉门诺家族。"他急急忙忙地吐出那个姓氏,仿佛那是腐坏的食物,会在他嘴里留下怪味,"在某段时间里这个地方为他们所有。几百年来,这个地方在我们两家之间频频易手,没人记得清究竟哪一家才是这里的第一个主人。至于托玛辛娜太姑奶奶为什么不把这个地方留给爷爷……"他摇摇头,"我也不知道。"

他把烤好的圆面包从叉子上取下来,用双手抛来抛去。香料和醋栗的香味弥漫在我们两人之间。

"不管怎么说,我很高兴你租下这个地方。"他抬眼看着我,火光照亮了他的脸庞,"我的意思是,总好过租给特拉门诺家的人。"

"好吧,不过你爷爷对此不太高兴。"我挖苦道。我感觉自己两颊发烧,可我尽量不去想它。

杰克忍住笑,他嘴里含着一大口圆面包。"如果让他在特拉门诺家的人和你之间做出选择,无论什么时候他都会选你,你信我好了。如果他对你了解更多,他更加会选你了。"他拂去落在套头衫上的面包屑,"他就像头倔驴,不过我会劝劝他的。"

这回轮到我露出微笑了,我感觉那是发自肺腑的微笑。

"谢谢你,杰克。"我说。

在接下来的几分钟里,我们俩都不说话,而这种沉默让人感到舒适自在。我们倾听屋外的雨声,那声音如同沙漏里的沙子落下时发出的簌簌响声。我感觉杰克的目光落在我身上,于是转过脸和他对视。这时一个声音响起,把我们俩吓了一跳。那是猫叫声,还有爪子抓挠木头的声音。

"哦,老天……"我匆忙站起来,跑去开门。那只浑身湿透的猫坐在门前阶梯上,被雨水打湿的毛根根竖起,如同刺猬的尖刺。"怎么回事?"我叫道。猫咪掠过我身边,发出喵喵叫声,仿佛正在责备我。"我根本没看到你跑出去!"我说。

我转过身,看到杰克正盯着那只猫,他的眼睛睁得大大的。"怎么了?"我问道。

"没什么,只是……我很久没见到这只猫了,我觉得它看起来有点不同,就这样。"

"你觉得它有多老了?"火光落在猫咪那湿漉漉的皮毛上,给它染上一抹橙黄色的柔光。

"我不知道。"他眯缝双眼看着猫咪,仿佛正试图沿着时光之河溯流而上,"如果它是我小时候见到的那只猫,现在它肯定有将近二十岁了。"

"不可能的,猫不可能活那么久。"我拿起一块抹布。我不知道这只猫是否乐意让我帮它擦干身子,可雨水从它身上滴落,弄得到处都是。当我用抹布擦拭它的皮毛,它并没有反对。"或许它是之前那只猫的后代。"我说。

响亮而低沉的咕噜声充斥着整个房间,甚至盖过了屋外的雨声。猫咪挣脱我手中的抹布,走过去审视盛放着黄油的碟子。

"我说得对吗,帕灵?"我问那只猫,伸出手想抚摸它。

当我的手指接触到猫的皮毛,几星火花突然闪现。它们钻进我的手臂,一直钻到我的心里。周围的一切没入黑暗之中,我听到一千颗心在跳动,听到长着鳞片和皮肤的生物所发出的声响,感觉到山谷里所有生灵的存在——包括那些正对着闪电呻吟的大树……我赶紧缩回手,一时之间不知所措。

"被电了一下,是吗?"杰克问道。

那只猫抬起黄澄澄的眼睛看着我,仿佛它知晓我刚才所看到的一切。

"是啊。"我勉强挤出一句。我小心翼翼,再次朝猫咪伸出手。几秒钟之后,猫咪用脑袋摩擦我的掌心。这回我只感觉到它轻声叫唤时身躯的颤动。这只是一只猫,仅此而已。

杰克离开前帮我清理了卧室壁炉里的垃圾。如此一来,今晚我就不用在楼下火炉边的扶手椅里睡觉过夜了。

"如果我知道你只能把扶手椅当床,我会早点过来帮你清理的。"他后退一步,他的皮肤上沾满了煤烟和灰尘。"这样应该可以了。"他说。

我发现他在环顾四周。卧室看起来空荡荡的,我的睡袋摊在床上,一个打开的行李箱放在地板上。

"我剩下的行李很快就会从伦敦寄来了。"我急忙说道,"不过我也没多少行李,大部分都是书。在行李送来之前我可以凑合着过几天。"

看得出他还有问题想问,不过他并没有问出口,只是点头微笑。

"如果你有什么需要帮忙的,只管和我说。"他站在门边对我说,"大多数时候我都在下游,你需要什么工具我都可以借给你。"

"下游?"

"下游有个造船工场,我和爷爷在那里工作。沿着这条小溪走,找到那条河,你就能见到我们了。"他戴上一顶羊绒帽,盖住那一头乱发,他的脸上露出揶揄的微笑,"河流尽头的罗斯卡罗——从很久很久以前开始,人们就这样称呼我们了。"

"谢谢你来看我。"我大声说,想要盖过那雨声,"还有……很抱歉那天我对你发火。"

"没事啦。"他咧嘴一笑。我希望他能留下,他在这里可以让小屋变得更温馨舒适。他沿着那条通往山谷外的小路,一脚深一脚浅地走了。

"再见了,婕丝!"他回头叫道。

"再见了,杰克。"我对着落下的雨水低声喃喃道。

嗨,妈妈!

抱歉没有早点给你写信。我正忙着安顿下来,根本不记得今天是几号……再说了,还有一个关于电力的小问题没有解决,所以我不能给手机充电。这些日子我只得仰赖蜡烛和煤气炉。我知道你听了会很不高兴,不过说实在的,我已经喜欢上这种了无头绪的生活了。我像以前一样，用纸笔写作。我发现没有了城市和网络的干扰，我的写作速度得到了提升。每天我都坐在厨房餐桌前，感觉自己陷入现实和想象之间的缝隙，感觉自己落入介于清醒和梦境之间的世界。

我知道你想问什么。不，我没有和他联系。这里没有手机信号。再说了，我为什么要和他联系呢？在我离开伦敦之前，我们已经把该说的话都说完了。

再告诉你一件很吓人的事：这里方圆十五英里[①]内都没有超市！我从本地的面包房购买面包，在巷子里一个童叟无欺的杂货摊购买鸡蛋和蜂蜜。除此之外，如果我还想要什么，我就到村子里的商店去购买。那家店什么都卖。当然了，有时我会想念伦敦城里那家路边三明治熟食店，想念苏豪区的午餐。可既然我已经彻底改变了自己的生活方式，这不过是大变化中的小变化，不是吗？

还是没有热水，这让我很不适应。我不会假装自己已经习惯这种情况。希望他们能尽快解决吧。我已经很多天没洗头了。我在洗衣房里找到了一个锡质浴缸。我的新朋友杰克说以前的人把这个浴缸放在火炉边，在里面洗澡……或许将来我会鼓起勇气，使用这个浴缸。

杰克和他爷爷是距离我最近的邻居，要上他们那儿去得穿

[①] 1英里约等于1.6公里。

过树林,走上一英里。杰克是个好人,不过要和那位老人搞好关系可没那么容易。除此之外,村子里还有许许多多有意思的人物:历史学家、护士、老师、造船工匠、走私客……或许还有朋友。

你还记得房子的租约里有一条奇怪的条款吗?现在我已经见过这位新室友了。它傲慢神秘,还挺帅的。它占据了我的睡袋,半夜里把我吵醒,有时候还把吃剩一半的老鼠当成礼物送给我。它的名字叫帕灵……

光标不停闪烁,等着我继续写下去。我盯着这些文字。或许我应该把一些真实情况告诉妈妈,该怎么说呢?词语句子在我脑海中飘浮,还有……我一直在做梦。在梦里,我看到一些我不可能知道的东西,还看到一张张脸,而那些脸的主人早在很久以前离世了。有时候他们让我化为袅袅青烟,充盈整个山谷;有时候他们让我长出尖牙利爪,让我学会狩猎;有时我发现自己在夜里醒着,坐在那里,聆听一首并不存在的歌谣……

我叹口气,长按删除键。我不能写这些事,我不能把这些事告诉家人,不能告诉任何人。或许他们以为我在安尼斯尤尔的独居状态进一步激发了原本就过于活跃的想象力,让我产生了幻觉。如果真是这样,那可算是最好的情况了。而最糟糕的情况是他们担心我的精神状态，于是跳上下一班列车，准备把我押回伦敦城。

我只是在邮件中附上一张小屋的照片。那张照片是我来这里的头一天照的。在那张照片上，屋后的绿叶闪闪发亮，被阳光照亮的窗户熠熠生辉。真希望你也能来，我写道，可同时我也纳闷这是不是发自肺腑的实话。

我按一下"发送"，然后环顾四周。我正坐在兰福德唯一的咖啡馆里。不过把这家店称为"咖啡馆"并不确切，这里还出售渔具、柴火、打印机油墨、潜水服和家庭酿造的大豆酒，而且这里还是邮局。不过这里随时提供咖啡和蛋糕，而最吸引人的是这里有无线网络。我好几天都没有查看电子邮箱了。只是看一眼"未读邮件"的数量就足以让我萌生退意。我叉起最后一块胡萝卜蛋糕，趁我还没打消查看邮件的念头，我赶紧将邮箱的滚动条拖到底。

一封邮件来自房屋中介，问我安家工作进展如何；一封邮件来自出版社编辑，确认我是否记得交稿截止日期是圣诞节。我给编辑写了一封简短而振奋人心的回信，向他保证我肯定记得按时交稿。与此同时，我担心他能从字里行间看出我在撒谎。在编辑来信下方还有一封邮件。当我看到这封邮件，我的一颗心不由得沉了下去。发件人是一个熟悉的名字，标题是"最后一批物品"。

我将鼠标箭头移到那封邮件上。我感觉在过去几周刚为自己建好的新世界即将崩塌。

"婕丝!"有人叫我,我赶紧将目光从邮件上移开。

"哇哦!"亚历山大后退一步,"看你这冷冰冰的眼神!抱歉,我是不是打扰你了?我……"

"没有。"我赶紧收拾脸上的表情,挤出微笑,"没事啦,我只是……收到一封不想收到的邮件而已。"

"不是什么坏消息吧?"他皱眉问道。今天他穿着黑色的牛仔裤和衬衫,外加一件防水夹克,看起来很帅。

"不是。"我犹犹豫豫,"是关于前男友的事。"

他会意地扬扬眉毛:"那你还好吧?要不要再来一块蛋糕?"

我把面前的空盘子推到一旁,试图挤出笑容。我的笑声听起来软弱无力,不过至少现在我已经没有想哭的感觉了。"不用了,谢谢。"我说。

"是最近发生的事吗?"他一边问着,一边抽出对面的椅子。

"也不算是,那是几个月前的事了。"我叹口气,合上笔记本电脑,"也没什么,只是我们两人都变了。很显然,变化更大的人是我,因为我转行做全职作家。他说希望以前的我能回来,他不明白……"我并没有再说下去,只是说,"抱歉,或许你不想听这种事。"

"是我主动问起的,对吧?不过你可听好了,我带来一个消息,你听了肯定很开心。"他拼命忍住笑,就像一个孩童想出一个新的笑话,我发觉自己也报之以微笑。

"你好像很有把握。"

"那是自然。"他凑过来,我闻到一丝剃须水的气味——那是浓郁的麝香味。"我听说你那栋小屋没有电。"他说。

"是啊,米雪拉说她要和罗斯卡罗先生好好谈一谈。那变电房就在他家的土地上。还有,杰克·罗斯卡罗也来看我了,他说他也会和自己的爷爷谈谈这个问题。既然有他们两个出马,我觉得问题会解决的。"

亚历山大微微皱眉:"我不是说他们不记得这事了,婕丝,只是……我知道这事之后找了一个朋友的朋友打听。那家伙在电网公司工作,我想让他帮忙看看。结果他们发现问题很容易解决。昨天他们来到这里,可是老罗斯卡罗却找碴儿生事。"

失望如同潮水,在我心中翻涌。我以为在杰克来过之后,我和那老人的关系能有所改善。"找碴儿生事?什么意思?"

亚历山大皱着眉头:"他封住了通往他那块地的入口,而变电房就在那里,所以电网公司的工人进不去。他说如果他们拿不出授权书,他不会让他们进去的。不过幸运的是,今天他们又上那儿去的时候,碰巧我经过那里。我把老罗斯卡罗拉到一边……说了几句悄悄话。"

"悄悄话?"

他耸耸肩:"没错。或许他是个酒鬼,可他不是疯子。我告诉他这么做简直是无理取闹,还说你是一个很好的人,他应该给你一个机会。"

我感觉两颊发烧。"这样就行了?"我问道,"然后他就让电网公司的人进去干活儿了?真的有用吗?"

亚历山大往后一靠,咧嘴一笑:"应该有用吧。"

"真是太谢谢你了!"

他把手一挥:"任何人都会这么做的。"他看上去很高兴。

我想起米雪拉那无力的"威胁"——"我们要和他好好谈谈",而杰克要和他祖父讲讲道理的承诺也显得那么空洞。"不,不是的。"我明明白白地说,"只有你这么做了。"

"好吧……"他不好意思地抓抓头发,然后说,"嘿!聚会是在明天举行哦,你会来参加吗?"

"我还说不好。"我喃喃道。参加聚会这个念头显得越发诱人。"我的行李还没有从伦敦送来呢,我没有衣服可穿。"

"没问题,那是一场化装舞会,你穿一身黑然后说自己是只猫就好了。"

我的手在复位电闸上流连。几天前,当我想到小屋没有通电,我会觉得很害怕。可现在我已经稍稍习惯了点蜡烛、使用煤气炉以及使用纸笔写作的生活。电会不会改变这栋小屋?我在这里找到了逃离尘世的感觉,小屋恢复电力之后,这种感觉也会改变吗?

别傻了,我对自己说。我把复位电闸推上去。刹那间,电流在电线中涌动，我听到一个声音正在歌唱，听到来自另一个时代的一小段乐曲，看到火炉边绿光一闪。我转过身，结果发现那不过是壁灯在暗淡的灯座中闪闪烁烁。

可那音乐又是怎么回事呢？我依然能听到。那低沉婉转的乐声因静电干扰而变得含混不清。我缓缓走上楼梯。那声音是从次卧传出来的，那个房间我只进去过一次，里面堆满了废弃物。我推开房门，打开灯。上回我进来的时候，房间里太暗了，我没能看清里面的物件。现在我看到一张扶手椅，一张摆放在窗前的桌子，桌上摆着一个收音机，收音机旁放着一摞书，还有一份折起来的报纸。

我伸出手，触摸收音机的旋钮。这是一部老式收音机，旋钮盘上刻着遥远的地名：华沙、巴黎、莫斯科……歌声融入两个频段之间的白噪声之中，现在已经听不到了。想想看，那位老妇人坐在这张椅子里，看着窗外的山谷——她就这样消磨了多少时光？在她去世当天，她是不是还在读这份报纸呢？我捡起报纸。那是一份半年前的报纸，经过长期的日晒，报纸上的油墨已经开始褪色。我打开报纸，折叠起来的那一版上有一篇题为"特拉门诺先生提交游艇码头计划书"的新闻报道。标题下方是一张照片，照片中的男人穿着西服正装，站在一栋宏伟建筑的阶梯上。我忍不住笑了。有人——我猜就是这位老太太——仔仔细细地用墨水笔在照中人的头顶画上魔鬼的角，在他的脸上画上獠牙，在他身后添一条分叉的魔鬼尾巴。我真希望能见见这位老太太！这个念头也不是第一次浮现在我的脑海中了。

不过这个名字……特拉门诺，我好像在哪里听过。之前杰克是怎么说的？他提起另一个家族，这个家族也曾经拥有这栋小屋……"几百年来，这个地方在我们两家之间频频易手，没人记得清究竟哪一家才是这里的第一个主人"。之前我把那张手绘地图塞进了楼下的梳妆台抽屉里。我跑到楼下，找到那张地图，小心翼翼地将它打开。这回我注意到在地图的边缘有一条形似水流的波浪线，波浪线旁边有一列细小的字：罗斯卡罗。我微微一笑，想起杰克的话："河流尽头的罗斯卡罗——从很久很久以前开始，人们就这样称呼我们了。"

地图中央是帕兰石。在冬青林和树林的交界处，有一条虚线，一个花体字母T出现在虚线终点。我沿着地图的西侧搜寻，终于找到了一个名字：特拉门诺。

罗斯卡罗和特拉门诺，安尼斯尤尔正位于两者之间。我盯着地图，感觉自己有所疏漏。我未曾留意到的是一个秘密，一个由时光、鲜血和回忆交织而成的秘密。这个秘密代代相传，延续了几百年。

土地也有记忆。虽然土地的记忆与人的记忆不同，但这些记忆却在人世间流动。土地吸取水分,提纯物质,只留下最明亮澄澈的部分。土地绘制出宏伟而精巧的图案,然而一般人无法看清,只能看到一些相互缠绕的线条。只有那些知晓其中要诀的人才能感受得到。

收音机坏了,无法固定在某个频道,而是在各个频道之间不停跳跃,不时捕捉到支离破碎的歌曲、人声、笑声,还有轻松欢快的广告。大多数时候从收音机中传出的只是静电干扰产生的杂音。那沙沙响声悠远绵长,无穷无尽,如同一浪接一浪的波涛。

这种响声让我昏昏欲睡,我的眼皮慢慢合上了。沙沙声逐渐变得深沉,然而这一过程如此缓慢,开始时我竟没发觉有什么不同。最后沙沙声和某种嘎吱声相互混合。那嘎吱声如同船只甲板发出的响声,又像是被暴风撕扯的树枝发出的呻吟。可是我最后看向屋外的时候,我记得今夜平静无风啊……

我睁开眼,冰冷的寒风让我的眼睛盈满泪水,使我不得不再次闭上双眼。突然之间,我的心因恐惧和急切而怦怦直跳。我伸出手,我的手指陷入泥土中。那冰冷的泥土中掺杂着腐烂的叶子。黑暗让我目不能视,我摇摇晃晃地站起来。我开始奔跑,然而布料却缠着我的双腿。我一头钻进灌木丛中,寻找横穿山谷的小径。冬天的枯树枝挂住我的头发，让发丝脱离了发卡的束缚。无所谓了，我心想。鲜血涌上头部，发出雷鸣般的声响。无所谓了，只要能让我跑到山谷的另一侧，无论怎样都行。

一声叫喊声在树木之间回荡。我回过头，看见远处的小屋闪烁着火光——那是火把环绕在小屋周围。为了回头看这一眼，我没有留意脚下，结果被树根绊了一跤，一头栽倒在小径上。我的手擦过鹅卵石，我的脚被衬裙缠住。这时我看到一个黑影出现在我面前，落在黑暗之中。它的眼睛如同海里的粼光。

帕灵！如释重负之感涌上心头。如果我还喘得过气，我必定会哭出来。然而我没有哭，而是跌跌撞撞地爬起来，跟着它走进黑暗之中。当我摔倒的时候，它停下来等我。当小径变得清晰可见，当那些磨损的鹅卵石沿着山坡向下延伸，它在我前面跑了起来。我知道我们快要到了。然而，当帕兰石出现时，它还是一如既往地让我大吃一惊。

我钻过冬青树障的狭小缺口，在帕兰石面前跪下。那只猫出现在我身边，发出急切的叫声。我将猫咪拥入怀中，将我的脸埋入它那如夜晚般寒凉的皮毛之中。

在冬青林的另一头，有人在呼喊我的名字。一线亮光出现在那里，照亮了一个男人的脸。他那苍白的面容因恐惧而变得憔悴，他手里拿着一盏黑色的提灯。他在向我招手。我摇摇晃晃地站起来，紧紧抱住帕灵。

这时传来一声巨响。我不知道那是我自己的尖叫声,还是呼呼风声,抑或是燧发枪弹的呼啸声。枪弹擦过帕兰石的边缘,碎石屑迸射飞溅。我在远处的黑暗中搜寻,我担心那个手拎提灯的男人被枪弹打中。然而,他只是定定地站在那里,盯着我身后。

　　我转过身,看到火把的火光正在迅速逼近。在夜色之中,那熊熊火焰多了一抹狂暴。我听到风声之中还掺杂着狗吠声——它们正渴望品尝鲜血的滋味。我怀中的帕灵绷紧身躯。现在逃跑也没有用了,他们会追上我们的。冬青林另一侧的男人再次呼唤我的名字。我摇摇头,等着这群追捕者。他们心怀恐惧,不敢踏入这块林中空地。马儿畏缩不前,无论怎么驱策都不肯前进。那些狗也一样。它们感应到某种东西,只是狂吠呜咽,却不愿穿过冬青林。

　　另一个声音在叫我的名字——叫的是我的全名。那不怀好意的叫声在黑夜中回响。他们对我破口大骂,说什么魔鬼、我的罪孽以及上帝的旨意。然而他们的话语无法改变这样一个事实:他们想要的不是我,而是我的这片土地。在我身后,那个提灯男人对我发出最后的呼唤。我再次摇摇头,悄声对他说"快跑"。我只希望风儿能把我的话捎给他。他肯定是听见了。只见昏暗的灯光一闪,接着传来金属刮擦玻璃的声响,然后那张脸消失不见了,隐入黑暗之中。我把帕灵放下,让它也逃跑。它眨眨眼,然后融入黑暗之中,仿佛它从来没有出现在这里。

我感到释然——那种感觉就如同河水没过焦渴的舌头。

我别无选择,只好面对自己的命运。我朝那些人走去。每靠近一步,他们散发出的气味就变得更加浓烈。那是沥青味、汗味、干渴的嘴里散发出的酒臭味。借着火把的火光,我看到那个乡绅骑在高头大马上,我看到那个牧师正俯视着我。我还看到兰福德的村民——在许多年前的万灵夜,他们曾经拍拍我的脑袋,叫我"小丫头",给我万灵夜苹果。今晚也是万灵夜,而他们却对我穷追不舍,就如同在追捕一只狐狸。

我在林中空地边缘停下脚步,站在冬青树之间。他们举起手画了个十字。我抬头看向他们的首领——那个乡绅。他俯视着我,他那张冰冷生硬的脸如同教堂里的石刻圣人。他举起燧发枪,发出信号。

我的肉体感觉到有如针扎的疼痛。这时帕灵跳上我的肩膀,朝那个人扑去。它发出愤怒的号叫。马儿不安地尥起后蹄跳跃,发出嘶鸣。借着火把的火光,我瞥见那个男人的脸——他的眼中布满血丝。叫喊声响起,我听到"恶魔""魔鬼"这些字眼。我不想再看了。我转过身,一头扎进冬青林中。即使我知道冬青树的树枝会刮破我的皮肤,即使我知道在我跑到河边之前那些狗一定会追上我……

寒风抽打着我的脸。我喘着粗气,茫然无措。出现在我面前的只有黑暗和寂静,除此之外别无一物。没有嘶哑的叫喊声,没有火把,没有马匹,没有冬青树。我不是在奔跑吗?我的心怦怦直跳，我的呼吸急促，呼出的气在我面前凝成白雾。

一对眼睛不知从哪儿冒出来，如同在黑暗中流动的水银。帕灵！我如释重负，几乎要哭出来。它快步向我跑来。这时我才意识到自己正站在小屋敞开的大门前。壁炉中的柴火即将燃烧殆尽，只剩几块余炭；楼上的收音机还在发出沙沙杂音。我低头看看，看到帕灵正在打量我，它那双黄澄澄的眸子显得那么严肃。我再低头看看，发现自己的脚变得脏兮兮的，沾满了泥泞和林子里的树叶……恐惧攫住了我，我赶紧关上门，插上门闩，跑到楼上，跳到床上，钻进睡袋里。我缩成一团，试图让自己的四肢不再颤抖。

有什么重物落在我身边的床上，让我又紧张起来。接着我听到一声低沉的猫叫声，感觉到一只猫爪隔着睡袋拍拍我的头。我还是很害怕，不敢舒展身躯。最后我感觉到背部传来阵阵暖意——那是帕灵紧贴着我的背躺下来。它开始低声叫唤，它的叫声驱散了对夜晚的恐惧，让我放松下来，让我出窍的灵魂再次回到体内。最后，我那如同野马的思绪不再狂奔，我的呼吸变得和缓，我睡着了。

第二天早上，我刚醒过来就发觉帕灵已经离开了。我睁开眼睛。灰色的晨光从窗帘下方渗进来。我的头晕晕乎乎的，仿佛我的脑子已经变成了一团糨糊。我眩晕无力，用胳膊肘支起身子。在我的睡袋之外，散落着几根黑毛，不过除此之外……

关于昨晚的回忆如同滔天巨浪，突然砸在我身上。恐惧，逃跑，火把……我挣扎着将双腿从睡袋中抽出来，看看自己的脚。我的脚很干净，不见一丝冬天的泥泞。我往后倒下，一只手遮住眼睛。都是这个地方和我的想象力在作祟。

我查看自己的手机，手机终于充满电了。时候不早了，已经过了平日里我起床的时间。当我经过那堆放着废弃物的次卧，我发现那部收音机还开着，它一直没完没了地窃窃私语。我把收音机关上了。

帕灵没有像往常一样来享用它的金枪鱼早餐。我尽力不去想这事，而是让自己忙于收拾打扫。然而在我内心深处，我依然渴望见到它，见到它钻进厨房的窗户，跳下来。现在我总是为它开着那扇窗，方便它出入。我想见到它，让我的目光钻进它的眼眸深处，看看它昨晚到底看到了什么。它什么都没看到，我厉声对自己说，它只看到你像个疯婆子似的站在门口。

我的手机捕捉到一丝微弱的信号，发出一声短信提示音。我拿起手机查看，这时我才意识到今天是什么日子：10月31日，万圣节。难怪我的想象力变得那么活跃。我没有时间仔细思考这件事，因为我的手机显示有四通未接来电和两条短信。当然，这些来电和短信都不是现在的，而是以前的。那两条怒气冲冲的短信是快递公司发出的。快递公司说由于我不接听电话，他们已经把我的箱子放在巷口。如发生任何损毁或遗失，他们概不负责。屋外，今天的第一场阵雨已经落下，正敲打着窗玻璃。

我把箱子搬回小屋，来回好几趟才搬完。在此过程中，我对那个梦的记忆渐渐淡去。我在柴火棚里找到了一架老旧的独轮车，把箱子放在车上，穿过小巷，沿着山谷边那条坎坷的小径前行，一直来到小屋门前，再把箱子搬进屋内。虽然有独轮车助我一臂之力，可这项工作还是耗费了大半个下午的时间。当我搬起最后一个箱子，天光开始渐渐消散。亚历山大的聚会就要开始了，我不会去的。我还要写作，不然进度就跟不上了。再说了，现在这样的生活已经够复杂了。

我推着独轮车，沿着小径前行。万圣节，万灵夜。在酒吧里的时候，丹恩是怎么说的？那可是圣艾伦节，是冬季的头一个夜晚。在那天夜里，幽灵鬼怪在大地上行走，而我们则点起火把，驱散即将到来的黑暗……

一阵震颤掠过我的皮肤。我停下脚步，站在小径上一动不动。如果我现在去到帕兰石那里，我会看到什么？我会不会看到一张脸出现在树林中，脸上的眼睛正在窥探？我会不会看到帕兰石上的弹痕？我会不会看到一个女子的足迹？她在几百年前的万灵夜里被人穷追不舍……

放在口袋里的手机振动了一下，把我吓得跳了起来。

那是一条短信：晚上好女士！七点钟去接你，可以吗？亚历山大。

圣艾伦节，冬季的头一个夜晚。这个节日有很多名字，可无论用哪个名字称呼它，它的本质都是一样的：那是充斥着火与雷的夜晚，是即将过去的一年发出的垂死呼号。眼睛闪动，獠牙显露，脚爪扭动雀跃。夜晚发出呼唤：跳舞吧！奔跑吧！摇摆吧！把这个世界撕裂，直至鸡鸣催我们回家……

我正在为这个聚会做准备，而帕灵就坐在窗台上。它不时甩一下尾巴，竖起耳朵，仿佛它听到了我听不见的声响——或许那是几十年前的话语声。

我并没有把自己扮成一只猫。我打开一个衣箱，里面装着我以前的衣服。我取出一条黑色的长裙。这条长裙皱巴巴的，布满折痕。我只希望这些皱褶不要太过明显。我扎起齐肩短发，用发卡将发卷固定在脑后。我拎起一条深红色的披肩抖一抖，贴在胸前。这时候我才意识到自己这身打扮和梦里那个女子的服装颜色相同。

"她是谁啊，帕灵？"我茫然地问道。此时我正站在卧室里那面小镜前描眼线——我已经好几个星期没描过眼线了。

帕灵在我身后发出低沉的叫声，那叫声几乎与咆哮无异。

它正全神贯注地盯着窗外，仿佛看到了什么。

"帕灵？"我放下眼线笔，走过去看。透过窗玻璃，我看到灯光落在花园小径上。我把手放在帕灵的背上。

刹那之间，一连串声音在我耳边响起。那是如雷般的击鼓声，如同血液在我耳朵里翻涌。然后帕灵就跑开了。它跳下窗台，冲下楼梯，朝厨房的窗户冲去。

"帕灵！"我大声叫道。然而没有用。我听到窗户开合的嘎吱声，听到窗扇和窗框的碰撞声。不久之后，汽车轮胎碾压小径的响声传来。一对车头灯射出两道光柱，那光柱正狂乱地在山谷里扫来扫去。

当我打开车门，车里的亚历山大眉开眼笑，露出一对塑料獠牙。

这对假獠牙让他说话都不利索了："噢……里（你）真泡（漂）亮！"

"谢谢夸奖。"我哈哈大笑，"你也一样啊。"为了打扮自己，亚历山大使出浑身解数。他穿着一件丝绒外套，戴着一顶猎鹿帽，帽檐上还插着一对狼耳朵；他还粘上假络腮胡，化了一个狼人妆。"你扮的是什么？"我问道。

他气急败坏地嘟哝两声，取出嘴里的假獠牙。"我还以为你是一个文学人士呢。"他说，"我当然是巴斯克维尔的猎犬啦。"他把假獠牙放进口袋，环顾四周。"说实在的，虽然小时候我们经常相互挑战，看谁敢上这儿来，可我好像真的没有在晚上来过这里。"

"你们这些兰福德小子就没有其他更有意义的事可做吗？只知道相互挑战来这里练练胆子？"我哈哈大笑，关上车门。

"只是……不管它了。可以走了吧？"

他开的是一辆路虎。只有这样的车子才对付得了山谷中那条坎坷的山道。

我钻进车里，揶揄道："你还没有被吓破胆吧？"我自己昨晚还被吓得要死呢，可我现在已经把恐惧抛诸脑后了。

"没有。"他做个鬼脸，"好吧，老实说，有一点害怕。抱歉，这个地方总是让我心里发毛。"他启动汽车引擎，急忙补充一句，"不过我敢肯定，如果你有机会让这里成为属于你的地方，它肯定会大变样的。"

我回头望望，山谷已经沉入我们身后的黑暗之中。我在心里琢磨：我能让这个地方真正属于我吗？可不久之后，汽车的颠簸打断了我的思绪。汽车向山上行驶，坐在车里的我们被抛来抛去。这真是太好笑了！我为此乐得哈哈大笑。有亚历山大——现在我忍不住叫他亚力——陪伴在身边当真不错。当我们的车子从小巷里钻出来，我发觉自己已经抛下那沉重的思虑了。

"你在哪里举办这个聚会呀？"我大声叫道，想要盖过汽车引擎的轰鸣声。

"不远了。"他咧嘴一笑，"就在村子的另一头。"

我不知道他是不以为意，还是故弄玄虚。不久之后，我们谈起了我的写作,谈起了我计划如何修整这栋小屋。我们的车子横穿兰福德。现在整个小镇看起来如此美妙。窗户和门板上都粘着假蜘蛛网,门前阶梯摆放着某种类似蔬菜的东西。那颜色浅淡的玩意儿经过雕刻,里面放着蜡烛,烛光不停摇曳。那绝不是南瓜。

在这些东西中,有一个形状特别怪异。我指着它问道:"那是什么呀?"

"那是胡萝卜。"亚力说。此时我们已经来到酒吧前,汽车靠边行驶,给另一辆车让道。"我们是康沃尔人,过万灵节不会用南瓜的。"他说。

我笑了起来。这时我看到杰克和其他几个人从酒吧里出来。他手里拿着一个大啤酒杯,整个杯子呈现出亮橙色。我敲敲窗玻璃,朝他挥手。他和我对视一眼,接着他显现出怒容,转身背对我们的车子。直到车子驶离,他都没有转回头。我感觉自己受了伤,伤痛在我心里缠绕扭曲。而我根本摸不着头脑。

"怎么回事?"我看着车里的后视镜,喃喃道。

"什么怎么回事?"

"杰克·罗斯卡罗。我不明白,前些天他还是很友好的。"

亚力沉默了一会儿。他驾车沿着一条横贯村子后方的路行驶。

他最终开口了:"抱歉,或许这是我的错。"

"什么意思?"我的目光穿透车里的黑暗,落在他身上。

"我和杰克……我们俩的关系向来不是很好。"他吞吞吐吐地说,"我们还是孩子的时候就不怎么合得来。你知道吗,其实他是那种很情绪化的人,对某些小事总是耿耿于怀。"车子一个急转弯,转向左边,驶入一条暗巷之中。"他之所以不高兴,或许是因为我在他还没来得及采取任何行动之前帮你解决了小屋的电力问题。"

我点点头。我回想起那个寒冷的雨天下午,杰克那双明亮的淡褐色眸子。我试图将那天的杰克和刚才的杰克整合在一起。借着车头灯的亮光,我看到一对门柱正在逼近。那是一对宏伟气派的门柱,每根柱子上还绑着许多红色的、橙色的气球。在气球下方挂着一块金属牌匾,匾上写着几个大字:

特拉门诺庄园
私人领地

"特拉门诺。"我轻声道。这个姓氏让我感受到一种难以言表的不安。"我们为什么要上这儿来?"我问道,"你不是说聚会在你的地盘上举行吗?"

"没错啊。"亚历山大看上去很不好意思,"好吧,严格来说这里还不完全是我的地盘,至少现在还不是。现在我住在马车房里。"

现在我能看到那栋大宅出现在黑黢黢的树篱后头。之前我只瞥见这栋大宅的尖塔,现在我看到的是一栋高大而布满棱角的宏伟建筑,由灰色石块堆砌而成,被散发着柔和光芒的窗户照亮。宅邸的园地一直延伸至山坡下,与林地相互交融。而安尼斯尤尔就在林地的另一侧。

"你是特拉门诺家的人?"我的话音透着难以掩饰的震惊,"之前你为什么不告诉我?"

"因为我不想把你吓跑!"亚力驾车驶入位于宅邸一侧的马蹄形庭院中,院子里已经停放了几辆车子。"说实话,婕丝,如果你觉得关于你的流言很难听,那你应该听听他们是怎么说我们的,那才叫不堪入耳呢。"他向后扬扬脑袋,指向村子的方向,"足以延续五百年的仇怨可不会轻而易举就化为友善。"他叹口气,熄灭引擎。"我只是想抛下这些包袱,做回我自己,哪怕只做一次都好。"

他转过身。在那一刻,我以为他生气了。之后他又转回来,那对假獠牙再次出现在他的嘴里。

"我这么做都是为了你。"他含含糊糊地说。看到他面露哀求之色,我不由自主地笑起来,把土地、边界和梦境抛诸脑后。

"好吧。"我下了车,"不过进去之后可别冷落我,不然我要让你好看。"

特拉门诺大宅感觉和安尼斯尤尔天差地别,然而其中又透着某种说不清道不明的熟悉感。和那栋小屋一样,在这里我也看到了历史留下的印记。这些印记藏在每一根线条里,藏在被一代代人踩踏磨损的阶梯里,藏在镶着竖框的窗户和刻有花纹的山墙里。亚力领着我向前走。被两侧的摇曳烛光照亮的小径通往一扇厚重的拱门,拱门上方,一座方形塔出现在屋顶上。

亚力步入大门。"难怪你要在这里举办万圣节聚会。"我喃喃道,"走进这里就像是走进了安·拉德克利夫①的小说。"

"不是万圣节,是阿伦泰节。"他说,"来吧,再迟一点他们就开始自己玩了,不等我们了。"

当我们走进大厅,我尽力让自己不要显现出目瞪口呆的神情。这个地方就如同一个博物馆,有兽头和武器,甚至还有一面盾牌挂在墙上。我停下,端详那盾牌的图案:一个土黄色的长方形,中央有一个圆孔,后方有一道红色。当我认出了那个图案,我不禁感到毛骨悚然。

"这是……"我踮起脚尖,想看得更仔细些。

"那块石头?没错,我们家和那块古老的石头颇有渊源。"亚力抬眼看看,"还有我们家的姓氏——特拉门诺,意思就是石之人。"他推推我,我差点儿没站稳摔了出去。"然而那块石头居然是在你的地盘上,很有讽刺意味,你说是吧?"他说。

"亚力!"有人在叫他。他带我走进一个宽阔的大房间。房间的天花板很高,房间里点着蜡烛和灯笼。壁炉上放着一排

---

① 安·拉德克利夫(1764—1823):英国女作家,擅长写作浪漫主义的哥特小说,其作品中融入了恐怖、悬念与浪漫。

闪亮的红苹果,壁灯的鎏金灯座上挂着细绳,细绳的一端系着假蝙蝠,在空中晃来晃去。我看不清说话的人,但他们必定藏在某处。迈克尔·杰克逊的歌曲《尖叫》正在房间内的木质镶壁板之间回荡,和整个氛围格格不入。

房间的另一头已经改建成一个酒吧。当我们去到那里,亚力向聚在那里的众人介绍了我,而他们的名字我听过即忘。所有人都穿着奇装异服。眼前的景象既让人不知所措,又让人沉醉其中。当我穿过这个房间,一道道目光追随着我,窃窃私语声一直紧紧地跟在我们身后。我很在意自己身上那因折叠过久而发霉的皱巴巴长裙,还有那磨损的靴子和乱糟糟的头发。

"他们为什么总是盯着我看呢?"当我们来到那张巨大的桌子前,我低声问亚力。桌上摆满了各种酒水:插在冰块中的香槟,一壶壶啤酒和苹果酒;还有一个大碗,碗里盛放着红色的液体。

"他们只是好奇罢了。"亚力说着拿起两个酒杯,"漂亮而神秘的外乡人出现在兰福德——这可不是常有的事!"

我感觉很不好意思,将披肩裹得更紧了。

亚力肯定是发觉我惶恐不安,于是递给我一个酒杯:"喝点这个吧,这能帮你平复心情。"

"这是什么?"我盯着杯中那淡红色的液体。

"这是潘趣酒。"他和我碰杯,"欢迎来到我们这里!"

这酒泛着甜味,透着一股浓烈的苹果味。我马上感觉到这酒起作用了。原本我不太乐意来到这里，可现在酒劲儿在我体内激荡，把我的不快冲刷得一干二净。我将剩下的酒水一饮而尽。

亚力扬扬眉毛："果然是我心仪的姑娘啊。"他说着也喝完自己杯中的酒。

他往两个杯子里再次倒满酒，带着我在房子里转了一圈。我们经过客厅和弹子房，走过走廊，经过一间藏书室。藏书室里，光线落在木质的书架上，让书架散发出令人陶醉的暖暖幽光。

亚力向我介绍了所有这一切。他不时地停下来和人打招呼，并向他们介绍我。我发现自己正盯着他看，看他那怪异的狼人装束。一股同情涌上心头。他顶着一个古老的姓氏，从小就待在这样一个地方，在这里长大成人——我实在无法想象那究竟是什么样的感受。难怪他把这一切视为累赘。

最后我们走到户外，来到一个下沉式花园中。花园里有一个火坑，火坑旁坐着一群年轻人。我们在火坑旁坐下。我认为这群人是亚力的朋友。之前他说过人们对我很好奇。果不其然，这群年轻人马上问我一大堆问题：我是谁，为什么要到这里来……和之前一样，当我说自己是安尼斯尤尔的租客，他们脸上的表情变得非常怪异。不过随着一杯杯潘趣酒下肚，大家也慢慢放松下来。

今天晚上很冷，即便是在火边也无法抵挡严寒。亚力找来了一条毯子，披在我们俩的肩上。我的理智对我发出警告：其他人要以为我们俩是一对情侣了。然而我对这警告不予理会。我感觉到他的手臂紧贴着我的手臂。当我想到我们之间存在的种种可能性，我的身体不由得发出阵阵悸动，就如同一星星火花在我体内乱窜。

"伦敦怎么样啊？"坐在火坑对面的一个小伙大声问道。他的名字是TJ，他头上戴着一顶高顶礼帽，身上西服的一侧被撕得破破烂烂的。"你一直都住在伦敦吗，婕丝？"他问道。

我耸耸肩："那倒不是。以前我们家住在曼彻斯特，爸爸去世后才搬到伦敦的。"他们正要向我表示歉意，我喝了一口潘趣酒，挥挥手，示意他们无须在意。"那也是很久以前的事了。"我对他们说，"爸爸去世后，妈妈希望能再次在一国之都安家。她是在伊斯坦布尔长大的。她说她怀念大城市里的喧嚣和人群，不过我觉得她只是想开启一段全新的人生。"母亲说话时语速很快，还带有浑厚的口音。当我回忆起母亲的话音，一股思乡之情在我心里涌动。"她总是说伦敦就如同常春藤，不停地长啊长，到最后没人知道它是从哪里长出来的，也找不到它的根。"

亚力不说话，只是盯着火焰。之前他告诉我他的父母离婚了，多年来他母亲一直住在纽约。我心想刚才我说的这些话会不会让他想起自己的母亲呢？我用胳膊肘捅捅他，对此他报以微笑。

"当你母亲知道你要搬到这里,她会不会不高兴?"问话的是一个女孩。她穿着紧身衣,把自己扮成猫女郎。我隐约记得她叫美熙。

"她的确不怎么高兴。老实说,她被吓坏了。"我笑道。我从酒水里掏出一块苹果,继续说道:"我姐姐也是一样的反应。她们都是彻头彻尾的城市人。我觉得她们一直希望我能放弃在这里安家的想法,回家去。"

"哦,那我不同意。"TJ说着拍拍大腿,"你来我们这里可是超有意思的事!这一带好久都没发生这么好玩的事了。即使是亚力也想方设法成为头一个和你结识的……"

我知道再这样下去他们肯定会问那些问题,于是我赶紧转移话题,问道:"呃……卫生间在哪儿?"

我走回屋内。和之前相比,屋子里显得更加昏暗,而聚会的喧嚣声也变得更加响亮刺耳。刚才亚力说向左直走,右手边第三个门就是。我推开门,满心希望自己没有走错。然而,我撞见了一个正在方便的"僵尸"。

"哦,实在抱歉!"我赶紧退出门外,退回大厅的黑暗之中,畏缩不前。

亚力说还有另一个卫生间,走上楼就能找到。我回到大厅里,这就是摆放着特拉门诺家徽盾牌的大厅,几面墙上还挂着各种纪念品,包括一把燧石火枪。当我看到这把枪,一股震颤掠过我全身。我小心翼翼地爬上那巨大而古老的木质楼梯。

这里的光线更加昏暗，只有一两盏小小的台灯照亮脚下的路。不知怎的，我突然感觉自己来到了不该来的地方。可是我的膀胱频频告急，催促我赶紧找到卫生间。谢天谢地，我按照亚力说的，终于找到了卫生间。当我走出来的时候，我轻悄悄地关上门，尽力不弄出一丝声响。我正准备急急忙忙地跑下楼梯，只希望没人看到我。

当我转过身，有什么东西吸引了我的目光。在走廊深处，一扇门开了，一束灯光落在对面墙上的一幅画上。我知道自己应该尽快离开，可我还是不由自主地走了过去。在酒精的作用下，我的脑子变得糊里糊涂的。那是一幅肖像画，画中人穿着一袭华服，脖子上围着白色的高领，一只手握着一把毛瑟枪，另一只手放在一条狗的头上。画像旁还有一个黯淡的金属牌，上面写着几个字：戈德菲尔德·特拉门诺。我抬起头，仔细端详画中人的脸。

这就是我在梦中见到的那个乡绅。他正俯视着我，他的一张脸冷若冰霜。刹那之间，我仿佛站在帕兰石旁边，心中充满了恐惧，人和狗的气味以及危险的气息环绕在我周围……

说话声打破沉寂，黑黝黝的树林消失了。我又回到那条走廊中，隐隐约约能听到楼下传来的喧嚣。又一个声音响起，和第一个说话声相互交杂。第二个声音是一个女人的说话声。她微微抬高嗓门，仿佛是在争辩。这两个说话声都来自我身后的房间。我不应该听的，我甚至不应该来到这里。我正准备偷偷溜走,这时我听到了一个词——安尼斯尤尔。

我不由得停了下来。

"……对此非常不满。"一个男人厉声喝道。他的谈吐听起来文雅得体。

"好吧,我知道您肯定会为这件事生气。"在黑暗中,我凑得更近了。我认出了那个声音——说话人正是米雪拉·维尔温。"我向您保证……"

"别拿这些话来糊弄我!"听起来那个男人正在暴跳如雷,"你为什么不告诉我有人来看房?我以为自己已经很清楚地向你表达过我的意愿了。"

"没错,你是和我说过你的想法。"米雪拉气冲冲地说,"可是我们毕竟是在做生意,罗杰大老爷!你不过是含含糊糊地表达过某种意愿,我不能因为这个就拒绝一个优质客户。"

"那你应该告诉我那女人要来这里!"他咆哮道,"你知道我肯定会赶在她前头签下租约的!一个不知首尾的伦敦人跑来这里,把那个地方收入囊中——你以为对此我会高兴吗?你以为如果我事先知道这事,我会任由它发生吗?"

"请你不要对我大吼,我先谢谢你了。"米雪拉说,"我没想到派克小姐会当场签下租约,可她当真签下了。所以我也来不及通知你。"

"这么做甚至不合法。"那个男人的声音变得更加强硬。我的一颗心沉了下去。他这么说是什么意思?"把一片地产和一只猫的寿命捆绑在一起……那只该死的猫！这事要闹到法庭上，这一条根本站不住脚。实话告诉你，我要……"

我不想错过任何信息，于是凑得更近。然而我脚下的地板发出响亮的呻吟声，暴露了我的行迹。

"什么人？"那个男人叫道。我来不及跑开，刚沿着走廊后退几步，门就打开了。一束灯光落在我身上。

"我……呃……抱歉。"我结结巴巴地说，感觉自己脸颊通红，"我正在找卫生间。"

那个男人死死地盯着我，他因恼怒而绷着一张脸。他有六十多岁，打扮成一个贵族，脸上抹着白粉，一抹红色横贯他的脖子——他是想画一条血淋淋的伤口吧？我听到脚步声。我还来不及转身，米雪拉就冲进走廊。她把自己装扮成浓妆艳抹的埃及艳后，只不过这个埃及艳后的脸上还挂着一副眼镜。当她看到我，她那描着粗重眼线的眼睛睁得大大的。只可惜现在我心烦意乱，不知如何是好，不然我看到她这模样必定会哈哈大笑起来。

"婕丝！"她叫道，"我是说……派克小姐，没想到你也在这儿。"

在那一刻，我俩都死死地盯着对方。刚才他们的争论沉甸甸地悬在我们之间。

"啊……是啊。"我最终开口说道，"我……亚历山大请我来的。"

"亚历山大？"那个男人皱眉质问道，"是我儿子带你来的？"

"是啊，有问题吗？"

他挤出一抹干巴巴的微笑："没有，当然没问题，我只是很吃惊而已。他并没有告诉我他已经和你结识了。"他伸出手，"我是罗杰·特拉门诺。"

我和他握握手，我的思绪依然是一团乱麻。"婕丝敏·派克，安尼斯尤尔的租客。"我说。

"我已经听说了。"我清楚地看到他对米雪拉使了个眼色。

米雪拉回过神来。她抓住我的胳膊，带我朝楼梯走去。"派克小姐，"她说，"这事说起来很有意思，你知道吗？安尼斯尤尔紧挨着特拉门诺先生名下的地产，两块地有一条共同的边界。"

"我知道。"我对她说。我很想一步两级地跑下楼梯，不过还是忍住了。"帕兰石另一侧的树林就是分界线。"我说。

没人说话，锋利如刀的沉默悬在空中。

特拉门诺最终开口了："没错，我们家的姓氏就来自那块石头。你知道吗，以前整个山谷都属于我们家族。"

"我以为那个地方属于罗斯卡罗家族？"

他眯缝眼睛看着我："看来你也做了一番调查，对吧？"

"婕丝！"亚力慌里慌张地从主厅里冲出来，那副假络腮胡歪歪斜斜地贴在脸上。他看到自己的父亲和米雪拉，马上停住脚步。他的脸微微泛红。"哦,爸爸,这位是……"他说。

"我们已经做过自我介绍了。"罗杰打断他的话,"难道你打算把她当成一个秘密藏起来,整个晚上都瞒着我?"

亚力对他做了个鬼脸,然后一把抓住我的胳膊,拉着我走进熙熙攘攘的主厅。在离开前他还不忘回头和米雪拉打个招呼。"老天!真是抱歉,刚才是不是很尴尬?"他在我耳边轻声说,"有时候爸爸很难说话的。"

刚才我偷听到的对话令我颇为震惊。这么做甚至不合法……显而易见,罗杰·特拉门诺想得到安尼斯尤尔,只是阴差阳错没能弄到手。他的话音中是不是透着一丝愤恨?我想问问亚力这到底是怎么回事,可此时现场乐队开始演奏。现在已经不可能交谈了,只能等到以后再说吧。

当亚力的朋友 TJ 看见我们,发出一声欢呼。他不知从哪里弄来了一瓶龙舌兰酒,分发给众人品尝。为了让自己镇静下来,我灌下一杯龙舌兰酒。然而,我的思绪依然像脱缰的野马一样在脑子里乱窜:那一张张脸,我根本不可能认识那些脸的主人;罗杰·特拉门诺肯定会使坏——想到这我不禁感到毛骨悚然……于是我又灌下一杯酒,将这些纷乱的思绪淹没在酒精中。

这时乐队突然奏响了刺耳的水手号子。我任由其他人将我拉进舞池。我们手臂交缠,横冲直撞,嘴里喊着海盗的黑话。不久之后,小提琴手开始独奏,继续演奏这支水手小曲。乐声变得更加欢快，更多人加入舞蹈的行列。大家跺脚击掌。那乐声仿佛融入我的血液之中，到了后来我已经迷失了自我，化为一具皮囊，随着舞曲的节奏摆动四肢。而几百年来，不知有多少具皮囊像我现在这样随着这乐曲翩翩起舞。舞曲的节奏越来越快，即将结束。我们原本围成一个圈，现在大家也分散开来。

透过人群，我看见罗杰·特拉门诺正饶有兴致地盯着我，就像梦里的那个乡绅……我和他目光相接，差点儿被自己的裙子绊倒。亚力赶紧扶住我，他把手放在我的腰上，让我不停旋转，直到我眼前的一切都变成一团模糊。时间和地点仿佛变得无足轻重，现在我们只是安尼斯尤尔的姑娘和特拉门诺家族的年轻爵爷。

我哈哈大笑，直到最后因大笑而感到眩晕无力。我们相互搀扶着，跟跟跄跄地走出主厅。当我来到户外，夜晚的寒气如同冰冷的潮水涌入我的肺中。还有几个人围坐在火坑边，可是亚力牵着我的手，避开众人的目光，把我带到一个四面有围墙的花园里。

"亚力，干什么……"我还在大笑。这时他的唇覆在我的唇上，我未说完的话被一个吻淹没了。

"抱歉。"他突然和我分开，"可我一见到你就想吻你了。"

"我……"我喃喃地说，然而我并没有跑开，"我初来乍到，在这里我谁都不认识，我只遇见了你。"你父亲想要占有安尼斯尤尔，他要除掉我，就像你们祖先所做的那样。

我们站在那里，我们的躯体因乐声和酒精而悸动不已，因我们之间存在的种种可能而悸动不已。我的心跳声如同雷鸣，我们发出急促的呼吸声。然而除了这两种声响，我还听到了那个声音——那是金属和石块的撞击声，有人用一把刀在石头上刻下一颗心，刻下一个最终被打破的诺言。然后我回吻了他——这不过是重演一个以前的故事。

我没有做梦，只听到一个女声在唱："'Ma greun war an kelynn mar rudh 'vel an goes[①]。"

这曲调颇为简单，而这歌词听起来既熟悉又陌生。Kelynn[②]，那个女声重复道：kelynn。我心里明白这是一曲冬天的歌谣。当这支歌唱响的时候，熊熊火焰正散发出明亮的光芒，冬青树为皑皑白雪添上一抹绿色的幽光……然而对于清醒的世界而言，这支歌谣太过脆弱了。我只是动了一下，这支歌就如同一缕蛛丝，破碎了，消失了。我躺在那里，久久不动，希望那支歌能再次响起，希望我能再次沉浸在这歌声中。我慢慢清醒过来，意识到自己的脑子里嗡嗡直响，意识到自己的四肢沉甸甸的。我呻吟一声，翻个身，把脸埋在鸭绒被里。

鸭绒被？不是睡袋？我猛地坐起来，只觉头晕目眩。出现在我眼前的是一个宽敞的房间，刷得雪白的墙壁，裸露的横梁，

[①] 原文为康沃尔语，属于凯尔特语族中的布立吞亚分支。该句大意为"冬青树的果实鲜红似血"。

[②] 康沃尔语，意为"冬青树"。

富有现代气息的拱形窗户。昨晚的记忆如同潮水,突然向我袭来。我想起了舞会,想起了龙舌兰酒,想起了有围墙的花园,想起了我们逃离主厅,沿着烛光摇曳的小径奔跑,想起了冰镇的伏特加——当时来一杯伏特加感觉像是个好主意,然后……

鲜血涌上我的脸庞。我环顾四周,没有看见亚力。我不知道自己该为此感到高兴还是遗憾。床边放着一杯水。肯定是我自己放的,我昏睡过去之前肯定还足够清醒,记得给自己留一杯水。我将那杯水一饮而尽,往后一仰,倒在枕头上。我只希望脑子里的嗡嗡声能平息,给我一点时间好好思考。

楼梯上传来脚步声——有人慢步走上楼。我用鸭绒被蒙住脸,只露出一双眼睛。我大着胆子,睁开眼看看是谁。亚力站在那里。他穿着蓝色的睡衣,手里拿着两个咖啡杯和一盘小饼干。

"早安。"他说着把一个杯子放在我床头,"我想你或许需要这个。"

新鲜的研磨咖啡香味击中了我,就如同大暑天里一个冰凉的浪头。"谢谢。"我说,"我绝对需要。"

"我也一样。"亚力呻吟一声,在床边坐下。

我用双手握住咖啡杯:"这么说来……"

"嗯?"

"我绝对没有想到会发生这样的事。"

他低垂眼眸,盯着自己的杯子:"我也没想到……你后悔了?"

他的狼人妆没有洗干净。看到他脖子上残留的化妆品痕迹,我不由得微微一笑。"考虑到村子里会冒出什么样的流言蜚语,我本该后悔的。"我说,"可我不后悔。"

作为回应,他咧嘴一笑。他的笑容很灿烂。他放下咖啡杯,朝我凑过来。"别管那些流言蜚语了。"他说,"那不过是嚼舌根。"

"是什么?"我笑着问道。

"嚼舌根。"他故意模仿某种口音,"那是康沃尔语,意思是说些老套的闲言碎语。"

"除了这个词,你还知道更多的康沃尔语词汇吗?"那轻柔的歌声再次在我耳边响起。那是一支我在梦中听到的歌谣,我听不懂,但我依然能感知它的含义。那首歌的歌词也是康沃尔语吗?

"只会一点点。"亚力说,"怎么了?你还指望我能流利地使用这种古老的语言?"

我举起一个枕头,砸在他身上。"你从小到大都住在这里,我还以为你至少懂一点呢。"我说。突然之间,我想起了亚力的父亲,想起他那双眼睛死死地盯着我。你知道吗,以前整个山谷都属于我们家族,他说。

"亚力……"我叫道。此时他正准备拿起枕头反击。他必定听出了我声音中的异样,于是他把枕头放下。"昨天晚上,我无意中听到你父亲和米雪拉说话。"我说,"他想要安尼斯尤尔,是真的吗?"

毫无疑问,他脸上现出的是惊诧的神情。他拿起咖啡杯,喝了一大口,然后说道:"你听到他说这话了?"

"没错。他听起来很生气,因为米雪拉把那栋小屋租给我而没租给他。"

亚力的喉头发出嘟哝声。"我知道他曾经和米雪拉谈过这事。"他说,"不过他并没有签下任何协议。正因如此,你才能抢先一步租下那栋小屋。他没想到会发生这样的事。我觉得他忘了现在做生意不同以往,不是光靠使眼色或随意说一句话就能做成一笔生意的。"他喝完杯里的咖啡。他是故意装出一副毫不在意的模样吗?"不过你不要太在意,爸爸一心想要改造这个庄园,方圆十英里内的所有土地他都想买下来。"我没有答话,而亚力的神色变得严峻。他伸出手,拨开落在我脸颊上的一绺散发。"说实话,我很高兴他没能租下那栋小屋。"他说,"不然我就不可能遇见你了。"

我最终点点头,继续喝咖啡。

在我喝咖啡的时候,他又问道:"我能不能……时不时约你出去?我想约你出去。"

我的全部理智告诉我这不是个好主意,并提醒我还不知道他在关于自己父亲的事上是否撒了谎。可是……我感觉自己无意中碰上了一件至关重要的大事——一件注定要发生的事。

"我想不出拒绝的理由。"我说。

他发出一声欢呼。"那今天下午怎么样?"他说,"看起来今天的天气不错。你想去哪儿都行……"他赶紧截住话头,问道,"或许你今天已经有安排了?"

"我来到这里之后很想去一个地方。"我说,"不过那可不是什么富有浪漫色彩的地方。"

"那无所谓,是什么地方?"

我感觉一个大大的笑容在我脸上舒展。"五金店,就是莱德鲁斯那家大五金店。"听了这话,亚力流露出为难的神情。"怎么了?"我问道,"为了修整那栋小屋,我需要很多工具材料,而你说无论我想上哪儿都行。"

"我的确说过这话。"他亲吻我的脸颊,"好吧,五金店就五金店吧。不过我有一个条件,我们要一起吃午饭。老实说,宿醉过后还要跑一趟五金店可不是什么让人开心的事呢。"

我抱着一大堆螺丝起子、鸡毛掸子和清洁剂,我的双臂就快要箍不住了。我打开小屋的门,帕灵正在等我。它弓起腰,意味深长地打个哈欠,仿佛在说,我看你终于打算回家了。我感觉自己两颊发烧,我依然能感觉到亚力的嘴唇在我脸上流连。我下车的时候他试图说服我今天就别写作了,留下来和他一起共进晚餐。这一邀请非常诱人,可我必须画一条底线。再说了,在山脚下的时候我就感觉到安尼斯尤尔正在等我,更不用说还有帕灵——它正等着我回来喂它呢。

"别露出那副表情。"我对帕灵说,"我知道自己现在是什么样子。"

帕灵叫了一声。它的叫声既不是一般的喵喵叫声,也不是表示不满的呼噜声,而是介于两者之间。它跳下来,径直朝食品储藏室走去——那里有一罐一罐的金枪鱼罐头。在它吃东西的时候,我打开一包新抹布和一罐家具上光蜡。现在我的行李已经从伦敦送来了,再也没有借口继续拖延了,不能任由小屋一团糟。再说了,我可以把干家务活当成一种分散心神的消遣。

卧室看似最容易打扫,就从这里开始吧。在这个房间里,还是只有那张床、那个锁住的箱子和我那个打开了的行李箱。我头一次给那块床头板打上光蜡时,才意识到这是多么美妙的一件器物。床头板上雕满叶子和浆果形状的精美花纹,完美地嵌入墙上的凹槽里。这块床头板必定是专门为这间卧室打造的。我抹的上光蜡被黑色的木料吸收,接着那木头闪现出一抹红褐色的光泽,让我想起了小时候捡拾的七叶果。在那个时候,我和姐姐去曼彻斯特公园捡七叶果。砸开那些带刺的绿色果荚,就能看到一颗颗油光滑亮的果实。父亲会为我们在七叶果上钻孔,这样我们就可以把七叶果穿成串,拿到学校里和其他孩子一起玩了。

和楼下那张大餐桌一样,这块床头板也布满了时光留下的痕迹。那是一代接一代的人留下的磨损和擦痕。我仔细地给每道擦痕打上蜡。不知为何,感觉每道擦痕都如此珍贵。给床头板上完蜡之后,我在收纳箱里找到了被单、床单和枕头。我终于可以收起那个睡袋了。整个卧室突然显得更加舒适了。过去二十四小时的兴奋之情和怪异之感消退之后,我想做的只是爬上床,钻到被窝里。可我还是强迫自己走下楼。我还要写作。

像往常一样,在我写作时帕灵就在我身边坐下。我感觉自己正满怀感激,沉浸在这静谧之中。我很高兴自己没有修理那个收音机。炉火燃烧时发出的声响,屋外传来悠远的猫头鹰叫声,还有帕灵那低沉的呼噜声——有这些声响与我为伴就足够了。

这本书的写作进展缓慢,就如同把小树苗种到土里,每天看着它一寸一寸地拔高。我发现自己正在描写一个地方。那个地方既像是安尼斯尤尔,又不是安尼斯尤尔。我从安尼斯尤尔攫取了挂着露珠的蛛网、鼻涕虫留下的闪亮印记和如同绒毛的细细尘埃,把它们写进书里,与幻想、幻象相互交织,仿佛正在讲述一个发生在不同世界里的古老故事。文字从我心里喷薄而出,争先恐后地涌向我的指尖。我不停地敲打键盘,几乎没留意自己正在写些什么。我不停地写,直到眼皮变得沉甸甸的,一次次耷拉下来。而我渐渐处于半梦半醒之间,眼前的字也变得模模糊糊。我的笔记本电脑滑落了,在它摔在地板上之前我一把抓住,把它往桌上一推。接着我摇摇晃晃地爬上楼梯,走进卧室,来到床边,一头栽倒在整洁的床单上,心里充满感激。

"帕灵。"我迷迷糊糊地叫道。一个毛茸茸的黑影出现了,在我腿上坐下。"你不能待在那里。"我喃喃道。帕灵叫了一声,仿佛在表示反对。然后它开始搓揉我的膝盖。我还没来得及表示不满,就睡着了。

土地有自己的语言,地名意味着真实:博尔胡——黑矿,海尔温——白色沼泽,莱德鲁斯——红河口……土地用这种语言叙述沧海桑田的故事,描绘那静静等候的空谷和狐狸的家园。土地知道纸张会破裂,墨水字迹会褪色,人们会遗忘,然而石头却会铭记。

"他们讲述着故事,有关那些生灵的故事。那些生灵富有勇气,敢于来到此处。他们说古老的地方已经消失,道路将大地撕裂,留下深深的伤痕。土地被掘开,锡匠也挖开土地,将泥土攥在手里。他们循着闪亮的矿脉,从中获取矿石,但却不会把土地榨干。现在这些生灵告诉我那些机器比房子还大,比一百匹马还有力。正是这些机器把土地榨干了。不,那些机器怪兽不会来到这里,它们不能来到这里。这是一个被守护的地方,被石头和精灵保护,在这里……"

光标在一个未完的句子末尾闪烁。我盯着这段文字，感觉难以置信。我手边放着一杯正在冷却的茶。我只是想浏览一下昨天晚上我写了些什么，可是……我不记得自己曾经写下这些文字，根本不记得。我又读了一遍。石头和精灵——这是什么意思？整段文字透着一股关切，仿佛担心这个山谷会遭遇什么。不管怎么说，安尼斯尤尔暂时由我掌管，至少为期一年，对吧？这一事实无法改变。然而，当我给这段文字润色并把它拷到一个新文件里，那种隐隐不安的感觉依然挥之不去。下回我去村子里的时候，我要和米雪拉谈谈。

与此同时，无论老罗斯卡罗和罗杰·特拉门诺意欲何为，我决心要使这栋小屋成为自己的家。现在，我已经在这里过上了有规律的生活：早餐是茶水和烤面包，帕灵的早餐是金枪鱼；下午时打扫整理；晚上写作。

我开始适应小屋的生活方式。我发现蝙蝠在户外浴室栖息，它们倒悬在横梁和窗棂上。清晨时分，我发现小屋的地板砖上有蜗牛留下的神秘印记。而我已经克服了对蜘蛛的恐惧——当然这也是不得已而为之。帕灵对蜘蛛倒是毫不在意。它经常扑食蜘蛛，在把它们吃掉之前还要玩弄一会儿。当它慢条斯理地嚼着蜘蛛，我发出表示反感的啧啧声，可它根本不理我。

我和帕灵也达成了某种"居家协议"，不过它总能以某种方式提醒我，让我明白自己正住在它的屋檐下。这些提醒的方式主要包括：在那张雕花大床上占据三分之二的空间；对我的鼠标发起进攻，仿佛它认为试探并杀死那玩意儿是它的职责所在。除此之外，它还会跑上房顶，在那里待一整夜，对着月亮唱响猫咪之歌。

在帕灵跑上房顶的夜晚，我的梦也变得更加鲜明。那都是一些古怪的梦，转瞬即逝，梦中充斥着狂跳的心和狂乱的眼睛。有一次，当我醒过来时，一个陌生人的名字就挂在唇边。然而当我想叫出这个名字时，它却消失了。还有一次，当我醒来时我敢肯定自己嘴里有白兰地的余味。然而，这些梦总是在日光的照射下枯萎凋零，只剩下做梦时的那种感觉。

有一天，我给放在梳妆台上的那堆书除尘，想要腾出点地方给自己使用。我再次看到了那个速写本，速写本的扉页上有托玛辛娜·罗斯卡罗那优雅的签名。这一回我更加仔细地翻看速写本里的画作。都是一些炭笔画，画中满是优美的螺旋曲线，还有深浅不同的阴影。其中一些画我能看出画的是什么：山谷的一角，草坪，一个现在还摆在门前的破旧花盆……其中最美的是一幅想象画作。不知为何，这幅画与我的梦境相互应和。画中央是这栋小屋，卷曲如青烟的道道曲线形成一个巨大的猫形，环绕在小屋周围。猫形周围那一道道炭痕就是猫的长毛，还有一双闪亮的眼睛。我面露微笑，轻抚纸张的一角——这只猫只能是帕灵。

那天下午晚些时候，帕灵来和我做伴。当时我正坐在门前阶梯上，抖搂鸡毛掸子。现在冬天即将来临，坚守枝头直至最后的树叶也即将飘落，取而代之的将是寒霜。皮毛蓬松的帕灵审视着属于自己的山谷，如同一位庄严的君王。我试着在它面前抖动鸡毛掸子。它恼怒地眨眨眼，抖动一下胡须。我咧嘴一笑，又在它面前挥挥鸡毛掸子。看得出它正极力抵挡这种诱惑，它那紧贴着地板的爪子正一伸一缩。尽管它是一只奇怪的猫，可它毕竟还是猫。当我第三次在它面前晃动鸡毛掸子，它扬起爪子直扑过来，想把鸡毛掸子夺走。

我哈哈大笑，跳着后退几步。我呼出的气在寒冷的空气中凝结成白雾。而帕灵跟上来，朝前猛扑，旋转跳跃。它眼睛闪亮，那尖锐如针的爪子也亮了出来。最后它终于战胜了我，将鸡毛掸子从我手中夺走。它的动作迅如闪电，叼起鸡毛掸子就跑，跑到小屋的一侧。不久之后响起了疯狂的撕咬声。

我笑出了眼泪。我抹抹眼角的泪水，正准备进屋。这时我看到一个人影，那人正在树木之间窥探。我突然警惕起来，只觉毛骨悚然。不过我认出了那人身上的外套和头上的帽子。

"杰克！"我叫道。之前他在酒吧门外态度恶劣，可现在我已经把这事抛诸脑后了。他没有回答，而我却急急忙忙地跑上前去，心中暗自期盼：或许他决心再度向我示好吧。"你是来看我的吗？"我说，"我正好泡了茶。"

他还是像之前那样板着一张脸，抿得紧紧的嘴唇出现在黑色的胡楂儿下方。他从外套口袋里抽出一个信封，递给我。"我只是来送这个的。"他说,"就这样。"

他转身准备离去。一股焦虑涌上来,让我的胃开始抽搐。"等等。"我跟着他跑了几步,"这是什么?"那个信封几乎是一片空白,只写着"J. 派克收"几个字。

"这是账单。"他根本不看我,他的目光掠过我的肩膀,看向山谷。

"什么账单?"我从信封中抽出一张纸,把它打开。

"对我祖父土地所造成的损失进行赔偿的费用账单。"他说,"那些电力工人开车冲破了一道树篱,要对树篱进行重新种植和修补。"

我盯着那张纸。在那张纸上,手写的字迹呆板笨拙,墨迹浓淡不一,列举了损失的数目。"我……真是抱歉,我没有让他们……"

"不,你当然没有直接发号施令,你只是让你的男朋友摆平这事就行了。"

"什么?"

"你知道我什么意思。"

我感觉自己受了伤,愤怒正从伤口中喷薄而出。"如果你是说亚历山大。"我大声叫道,"那么答案就是否定的,他不是我的男朋友。不过他人很好,能帮我解决电力问题。而你呢,你也答应过要帮忙的,可亚历山大为我做的可比你要多。"

"我之所以答应要帮忙,是因为之前我以为自己看错你了。"杰克说。他的颧骨上现出两抹红色。"我和爷爷还有他那帮朋友说你是个好人,他们应该为自己的所作所为感到羞愧。而现在呢……我感觉自己就像个白痴。"

"为什么这么说?"鲜血涌上我的脸庞,"就因为我决定和某个人共度万灵夜,而你不知出于什么可笑的原因恰好和那个人有过节,是这样吗?"

杰克牙关紧咬,不再说话。在那沉重的一刻,我们俩盯着对方。

"好吧。"他最终开口了,"你已经很清楚地表明自己打算如何在这里过下去了。请在两周内支付赔偿费用。"

他离开了。他迈着大步,沿着小径前行,他的外套在身躯周围飞舞。

"他真是无礼。"我大声说道,想让自己的嗓音盖过淋浴喷头的水声。"你真该听听他是怎么说话的,还有那张账单……如果我没有碰见他,或许他就打算往屋里一扔,等我自己发现。他根本不会向我解释,一个字都不会说。"

我让强劲的水流冲刷自己的头,冲走头发上的洗发香波。如果糟糕的心情也能这么轻易被冲走,那该多好啊!

"这都是我的错。"亚历山大的声音从浴室外传来,"我不该插手的。"

"不,不是这样的。"我擦干落在眼睛里的水,透过起雾的浴室玻璃门向外望去,"你只是试图帮忙而已,是这群人处处和我为难,从一开始就是这样。"

他叹口气:"这不是因为你,婕丝,真的不是因为你。罗斯卡罗一家总是在找麻烦。如果不是因为小屋的事,他们也会找其他由头闹起来的。你住进那栋小屋只是……只是导火索,把原有的矛盾再度引发,就这样。"

我哼了一声,表示自己并不相信他的话。我的声音在铺满瓷砖的浴室里回响。

"好吧,他们真是想尽办法赶我走呢。"我又擦擦自己的头发,继续说道,"你知道吗?米雪拉试着找一个水暖工过来帮我看看那个热水锅炉,然而这里的每个水暖工都拒绝了。现在我大概明白是怎么回事了。"

"爸爸雇了一个水暖工,专门负责整个庄园的水暖设施维护。如果你愿意,我可以让他过去看看。"

我犹豫了。我们两人都不说话。在那一刻,只有水流声打破沉默。无论出于什么原因,我都不想承罗杰·特拉门诺的情。"谢了。"我说,"不过我还是想自己解决这个问题。"

"随你好了,你还不打算出来吗?"

"不出来。"我又退到淋浴喷头的水流之下,"这里就像天堂。除非你硬把我拽出来,否则我是不会出来的。"

很久很久之后,我躺在黑暗中,无法入睡。之前我们喝了红酒,身下的床单平整舒适,身旁的亚力散发出阵阵暖意。尽管如此，我还是睡不着。我发觉自己正在怀念小屋的响声。在夜里，小屋发出嘎吱声和咔嗒声，还有猫头鹰的叫声和帕灵那低沉的呼噜声。我侧耳聆听。可现在我听到的只是电流声、洗碗机的嘶嘶声，还有亚力的呼吸声。在我离开伦敦前，夜晚也是这个样子的。我躺在床上，无法入睡，我的脑子在黑暗中拼命转动。随着夜晚渐渐深沉，浮现在我脑海里的想法也越发阴暗。这几周来都没有出现过这样的情况。然而现在我却辗转反侧，骚动不安，直至熹微的晨光从百叶窗缝隙中渗进来。最后我终于睡着了，可我的梦单薄脆弱，只不过是白日的回响。我听到轻蔑的话音，看到一对闪亮的浅褐色眼眸……

"婕丝？你还好吗？"

一只手在摇晃我。

"怎么了？"我迷迷糊糊地喃喃道。亚力从床边凑过来，他已经穿好衣服了。他上身穿着一件衬衫，下身穿着一条做工精良的长裤。

"几点了？"我摸索自己的手机。

"恐怕该起床了。"他微笑道，"你还好吧？你看上去挺憔悴的。"

"睡得不太好。"我将落在脸上的头发拨开，"抱歉，今天早上我的状态简直糟透了。"

他握住我的手："还在为罗斯卡罗家那些家伙的事操心？如果你愿意，我可以和村子里的生意人说一声。他们中的很多人都为我爸爸工作。"

"不用。"我擦擦眼睛,"我要自己解决这个问题。我不会离开这里的,他们迟早要习惯我的存在。"

"真是精神可嘉。"他把我拖起来,"来吧,我要和爸爸还有一些投资人见面,谈谈那个新游艇码头的事。不过我可以把你送到镇上,让你自己和本地人搏斗。"

兰福德位于康沃尔郡的偏远地区,只是一个与世隔绝的小村庄。现在这里却很热闹——至少对于这样一个偏僻小村来说算是热闹的了。一架摇摇欲坠的老旧车载升降机立起来了,阻塞了主街上的交通。我驻足观望,看到一个年轻人抽到了下下签,不得不爬上车载升降机,被送往高处。升降机一尺一尺地攀升,看上去真令人揪心。那小伙子身上挂满了电线和电缆,他试着把其中一根电线抛过酒吧的山墙。狂风沿着街道横冲直撞,升降机颤颤巍巍,小伙子大声叫喊。他死死抓住升降机,生怕一松手小命就没了。我看到丽莎的表亲彼得从酒吧里走出来。他抬头看看,然后摇摇头。他身上穿着一件荧光夹克,仿佛是指挥交通的交警。然而大部分车子停了下来,而车主都在驻足观望。

"怎么回事?"我问彼得。这时升降机上的小伙再次试着抛出那根电线。

"挂圣诞节彩灯。"彼得一直抬头观望,"每年都是这样,闹得手忙脚乱。往左,里安姆!往左!"

我任由他们闹去,转身钻进村子的小店里。今天天气很不好,我想进小店避避风雨。店铺狭小局促,不过货架上却摆满了货物,有紧身衣、铅笔、本地种植的洋葱……一应俱全。我在小店里走来走去,我的购物篮里渐渐塞满了牛奶、黄油和饼干。货架上有六七罐金枪鱼罐头,我拿了四罐,犹豫了一下,又把剩下的都拿走了。

"你好啊,派克小姐。"收银处的男人和我打招呼。他把一本书放到一旁——看起来那是一本有关中世纪武器的书。没有人为我们俩进行正式介绍,不过在这个地方,有没有人介绍都没什么两样。当我想到村子里有关我和亚力的传言,我不禁感到害臊。我尽力不让自己为此脸红。

那个人的套头衫上钉着一块褪色的名牌,我看了那名牌一眼。"你好啊,莱格。"我说,"最近怎样?还好吧?"

他看着我。他那探询的目光掠过眼镜上沿,落在我身上。

"哦,还凑合,派克小姐,凑合着过吧。"他拿起购物篮里的货物仔细查看,然后往收银机里输入价格。

我没话找话:"他们正在外面挂圣诞节彩灯呢。"

"是吗?"他手里拿着一包饼干,走到前窗边,透过窗户向外张望,"看来他们让小里安姆·布莱干这活儿,那小子从来分不清左右。"他又看了一两分钟,然后回来继续给我打包商品。"希望他们能顺顺当当地干完这活儿。我想你不会在这里过圣诞节吧,派克小姐?"

他把饼干放进我的购物袋里。我感觉一阵怒火升腾:"为什么我不能在这里过圣诞节?我住在这里呀。"

莱格歪歪脑袋:"我无意冒犯,不过我以为你要回到内陆的家乡去,和你的家人一起过圣诞。你的家乡是哪里,伦敦吗?"

"哦,这样啊。"我看着他往收银机中输入一盒茶包的价格,"没错,是伦敦,不过我们家在圣诞节里没什么活动。"

窗外,狂风沿着街道横冲直撞,吹乱人们的头发,把垃圾箱翻倒在地。一阵疾雨打在窗玻璃上。我抬起头,看到莱格正盯着购物篮,仿佛有什么事让他为难。

"你特别喜欢金枪鱼吗,派克小姐?"他问道,"如果真是这样,我要多订点金枪鱼罐头了。"

我看看那六七罐金枪鱼罐头:"呃……这个不是给我吃的,是给猫吃的。它不喜欢吃一般的猫粮。"

莱格满脸放光:"原来是给老帕灵的呀,这么说它已经接纳你了?"

我不由得露出微笑:"感觉它认为我做个管家婆还算称职。"

"很好,非常好。"莱格一本正经地点点头,在收银机中算出我所购商品的总额。"你听我说,别再买这种垃圾了。"他不屑地扫一眼那些金枪鱼罐头,"早上的时候到渔船停靠的码头去，就说是我让你来的。他们会给你一些好东西。这么多年来罗斯卡罗小姐就是这么做的。"

"这么说那些渔民也知道帕灵？"

莱格咯咯一笑："帕灵向来都喜欢吃鱼，简直是名声在外。说不定他们还会给你几条三文鱼，作为送给帕灵的圣诞礼物呢。"

我发现自己为他的善意所感染，也笑了起来。莱格对我微笑，他的目光掠过眼镜上沿，落在我身上。"听说你想找个水暖工到小屋那里去看看？"他问道。

当然，他也知道这事。"是啊。"我小心翼翼地对他说，"不过看来运气不好，在这里很难找到水暖工，他们简直比金子还稀罕。"

"或许你可以试着找一下隔壁村的艾米蒂·赫斯科斯。"他压低嗓音，然而周围没有人能听到我们说话。"她并不是所谓的水暖工，更像是一个能干的女工匠。"他说，"不过我敢肯定她能帮你点忙。"他扬扬脑袋，"她的名片就在窗台上。"

我颇为惊讶。"谢谢你。"我说。

他满意地点点头。

"莱格？"过了一会儿我又开口了。我一边把钱递过去，一边问他："在罗斯卡罗小姐之前，安尼斯尤尔归谁所有？你知道吗？"

"这完全取决于你说的之前指的是什么时候。"他从收银机抽屉里数出零钱,"很久很久以前那里或许为罗斯卡罗家族所有。"他耸耸肩,"在那之前或许是特拉门诺家族占据了那片地方,实在不好说到底为所有。"

门上的铃铛响了,门开了,两位老太太走了进来。她们死死地盯着我,好像我肩上长了两个脑袋似的。"谢谢你,莱格。"我一边说着,一边拎起购买的商品,"再见了。"

我刚走出门就差点儿被狂风吹倒。在那家集咖啡馆、渔具店和邮局于一身的店铺旁,我见到了丽莎。她正在和一把被狂风吹得内外翻转的伞搏斗。

"丽莎!"我对着呼呼狂风大叫道。我踩着地上的积水走过去,走进那家店门前的遮檐下。

"哦,是婕丝啊,你怎么样?好久不见。"她的话音听起来冷冰冰的。

"不……还好……我只是……很忙。"我脸红了,"忙着……写作,还有收拾那栋小屋。有很多东西需要清理收拾。"

"是啊,当然。"她礼貌地回了一句。

我们呆站在那里,任由尴尬的沉默将我们包裹起来。我们看着一个塑料袋被吹飞,如同一个降落伞状的巨型水母。

"婕丝……"丽莎开口了。

"如果你想说的是亚历山大的事……"

"我不想批评你。"她急忙说道,"只是这实在是……"她停了下来,看着前方,"哦,老天爷!"

我循着她的目光看去。路对面有一个人正在瞪着我们。那是一个身披油布披肩的老人，披肩在他身侧飘舞翻飞，仿佛扑扇着的翅膀。一阵紧张袭来，我的胃开始抽搐。那是梅尔·罗斯卡罗。我朝咖啡馆迈出一步，可是太迟了。他已经迈着大步朝我们走过来。他满脸阴沉，被雨水打湿的白发乱蓬蓬的。

"你！"他竖起一根手指，指着我，"就是你！四处打探，还向莱格打听我们的事！你到底想干什么？你闹得还不够吗？"

我上次见到他还是在房屋中介处的办公室里，他蛮横无理地对我大喊大叫。我本来已经想好了如何与他对峙争辩，可面对他的满脸怒火，我想好的说辞早就抛到爪哇国去了。

我试图打起精神，结结巴巴地说："我只是问了一个有关安尼斯尤尔的问题，难道我连问都不能问吗？"

"你这个闲磕牙的家伙。"他叫骂道，"你和特拉门诺家的小子联手捣鬼！"

"哦？那你呢？"我怒气冲冲地叫道。丽莎拉拉我的胳膊，我甩脱她的手。"你处处找碴儿，让我没有电可用，还编造出一张什么账单扔给我，还想方设法把我赶走！亚历山大是唯一一个对我好的人。"

"哈！我就知道！是你和他合谋！"

"合谋？老天爷！……我看你真是妄想症发作了！"

"去他妈的妄想症！这就是事实！"

呼啸的狂风掠过咖啡馆门口。在那一刻，我们狠狠地盯着对方，耳边响起的只有类似白噪声的风声。老罗斯卡罗因气愤而满脸通红。他张张嘴，想要争辩，可是却说不出话。他竖起一根颤巍巍的手指，又指指我，然后顶着狂风大步走开了。我长舒一口气。当我发现自己眼中的泪水，我不由得吓了一跳。

"天啊。"我嘟囔道，一边擦去泪水，"他有什么毛病？他没有理由这么做。"

丽莎皱皱眉："抱歉，婕丝……他的确有理由这么做。"

"什么？"

丽莎看似很为难："我是说，在亚力做了那事之后，他有理由发火。"她还想挽救被狂风摧残得不成样子的伞，不过最后还是放弃了。"你必须承认，那么做的确很不地道。"她说。

我感觉一股恶心涌上来。"你什么意思？亚力什么都没做呀，只是和他说了几句话，就这样……"我看见丽莎脸上的神色，没说完的话也说不下去了，"怎么了？到底怎么回事？"

她长叹一声，低下头。"我早该猜到他不会把实情告诉你的。"她低声说道，"好吧，我也不清楚究竟发生了什么，只是有一天亚力去到造船工场，然后……"她看向雨中。

"告诉我吧，求你了。"

"很显然，他对梅尔的态度非常恶劣。他威胁梅尔要诉诸法律，还说如果梅尔不配合，就对他所有的客户说造船工场的坏话。我是说……所有人都知道造船工场出现了财务困难，而且这种情况也持续一段时间了。如果再失去生意梅尔可承受不了。我承认梅尔很难说话,也不愿配合,可亚力处理这事的方法实在是……"她神情凝重地耸耸肩,"这样也太侮辱人了。"

我简直不敢相信自己的耳朵。我感到自己正在颤抖——既是出于愤怒,也是刚才与梅尔冲突的余波所造成的。然而,更糟糕的是我想起了杰克,想起我指责他"出于什么可笑的原因"和人结怨。

"我真的不知道。"我喉头哽咽,"亚力说他只是和梅尔谈谈,我以为他只是在示好。"

丽莎脸上的神色变得柔和。"他只是对你示好。"她直白地说,"可他对他们并不友好。抱歉,婕丝,这是两家之间漫长而纠结的仇怨,可你却卷进去了。"

手机屏幕已经被雨水打湿。我要拨打电话,我的手指划过屏幕。我套上外套的兜帽,把手机塞进兜帽里,紧贴着耳朵。

接电话啊,快接电话!真该死。

亚力接听了电话。"婕丝。"他的嗓音透着疑惑,我从背景音中听出细微的铿锵声,还有饭店里的低声交谈声。"怎么了?"他说,"我能晚点再给你回电话吗?现在我不方便说话,我们正在……"

"你撒谎!你是怎么和老罗斯卡罗打交道的?你根本没和我说实话!"这时一阵冰冷的疾雨洒下,我抬高嗓门,想盖过雨声,"你说你只是和他说了几句!"

接下来是一段沉默。在那一刻我还以为手机没信号了。然后我听到低低的咒骂声、脚步声,感觉亚力正拿着手机走到别处。

"我只是和他们谈谈。"他低声说道,"我已经告诉过你了。"

"谈谈的意思不是让你去仗势欺人。"我怒气冲冲地对他说,"也不是让你去拿别人的生计来威胁他们,而这都是为了什么?不过是为了小屋通电那么一件小事。"

"是谁告诉你的?"他问道,"是不是罗斯卡罗家的人说的?"

"不,不是。再说了,是谁告诉我的根本不重要。你为了我做这样的事,你到底是怎么想的?难怪他们会恨我!"

"婕丝。"亚力无奈地叹口气,"你初来乍到,你不知道怎么做才能达到目的。有时候只有对他们这些人进行威胁,他们才会有所回应。"

我站在布满落叶的地上。我顿了一下,然后说道:"他们这些人?"

"你知道我的意思。"

"不,我不知道。"我因愤怒而颤抖,"我不知道你和罗斯卡罗家的人有什么了不得的个人恩怨。但无论那是什么,那都是你的事,与我无关。"

亚力怒气冲冲地叫道:"如果不是我,你现在也只能摸着黑,写着你那些小家子气的童话故事……"他马上截住话头,可惜太迟了。几声急促的呼吸声传来,然后是他的声音:"抱歉,我不是这个意思。"

接下来又是一段沉默,我感觉自己的怒气正在消散。现在我只感觉到恶心、寒冷和空虚。"不,你就是这个意思。"我对他说。

"婕丝,这实在是太可笑了。你先消消气,我们晚点再谈。"

"不,我不想再谈了。我……很抱歉,亚力,很明显这是一个错误。"

"可是……"

我挂上了电话。我盯着手机,盯了好一会儿。手机屏幕上糊着一层皮肤的油脂,落下的雨点重重地砸在手机屏幕上,形成一颗颗肥厚的水珠。手机又响了,我赶紧挂断它,把手机塞进口袋里。狂风夹杂着雨点,呼啸而过。我真蠢,更糟糕的是我还很天真。我本可以根据常识做出更好的判断,可我却有意忽略。而这都是为了什么?为了迅速解决问题?我只想解决自己的难题,甚至不愿多问一句?正因为我心怀成见,我还和其他人争吵……

当我走到那块石头旁边,我已经筋疲力尽,只想蜷缩起来,不愿再见任何人。我汗毛直竖,可我忽略这种感觉,继续向前,走进山谷中。我来到小屋门前,手里握着钥匙。那钥匙感觉滑溜溜、冷冰冰的。我走进屋,发现屋里也不比外面暖和。昨日生起的炉火已经灭了。我只得重新生火。我试图点燃潮湿的引火木,其中一条就要点着了。这时一股劲风从塞着破布的窗户破洞里钻进来,闯到壁炉里,把即将燃起的火扑灭了。我拿起拨火棍,想让那火苗恢复生机,可是炉内并没有散发出暖意,火已经灭了,只剩下死灰和冷烟。

我的手边传来猫叫声,仿佛在问我出了什么问题。我转过身,看见帕灵正站在地上。风雨让它的皮毛变得乱蓬蓬的。我哭了起来,把它抱起,放在自己的膝上,用身上的开襟毛衣裹着它。我抱紧它,从它身上汲取暖意和慰藉。它并没有反抗,只是用自己那湿漉漉的脑袋顶顶我的下巴,直到我不再哭泣,慢慢放松下来。我擦干它皮毛上的最后几颗水珠。

"真是一团糟,帕灵。"我喃喃道。狂风摇晃着小屋,雨点落在小屋上。"我该怎么办?"我问道。

对于石头而言,时光算什么?眼泪又算什么?那不过是从脸上迅速滑落的一滴咸水,不一会儿就消失了。然而,每一滴眼泪都是催化剂,而每一次指尖的碰触和每一个亲吻都以极其微妙的方式,永远地改变着这个世界。

肆虐的狂风撕扯着屋顶的茅草,将树枝扯断,在树干上留下一道道苍白的伤疤。古老而高大的冬青树在狂风中瑟瑟发抖,如同一只正在抽搐的野兽。一个年轻女子在夜色中挣扎前行。狂风夹杂着冰霰,刮过她的脸庞。她手上戴着做工精美的手套。手套被打湿了,根本毫无用处。她的手指被冻得发麻。树林里漆黑一片,月亮躲在乌云后头。即使后来月亮出来了,那也没什么帮助。那月亮就像是一片薄薄的金属碎屑悬在黑沉沉的夜空之中。女子跌跌撞撞地前行,她的靴子踢到了小径的鹅卵石。

然而,这个山谷并非沉浸在一片死寂之中。为了抵御严冬,小屋的门窗关得紧紧的,然而光亮和喧嚣还是透过门缝和窗缝渗出来。有人声,有歌声。有人在唱:"肉桂、姜块、肉豆蔻和蒜瓣!白兰地给我带来欢乐!让我的鼻子变得红通通!"

屋内,六个人正在欢庆。他们蓬头垢面,身上沾着海盐,仿佛他们刚刚还和惊涛巨浪搏斗一番。一个男人和一个女人坐在长桌前哈哈大笑,而其他人——包括成年男子和孩子——都在随着一把小提琴奏响的乐曲起舞。他们不停踢腿,把铺在地板上的芦苇草踢飞。面包炉里正烤着小圆面包。那些圆面包散发着浓郁的香味,其中掺杂着藏红花,点缀着一颗颗醋栗。

那香味——偷来的糖和香料所散发出的香味——充斥着整栋小屋。屋外,黑夜正在步步逼近,严寒正在榨干最后一丝生机。而在这一刻,屋内还洋溢着轻松与富足。

屋里堆满了酒桶、箱子、麻袋和盒子,其中大多数裹着湿漉漉的沙子。在一片狂欢之中,那女人正在开列一张清单,她手上沾着墨水的印记。

"肉桂、姜块、肉豆蔻和蒜瓣!白兰地给我带来欢乐!让我的鼻子变得红通通!"

那女人做了个手势。一个男人脱离了跳舞的人群,把一个小酒桶的盖子掀起来。酒桶里的液体不停晃荡。歌声停歇了,所有人一动不动,一言不发。大家都看着那个女人将一根手指探进那个酒桶里,然后放进嘴里。她品尝桶里的酒,看看其中是否有海水的味道——如果掺进了海水,那整桶酒就算是毁了。大家都盯着她。当她面露微笑,点点头,欢乐再次降临到这栋小屋之中。众人拿起杯子舀酒。他们并没有使用有刻度的吸管,而是把杯子直接探进桶里。不久之后,一杯杯酒就沿着干渴的喉管流下。之后酒桶再次被封上了。那女人只是摇摇头,又把注意力放在那张清单上。

屋外,狂风如同一只长着利爪的怪兽,正在撕扯那个女孩儿。她跟跟跄跄地继续前行。她的穿着并不是为这样的天气而准备的。她脚上穿着的薄皮靴原本只适于在铺着地毯的地板上行走,可现在冬天的冻土几乎把她的靴子给毁了。而她身上长裙的天鹅绒布料吸收了冰冷的冻雨,紧紧地裹在她身上。然而,她那阴郁的脸上却流露出决绝,因为现在她多了一个向导。一个小小的黑影顶着狂风,沿着小径在她前方奔跑,为她指引道路。

最后,她透过树木,看到一星灯光,听到支离破碎的人声——那是有人抬高嗓门在歌唱。她继续前行。她在草坪的泥地上滑倒了,爬起来,走到小屋门前。现在她能闻到木头燃烧时散发的烟味,闻到油灯的气味,甚至能感受到小屋里散发出的暖意。然而她却无力大喊一声。在踏上门前阶梯的时候,她的脚崴了一下,整个人倒了下去。

那个小小的黑影从夜色中走出来,它的眼睛闪烁着光芒。它越过倒在阶梯上的女孩儿,跳到门前。它一边哀号,一边用爪子抓挠门板,想要屋里的人开门。果不其然,门闩被拉开了,灯光如同从酒桶中溢出的啤酒,从屋内流出来。一个男人站在门内。这是一个宽肩膀的高个子男人,饱经风霜的脸上蓄着浓密的络腮胡。他那浅褐色的闪亮眼眸如同榛子那光滑的外壳,因酒精和狂欢而闪闪发亮。

当他看到一个人倒在冰冷的地上,他咒骂一声。坐在桌边的女人走到他身边。她突然停下脚步,一动不动。然后她冲进狂风中,叫那个男人来帮忙。那男人抱起屋外的女孩儿,把她抬进温暖的小屋里。她身上那完全浸湿的衣物为她增加了一倍的重量。

歌声和嬉笑声停歇了。所有人都看向那个女孩。那个女孩被放在火炉边的椅子里。和屋里的人相比,她显得如此苍白,没有一丝血色,如同一个幽灵。其中一个男人紧张地嘟囔几句,而手指上沾有墨水印记的女人根本不理他。她正忙着解开女孩斗篷上的系带,将斗篷脱下,用一张毯子裹住她。接着她揪扯女孩那湿透的手套,其中一只手套落在地板上。

宽肩膀的男人捡起那只手套,抚平手套腕部的刺绣花纹。在这一带,只有一个家族用得起这种做工精美的昂贵物件。而堆满小屋的大小酒桶和箱子上正印着那个家族的姓氏。女孩苏醒过来,她颤抖咳嗽,那女人把一杯白兰地送到她唇边。那火一般的液体沿着她的喉管流下,她睁开眼,她的目光落在面前的女人身上。若有所悟的神色渐渐浮现在她的脸上——她认出了眼前的人。

"是……罗斯卡罗太太吗?"她轻声道。

那女人微微一笑,那微笑中蕴含着哀伤。"是我。"她拨开女孩前额上的湿发,就像她在很多年前所做的那样。

"她不能待在这里。"那个男人板着一张脸,"这里不欢迎她。"

"别说了!"那女人凑近女孩,"别管他,孩子。究竟发生了什么事?你为什么会跑来这里?"

女孩开口说话,可她的声音仿佛从遥远的地方传来。

"我迷路了。"她茫然地环顾四周。她的目光掠过这个房间,最后落在一个立在炉边的小小黑影上。"你的猫在冬青林边发现了我,它不停地叫唤,让我跟上。它是不是那只……"

"没错。"女人说,"就是它。"

"那它肯定很老了。"女孩的眼皮就要合上了,女人用力地摇晃她。

"别睡过去,孩子,告诉我们你为什么要来这里。"

女孩硬撑着睁开双眼,之前那苍白的脸颊现在开始泛红。"他们要来了。"她急切地说,"我在大厅里听见他们说……他们知道了,就要到这里来了。"

"谁要来了?"女人的嗓音透着镇静,"快告诉我。"

"爸爸,还有海关那些人。"女孩打了个寒战,"还有民兵团的人。我听到他们说要做什么,然后我就跑来这里了。我以为只要我赶到这里,那还来得及。可是我迷路了……"

年龄最小的孩子透过百叶窗的缝隙向外张望,发出一声惊叫。黑暗中多了点点火光——那是火把和提灯散发出的光芒。那些火光正在迅速逼近。小屋内的人陷入忙乱之中:有人拿起了武器,有人徒劳地想把塞满整间小屋的赃物藏起来……桌上还摆着一张纸,那纸上满是女人的字迹。那女人赶紧抓起这张纸,扔进火里。她的动作如同一条蛇一样迅速。然而她手上的墨水印记会泄露她的秘密。她往手指上吐了一口口水,然后将手指插进炉边的一袋面粉里,用那些白色的粉末遮掩手指上的墨迹。

蓄着络腮胡的男人一动不动地站着,死死盯着小屋的大门。屋外传来声响:马蹄踩踏硬土的响声,皮衣摩擦扭动时的吱呀声,还有发号施令的声音刺破了夜色。

"我们完了。"他说。

坐在炉边椅子里的女孩闭上双眼。"对不起。"她轻声说,眼泪沿着她的脸颊滑落。

"对不起……"我喃喃道。这时一个声音从靠近地板处传来,然后帕灵跳到了床上。它那湿漉漉的身躯粘着泥巴,长长的猫毛里还藏着落叶。

"呃……"我不愿让它靠近我,想和它保持一臂距离。可是它一直不停地低声叫唤,下决心要用那湿漉漉、冷冰冰的小脑袋蹭蹭我的脸。

"好吧。"我对它说,"好吧。"

它这是在以自己的方式和我道早安,随后在我的胸膛上坐下,任由我闭上双眼,再眯一会儿。我并没有试图回忆那个梦,现在我已经知道怎么做更好。我只是任由那个梦淹没我,流过我的躯体,让这个梦的含义充盈我的心。两个女人结下了一段旧日的情谊,而这情谊的纽带如此牢固,足以扫除偏见和家族仇怨,让其中一个为另一个冒生命危险……我叹口气,睁开眼。与此相比,我要做的事就显得简单得多了。

然而,当我准备离开小屋时,我还是非常紧张。一杯变冷的茶放在桌上,我紧张得没法喝下它。我身上裹着保暖的衣物,然而我的胃还是在抽搐。为了平息这抽搐，我又加了一件套头衫。我往炉火里添加了几块木柴——这既是为了让小屋内部保持暖和的温度，也是为了帕灵。不一会儿，木柴的烟味开始升腾。而在这烟味之中我嗅到了一股熟悉的味道。我朝那巨大的壁炉里张望，炉里炙热的温度让我龇牙咧嘴。果不其然，壁炉的通风口旁有一个黑糊糊的洞，里面塞满了陈年灰烬和尘土。我意识到那个洞是烤面包的烤炉。曾经有人用这个烤炉为一家子烤圆面包，圆面包里还加入偷来的醋栗和藏红花……我的手在烤炉的边缘流连。

在我离开之前，我从梳妆台的抽屉中取出托玛辛娜的速写本。我小心翼翼地用一块茶杯抹布将速写本裹好，放进我的包里。该做的事都做完了，我只能走出前门，面对自己的抉择所带来的一切。

门外，狂风已经平息。今天的天气异常宁静，异常沉重。地上散落着折断的树枝。之前树木还紧紧抱住枝头最后的叶子不放，仿佛一个人紧紧裹着一件褴褛的华服。现在最后的叶子也飘落了，所有树木都变得光秃秃的。相形之下，石头周围的冬青树显得如此美妙，它们那苍翠的叶子熠熠生辉。我不时能见到一两颗成熟变红的冬青果。当我穿过那片林间空地，我像往常一样，依然感觉到汗毛直竖。然而今天我的头脑却能保持清醒。或许帕兰石也知道今天我脑子里想的事也够多了，因此不再扰乱我的思绪。

沿着这条小溪走，找到那条河，你就能见到我们了。

开始时小溪和那条古老的小径并行，湍急的溪水冲刷着溪岸，将秋日的残枝落叶扫至下游。溪岸上生长着羊齿草，树根和岩石覆盖着一层如同绿色天鹅绒的厚厚苍苔。通往村子的路已经走了一半，这时小溪和小径分道扬镳，汇入河里。我站在岔路口，犹豫不决。如果这是一个糟糕的主意，那怎么办？别傻了，我对自己说，这或许是你来到这里之后想出来的唯一一个好主意了。

最后，小径沿着山坡向下延伸，原来的黑色沃土被灰色河泥取代。一个颇为隐蔽的小河湾出现在我的眼前，我正站在河湾的岸上。这里简直就是一个不为人知的隐秘河湾。河湾后方有一片树林，我肯定不下十次在这片树林的另一侧经过，可我竟没有发现这里有个河湾。两只海鸥飞过，发出刺耳的尖叫，仿佛是在和对方斗嘴。我真希望自己也是一只海鸥，这样我就能像它们那样看清这一片的全景，将河流、树林、山谷和石头尽收眼底。罗斯卡罗和特拉门诺各占一边，安尼斯尤尔夹在它们之间。

我看到一片工场出现在河湾尽头。一条条船处于不同程度的失修状态，它们或是陷在污泥里，或是在浅滩里漂浮。这里有平底驳船，布满绿色苔痕的小艇，用板条紧紧钉在一起制成的舢板，还有老旧磨损的渔船。随处可见一堆堆绳索缆绳、锈迹斑斑的金属零件和老旧褪色的浮标。

我在所有这些船只和杂物之间寻找落脚处,朝岸边的那栋房子走去。那栋房子沿着河岸延伸,底层是石头砌成的,所用的石头是饱经风霜的灰石,安尼斯尤尔小屋的墙壁也是用这种石头砌成的。房子除了底层,其余部分皆是用木头建成的。房子的上两层看上去杂驳凌乱,仿佛是用边角碎料、多余的木板和废弃的窗框构建而成。这栋房子甚至还有一个俯视着河湾的舷窗。我从没见过这样的建筑。

当我走近,我听到单调的刮擦声和铿锵声不停响起。房子前方有一条船台滑道,我看到一个人正在滑道旁劳作。他穿着一件羊绒套头衫,花白的头发被风吹乱。那是梅尔·罗斯卡罗。他转过头,不愿面对我。在那一刻,我几乎丧失了勇气,只想连滚带爬地跑回安尼斯尤尔。

"除非你来这里是为了船的事。"他蛮横地说,"不然你就别费口舌了。我可没有时间听你吆鸡骂狗。"

我强迫自己深吸一口气,保持镇静。

"我不是为了船的事而来。"我上前几步,在滑道边缘坐下,"我也不知道吆鸡骂狗是什么意思,不过我敢肯定我不是为了这个而来的。"

他还是没有转过头,只是拿着类似油漆刮刀的工具忙活。

"我是来道歉的。"我局促不安地说。

梅尔·罗斯卡罗没有回答,而是继续干他的活儿——把黏在船舷上的藤壶敲掉。

"关于前几天的事,我很抱歉。"我继续说道,我的嗓音也变得更加响亮,"就是亚历山大对你说的那些话。他没有把实情告诉我,不过这或许也没什么两样。如果我知道的话,我决不会……"我停下来,只觉得两颊发烧。梅尔·罗斯卡罗将一个顽固的藤壶从刮刀一角扯下来。

"还有安尼斯尤尔。"他嘟嘟囔囔地说,"我猜你很后悔自己看中那栋小屋吧?"

"不,我不后悔。"我愤愤说道。我都没来得及思考再三,这句话就脱口而出。"我喜欢那里,如果你为此感到不快,我向你道歉。可是这当真不是我的错,只不过你想尽办法让我为此感到愧疚。"我停了下来。梅尔·罗斯卡罗转过身,脸上露出微笑——那不过是浅浅的微笑,其中还透出一丝哀伤。但不管怎么说,那毕竟是微笑。我咽下一口口水。如果止步于此,那就太没意思了。"还有你和其他人打的赌。"我对他说,"那真是愚蠢之举,也很伤人。"

他眯缝眼睛看着我,一对深褐色的眼眸嵌在他那布满皱纹的脸上。和杰克的眼眸相比,这双眸子的颜色更深。"好吧。"他最终开口了,"我看也是。或许我应该对此感到抱歉。"

我心里明白如果我想听他给我道歉,这就是我能获取的最大"战果"了。不过我提醒自己:今天我来这里的目的可不是让他给我道歉。我们两人都不说话,紧张的沉默悬在我们之间。片刻之后我们同时开口。

"我带来了……"

"我正打算……"

我们两个都停下来,等着对方先开口。

"你先……"我们俩异口同声地说。

"哦,好啦。"他扔下刮刀,"我正在泡茶,如果你愿意,进来喝一杯茶吧。"

那栋房子的底层塞满了船,可第二层的空间却颇为宽敞开阔。房间的一角是一个厨房,另一角看似客厅。客厅里摆满了老旧的扶手椅,看上去一坐就塌。这里还摆着拼凑而成的书架。一个木柴炉为这个房间输送暖意,炉子里烧的是来自楼下工场的边角碎料。梅尔把几块木头扔进炉里,查看放在炉子上的水壶。

"这样就总有热水了。"他嘟囔道。他拿来一个茶壶。

"你住在这里吗?"我环顾四周。

"算是吧。"他手里拿着一个茶匙,指指河流,"不过我在前面那条船里睡觉,我在陆地上睡不着。大多数时候是杰克住在这里。"

他忙忙碌碌,拿来牛奶和饼干。我漫步到窗前。这片河湾的景色真美。虽然今天的天空阴沉沉的,可依然无法使这片美景失色。这里看不到其他房子,只有如镜的河水和树木落入水中的倒影。河流和陆地随着季节流转而变化。难怪他们害怕失去这一切。

"这里真美。"我轻声说道,仿佛在自言自语。

"没错。"梅尔来到我身边,"河流融入我们的血脉之中。"

突然之间,我想起了自己的梦,想起了住在小屋里的一家——那五个男人和一个女人,河流也融入他们的血脉之中。我不禁打了个寒战。

梅尔也注意到了。"怎么了?"他一边问,一边从桌旁抽出一张椅子。

我没有回答。是不是所有住在安尼斯尤尔的人都有这样的经历?我一边在心里琢磨,一边在他对面坐下来。他们是不是都像我这样,看到某些东西,梦见某些东西?这样的问题感觉很荒谬,我实在是问不出口。我只是打开了自己的包。

"我……杰克告诉我安尼斯尤尔对你来说很重要。"我取出那个速写本,放在他面前的桌上,"这是我在小屋里找到的,我知道这不是我的东西,我没有资格处置它。不过我觉得或许你希望保留它。"

当他翻开那个速写本,我盯着他的脸,试图解读他的表情。他翻过一页又一页,看着那些画——那是安尼斯尤尔的不同景致,茅屋顶的一角,一丛硕果累累的黑莓,洒满阳光的草坪……他终于翻到了那一页。在那张速写上,如同青烟的曲线构成一个巨大的猫形,环绕在小屋周围。我凑上前去:"我最喜欢这一幅,你姑妈拥有非凡的想象力。看得出这只巨大的猫就是帕灵,看看它的眼睛。"

我抬起头,看到他正目不转睛地盯着我。过了一会儿,他把那个速写本放到一边,用那双饱经风霜的手握住茶杯。

"对于安尼斯尤尔,你了解多少,派克小姐?"他问道。他那张布满皱纹的脸显现出严肃的神情。

我喝了一小口茶,感觉自己正在接受考验。

"那是一个古老的地方。"我说。我不由得皱皱眉——这一论断听起来也太过简单了。"那栋小屋历史悠久。"我的目光落在那个速写本上,继续说道,"在小屋建成之前,那条路先出现了。在那条路建成之前,在所有人造物出现之前,那块石头就已经立在那里了。那块石头一直矗立在那里。石头和冬青林标示着山谷的边界……"我停下不说了,感觉怪不好意思的。这原本只是偶尔浮现在我脑海中的只言片语,现在我却不假思索地直接说了出来。梅尔一直目不转睛地盯着我。

"你怎么知道这些呢?"他问道,"就是道路啊石头啊什么的。"

"我不记得了。"我说。我赶紧拿起一块饼干送到嘴里,想分散一下自己的心神。"肯定是米雪拉和我提起过。"我说。

他盯着我,又过了好一会儿,然后他脸上的神色变得柔和。

"是啊。"他说,"肯定是这么回事。"他喝了几口茶,"派克小姐,你能不能告诉我你是怎么走到这一步的,就当作迁就我这个老人家吧。我想听听你的说法,不想听那些流言。"

我滔滔不绝地说了起来。或许这是因为我感到如释重负,或许是因为坐在厨房餐桌前和别人一起喝茶这一场景本身就具有某种魔力,总之我把一切都告诉了他。我告诉他我实现了自己的梦想,成为一个专职作家,结果却不得不和男朋友分手。我告诉他在小屋出租广告登出的头一天,我恰好看到了那则广告;我告诉他在看到广告一小时之后,我跳上一列西行的火车来到这里,而我这么做完全是听凭本能的驱策。

"我并没有打算当天就签下什么协议。"我承认道,"然后你跑到那里,还说我在安尼斯尤尔一个晚上也撑不过去,这时候我就……脑子短路了。"

坐在餐桌对面的梅尔不安地动了一下。"好吧,不过现在看起来也还不错。"他说。

我微微一笑。作为回应,他的嘴唇最终也翘了一下。

"最好还是回去干活儿喽。"他用轻快的语气说,"谢谢你把托玛辛娜姑妈的速写本送给我,派克小姐,也谢谢你来这里看我。"

他伸出手。我和他握手时才发觉他的手指如同扭曲多节的树枝,他的指关节因风湿性关节炎而变得粗大。当我们走下楼的时候,他颇为痛苦地活动自己的指关节。门外,那艘布满藤壶的船还在等着他。

当他拿起刮刀,我问道:"这活儿很难吗?"我心想不知道他会不会看穿我的心思。"我是说,把那些东西凿下来很难吗?"我说。

"难倒不难。"他嘟哝道,"只是很枯燥。怎么?你想在造船工场当帮工吗?"

"我能试试吗?"我说着把包放在滑道上。

"干这活儿会把身上弄得脏兮兮的。"梅尔警告道。他看看我身上穿着的雨衣。

"没事的。"我拿起刮刀,"我只要……"我将刮刀插入一团藤壶之下,碎裂的硬壳如同一阵疾雨,撒在我身上。"呕……"我叫道。

梅尔发出响亮的笑声。"不,不是这样的,看着,就这么一下……"一片散落的藤壶落在地上。"明白了吗?"梅尔说。

他拿起另一把刮刀。不久之后,我们两人就肩并肩开始干活儿。我们都不说话,只有刮刀撞击藤壶壳的刮擦声和铿锵声打破沉默。陈年海水味和河泥的气息升腾起来,环绕在我们周围。这又让我回忆起梦中的一个片段:酒桶上布满盐渍,那些男人的靴子上沾着海沙。

"梅尔。"我问道,"这里有人走私吗?"

"走私?我觉得有吧。"

"我是说在这里,在这条河上还有安尼斯尤尔那里,有吗?"

"当然有。"他继续凿藤壶,"这是一种生计,那些人别无选择。如果他们不这么干,他们就会饿死了。"他看过来,咧嘴一笑,"以前他们会把自己的船涂成黑色,黑色的船舷,黑色的船帆,这样别人就看不到他们了。当他们把走私来的货物搬上岸，他们又把自己的'马'——也就是那些船——洗白。这样即使他们被发现，海关的人也拿他们没办法。"他做了几个动作，模仿一个想要抓住一匹桀骜不驯的马却又无计可施的人，逗得我哈哈大笑。"据我所知，当时我们罗斯卡罗家的人干起这种事可来劲了。"他说。

"他们被抓住了吗？"我问道。我不想让他看到自己脸上流露出的兴趣，于是继续埋头凿藤壶。"我是说你的祖先们，他们被抓住了吗？"我说。

黑暗中传来马蹄声，小屋里一片慌乱，泪珠挂在一个女孩的脸上，她的警告来得太晚……

"他们的确被抓住了。"梅尔不动声色地说，"据我爷爷说，几乎全家人都因为这事上了绞刑架，只有那个寡妇和最小的孩子活了下来。他们被驱逐出那片土地，来到这里生活。"他朝身后那栋杂驳凌乱的房子扬扬脑袋，继续说道，"你猜，在那之后安尼斯尤尔归谁所有？"

我无须回答，可他正在等待我回答，于是我说："特拉门诺家族？"

"没错，就是该死的特拉门诺家族。话说回来，你为什么想知道这些事？"

我犹豫不决，心想该不该冒险把实情告诉他呢？"我只是……"我开口道。

我用眼角余光瞄到有异动。我猛地站直身子，我的头撞到船上。杰克·罗斯卡罗正站在滑道顶端,盯着我们俩。他的目光中透着毫不掩饰的迷惘。梅尔循着我的目光看去。

"你好啊,小子。"他叫道。

我不知道杰克在这里站了多久,也不知道我们的对话他听到了多少。我撩开落在脸上的头发,感觉自己手足无措。

"你好,杰克。"我说。

他还是没有答话。他看看我,又看看他爷爷。

"我和派克小姐一起处理了一些问题。"梅尔用欢快的语气说道。我觉得眼前这一幕让他乐在其中。"你能不能帮我们倒杯茶?"他说。

杰克和我对视一眼,然后迅速把目光移开。"我只是来开小货车的。"他嘟囔道,"要赶在码头仓库关门前把油漆取回来。"

"码头仓库还要过两小时才关门呢。"梅尔叫道。可是杰克已经急急忙忙地朝其中一个棚屋跑去。过了一会儿,启动引擎的声音传入我们耳中。

我叹口气。

"啊,别理他。"梅尔说着抓抓自己的胡子楂儿,"他总是这个样子,就像一头倔驴。"

尽管人类为土地而战,土地却从来不会反击。土地没有拳头,也不会在怒气的驱策下挥拳。土地感觉不到勇气或恐惧。对于土地而言,最好的防卫方式莫过于被人遗忘,如果只被少数几个人记起,那就再好不过了……

这一天标志着新的开始,我做出了一个新的决定。我决心让这个地方真正属于我,而这一决心之坚定简直前所未有。可是除了茶余饭后的谈资,我还能为兰福德提供什么?我不能像梅尔和杰克一样,凭自己的双手修船造船。我又不会在田间劳作,不会寻找沉船。托玛辛娜·罗斯卡罗活着时还会画画,可我连这都不会。

几天之后,我在和妈妈通电话时说:"我甚至不知道怎样酿制黑莓酒,我只会写作。而我写的东西有一半都没什么意义。"

"婕丝敏。"母亲回应时的语气听起来颇为严厉,我知道自己又要被她教训一通了,"当我来到这个国家的时候,我也是这么想的。"她说,"我想'这里的人不会接纳我的,在他们的世界里我找不到容身之地'。不过我想错了。而现在你也一样,你也想错了。"

她正在走动。伦敦的喧嚣从远处传来,填补了她话语间的空隙。我将耳边的手机贴得更紧。我真的好想念妈妈啊!

"你还有你自己。"她语气坚定,"你可以和当地人分享你所拥有的一切特质。你拥有与他们不同的眼光和想法,能看到他们看不到的东西。"

我眨眨眼,不让眼泪流出来。她的话包裹着我,就如同在春寒料峭的日子里落在身上的阳光。"谢谢你,妈妈。"我说。

"如果他们不会欣赏你,那你就放弃,然后回家。"

她的愤慨让我哈哈大笑。"我不会放弃的!"我对她说,"我喜欢这里,如果你来这里亲眼看看,你就会明白了。"

她哼了一声作为回应。"你有没有好好吃饭?"她问道。

"有啊。"我想起那个堆满罐头的食品储藏室,"你也知道,我会煮饭做菜的。"

"你只会把豆子浇到烤面包上,那不叫煮饭做菜,婕丝敏。"她叹口气,"你那里有烤炉吗?还是我得像穴居人一样在火上烤火鸡?"

一开始我还以为自己听错了,我把手机抓得更紧了。"你是说你要来我这里过圣诞节?"我问道,"你是说真的?"

妈妈哈哈大笑,她的笑声中透着一股不耐烦。"如果对你来说这很重要的话……没错,我们会来过圣诞节的。我已经把这个计划告诉你姐姐和迈克了。你那里塞得进我们这么多人吗?"

"当然能!"兴奋之情涌上心头,我咧嘴一笑,"不过睡我那张床的人要接受帕灵,它也要睡在那张床上。"

"帕……灵？"母亲缓缓地叫出这个名字，"就是你不得不照顾的那只猫？"

"是啊，我真想让你见见它，我都等不及了。"

她发出干巴巴的笑声："瞧你这话说的，好像它是一个人似的。"

我几乎是连蹦带跳地沿着通往小屋的小径前行。在安尼斯尤尔过圣诞节！我一边对自己念叨，一边走进小屋。妈妈在成长过程中从来不过圣诞节的，直到她嫁给爸爸，她才入乡随俗，开始过这类传统节日。爸爸喜欢圣诞节，在这一点上他表现得像个孩子似的。他总是要弄一棵大大的圣诞树、各种圣诞节装饰、火鸡、圣诞颂歌……一样都不能少。当他去世之后，妈妈为了我们，试图保持过圣诞节的习惯。然而没有了爸爸，圣诞节和以前也不一样了。当我们年龄渐长，我们发现圣诞节让妈妈更加想念爸爸。于是我们决定低调过节。在过去十年里，大多时候我们都不过圣诞节。

可现在不同了。在这里过圣诞节——这种感觉很好。妈妈、姐姐和姐夫都要住进这栋小屋，感觉会有点挤。不过我知道，这栋小屋在圣诞节时就应该挤满人。火炉边，帕灵紧紧地蜷成一团，它的爪子搭在眼睛上。

"帕灵！"我大声叫道，把它吵醒，"我的家人要来这里了！"我抚摸它的肚皮，想象着圣诞前夜时这栋小屋里会是什么样的情景：冬青枝叶插在壁炉架上，五颜六色的圣诞节装饰品挂起来了,用木柴燃起的炉火让人倍觉温馨,小屋里洋溢着香料的温香……帕灵叫了一声,微微抬起爪子,从爪子下方瞄我一眼。它那表情仿佛在说:你就为这事把我吵醒?

我叹口气,环顾四周,看看小屋的现实状况:墙上崩裂的灰泥需要修补,窗框需要修理,石砌地面需要擦洗。

"如果想要在这里接待客人,还有很多工作要做呢。"我对它说。

最糟糕的是水暖问题还没解决。每回拧开水龙头都会传出哐当声和咆哮声,仿佛水管里藏着一只怪兽。当然了,现在我和梅尔已经和解,想要找个水暖工应该比之前容易吧?还有莱格提到的那个"能干的女工匠"。我和米雪拉说过想要雇用她,可奇怪的是她和丽莎都不置可否。

"或许她以为我不会待在这里。"我对帕灵低声说道,"或许她以为在我闹出和亚力那事之后,我会离开。我要去找她,让她知道自己想错了,对吧?"

帕灵叫了一声,把爪子搭在头上。今天天气寒冷,雾蒙蒙的,它可不愿放弃炉边温暖的窝,跑到外面去。于是我只好自己一个人出去。我在山谷里行走。尽管我的鼻子和手指被冻得发麻,我的心依然坚定地跳动着,为我的血液输送暖意。我沉浸在思绪之中,不知不觉中来到了那片林中空地。

即使过了将近一个月,我还是没有习惯这块石头的存在。它是不是对所有人都产生这样的魔力?之前我都是匆匆走过,可今天我却停下脚步，仔细端详它。石头表面湿漉漉的，在午后暗淡的日光中闪烁着微光。我向前一步，又一步，大着胆子靠近那块石头，抬头望望。在石头上，与我耳朵上方齐平处有一道凹痕——那是某样东西擦过石头表面削下一块之后留下的印记。或许罪魁祸首是一颗燧发枪的枪弹。那枪声再度在我耳边响起，如同一阵惊雷掠过空地上空。我听到沉重的喘气声——一个年轻女子正在暴风雪中踉跄而行；我听到马的嘶鸣，听到靴子踩在雪地上的嘎吱响声……

我往后退。那块石头俯视着我。它视而不见，就如同某种非常古老的生灵那长着白翳的眼睛。我不假思索地弯下腰，透过石头中间的圆孔张望。我看到了延伸至石头另一侧的小道。不过今天这景象看起来有所不同，仿佛发生了什么变化。灌木伏倒在地，几根冬青树的枝条被折断了，弯曲成奇异的角度，仿佛曾经有人粗暴地把这些枝条拨到一边。下方，一块标示牌被钉在地上。那块牌子是用闪亮的新木料和边缘锋利的塑料制成的，与周围的一切格格不入。那种强烈的不协调感让我一下子回不过神来，我甚至没能看懂标示牌上的字。那上面写着：

属于特拉门诺庄园的私人领地
擅入者将面临起诉

我将手机扔在米雪拉的办公桌上，把桌子上的笔震落到地上。

"这是怎么回事?"我质问道。我的手因愤怒而颤抖。

手机上显现出一张照片,照片上是杵在空地上的那个标示牌。那个标示牌显得那么大,绝不会让人看走眼。米雪拉盯着手机,一言不发。不一会儿,丽莎从后间走出来,走进办公室。她双手各拿着一个马克杯。

"如果我们……"当她看见我,她赶紧截住话头。她看到我满脸怒容,看到我那糊满泥巴的手——那是在把标示牌拔出来的过程中弄脏的。显而易见,丽莎知道发生了什么事。她们俩都知道。

她们都不出声,我只好打破沉默。"你能解释一下这到底是怎么回事吗?"我质问道。

米雪拉叹口气,把手机还给我。和上一回我见到她时相比,她已经有所变化。她看起来有点萎靡,眼睛下方出现了眼袋,原本梳得一丝不苟的头发现在只是匆忙地拨到脑后。

"婕丝,我正要给你打电话,让你过来讨论一下这件事。"她最终抬起眼眸看着我,"罗杰·特拉门诺……打算就安尼斯尤尔的现状提起诉讼。"

"什么?他能提起什么诉讼?租约已经签了呀。"

"他质疑的并不是租约。"丽莎说着把一个马克杯放在米雪拉面前,"他质疑的是整个山谷的所有权。他声称罗斯卡罗并不是那块土地真正的所有人,还说他们不过是特拉门诺家的佃户,而他的依据是两个家族在几百年前达成的什么协议。"

"这实在是太荒唐了!"我脱口而出。即便是在说这话的时候,梅尔的声音再次在我耳边响起:你猜,在那之后那片土地归谁所有?

"那么,有没有什么证据证明这所谓的协议真的存在?"我愤愤地问道。

"有。"米雪拉抚摸了一下前额,"显而易见,托玛辛娜去世前签署了某样文件,承认那块地并不属于她。"她拿起马克杯喝了一大口,做个鬼脸,"这是什么?"

"双份汤力水鸡尾酒。"丽莎说,"我觉得你需要这个。"

米雪拉一本正经地点点头,又喝了一口。"我实在是不明白。"她低声说道,"托玛辛娜委托我们打理安尼斯尤尔的事务时对这事只字未提。或许她的脑子真的……你知道吧,就是……"她举起一只手,在脑袋周围比画一下,"我是说,她的确想把所有一切都留给帕灵……"

"米雪拉。"丽莎打断她的话,焦急地扫我一眼,"你知道不是那么回事。"

我站在她们俩面前,感觉我的怒气正渐渐消退,只剩下无助感。我意识到自从我在万灵夜聚会上偷听到米雪拉和罗杰·特拉门诺的对话之后,我就一直在等待这一刻的来临。

"这对我来说,对安尼斯尤尔来说,又意味着什么?"我问道。

米雪拉耸耸肩:"我也不确定。抱歉,婕丝,这次的情况非同寻常。小屋业权的管理方式本来就是非常规的。小屋业权是一笔信托基金的组成部分,而这笔信托基金设立的目的就是在帕灵的生命延续期间,为那片地产找一个托管人。我的意思是,光是这样就够复杂的了……"她的声音越来越小,最后住嘴不说了。她又喝了一口鸡尾酒。

感觉她的言行举止鬼鬼祟祟的——我可不喜欢。"可这都是合法的吧?"我问道。

丽莎硬挤出一句:"从理论上讲,是合法的。"

"从理论上讲?"

"法庭可以对此提出质疑。"米雪拉的语气沉重,"而罗杰·特拉门诺正威胁要这么做。"她抬头看看我,一脸憔悴。"我们已经收到特拉门诺的律师寄来的律师函了。那个律师提议所有相关人士进行一次会面,对现有问题进行讨论。感觉情势不妙。显而易见,特拉门诺想得到那片土地,如果他有证据……"她摇摇头,环顾四周,看看这间狭小拥挤的办公室,"婕丝,我们只是小本生意。如果要走法律程序,那诉讼费用我们可承担不起,把我们赚到的钱都投进去也不够。"

我紧紧地闭上双眼,想要理解这些信息。她的意思是不是让我现在就离开安尼斯尤尔?可我现在刚刚适应了那里的生活方式啊!我还想问她:帕灵怎么办呢?还有我的梦呢?那片土地呢?那块石头呢?

然而我没有问这些问题,而是挤出一句:"这次会面什么时候进行？"

"这是下周的头一项安排。"丽莎回到自己的办公桌旁，拿起桌上的一张纸，"按理说，我们要把这份东西转交给你。"

我迅速浏览了一下。那是一封措辞正式的公文信件，言语中透着一股恐吓的意味。在那封信里，我被称为"租客"。我把这封信团成一团。"现在还没有敲定，对吧？"我问她们，"我还是安尼斯尤尔的租客，对吧？"

她们对视一眼。

"对。"米雪拉说，"目前还是。"

在我返回小屋的途中，我曾不下十次想给亚力打电话，所幸这一路上手机都没有信号。我想要对别人发火，我想要他道歉，说他会和自己的父亲谈谈。这样没用的，我对自己说。我把手机塞进口袋里，把口袋的拉链拉好。我不需要他再次"帮忙"。如果我是安尼斯尤尔的托管人，那么保护好这片土地以及这片土地上的一切就是我的职责所在——就是这么回事。

我真心希望托玛辛娜给我留下一点什么东西——指示，信件、字条……只要告诉我该如何做，无论什么都行。我把小屋翻了个底朝天，可我什么都没找到。除了床脚那个上锁的箱子，其他地方我都翻遍了。我没找到那个箱子的钥匙，而米雪拉那里也没有关于箱子钥匙的记录。我一直无法摆脱这种感觉：那箱子里有什么重要的东西正等着我去发现。

到目前为止，我所找到的与托玛辛娜最密切相关的个人物品就是那本速写本、黑莓酒瓶上手写的标签以及她在那张报纸照片上的涂鸦。当我想到那份报纸，我不由得在小屋的门口停下脚步。那篇新闻报道是怎么说的来着？关于罗杰·特拉门诺和什么计划……

我匆匆跑过帕灵身边，一步两级地跳上楼梯。帕灵抬头看看，朝我叫了一声。我猛地推开次卧的房门，心里暗暗祈祷我没有把那份报纸扔掉。我没有在桌上看到那份报纸。我是如何处置那份报纸的？我狂乱地在地上翻找，掀起很多年都没人动过的防尘布；我把箱子推到一边，惊扰了蜘蛛和木虱。我没有把那份报纸烧掉吧？老天爷，千万不要……

喧嚣和忙乱惊扰了帕灵，它从容不迫地走进这个房间。我用眼角的余光瞄到它懒洋洋地拍打一只逃窜的木虱，然后径直朝窗前的扶手椅走去。当它跳到那张椅子上，一阵窸窣声传来。我四处张望，看到它正舒舒服服地坐在那张折起来的报纸上。

我的心怦怦直跳，我从它身下抽出那张报纸。我早就把那篇新闻报道忘得一干二净了。现在我再次翻开那张报纸，我认出了新闻照片中的人正是罗杰·特拉门诺。虽然照片上的他没有穿上万灵节服装，脸上也没有涂抹化妆品，我还是能认出他。他站在大宅的阶梯上，双臂交叠抱在胸前，俯视着镜头。托玛辛娜的涂鸦还在：在她去世前的某一刻，她用墨水笔在特拉门诺的头顶添上魔鬼的角，在他的嘴唇上添上獠牙，在他身后添上尖尖的尾巴，还在他身边添上几只苍蝇。如果不是这篇新闻报道的标题吸引了我的注意，我肯定会笑出声来。

特拉门诺先生提交游艇码头计划书

特拉门诺庄园的主人罗杰·特拉门诺在今天表达了他的意愿：他甘做先锋，打算兴建一片游艇码头建筑群。该建筑群的选址位于兰河边的兰福德村附近，计划造价为几百万英镑。

"这一片地区急需现代化。"在最近的一次访谈中特拉门诺先生如是说道，"而一个游艇码头复合建筑群不仅可以吸引国际游客，还能推动本地经济，为本地居民以及游客提供工作和便利。"

特拉门诺先生正面临着当地野生动物保护组织的强烈反对。这些组织声称在河流一带建设大规模游艇码头将会扰乱当地独特而脆弱的生态系统。特拉门诺先生在去年和区议会进行商讨之后已经获取了一小片未开发的河边土地，而一些本地居民对相关交易提出质疑。虽然这片土地只是特拉门诺先生码头计划中的一小部分，但他表示随着时间的推移，他很有信心获得更多的土地。若想了解更多相关信息，请访问兰福德镇议会网站的"计划"板块。

我低着头，盯着特拉门诺那张被涂鸦的脸。难怪他想得到安尼斯尤尔。这条山谷距离河流那么近……对于这片土地，他肯定垂涎很多年了。我突然想起上回和亚力在一起的那个早上，他说过：我要和爸爸还有一些投资人见面，谈谈那个新游艇码头的事。

我意识到他知道这事。即使是我们在一起的时候，他也知道自己父亲的计划，然而他什么也没说。我一想到那些穿着西装戴着高顶礼帽的开发者和投资人跑来这里践踏这条山谷，我就感到很难受，就好像真的生了病似的。而这栋小屋会被推倒，帕兰石会被圈起来或者搬移到别处，古老的小径会被掀翻……这样的情景更是不堪设想。还有帕灵——它会怎样？它是不是要跑到别处去生活？我实在是无法想象。在其他地方它不可能活下去的。

"特拉门诺在撒谎。"我喃喃道。把话大声说出来还是有好处的，于是我继续说道："托玛辛娜是罗斯卡罗家的人，她不可能和他签什么东西，承认这片土地是他的。"帕灵回头看看我，它那双黄澄澄的眸子闪烁着睿智的光芒。"我们要想法证明这一点。"我抚摸它头上那柔软的皮毛，"我们一定要做到。"

土地被人遗忘之后就归于荒野。它长出利爪，长出黑莓灌木和荆棘，布满灼人的荨麻和将人绊倒的树根，再披上一片片杂草。上百个陷阱隐藏在杂草之中，足以让人崴了脚或摔断腿。

土地就如同一个被人抛弃的孩童,变得冷酷无情,桀骜不驯。对于那些试图再度驯化它的手,它不予理会。最好还是让土地丢荒,变成荒野,而不要试图驯化它。最好让它被人遗忘吧。

我无法写作,至少现在我无法动笔了。有那么多事情需要考虑,有那么多问题亟待解决。我再次把小屋翻了个底朝天,只想找到那个箱子的钥匙。如果里面藏着地契呢?我心想,一边在梳妆台抽屉里翻找。或许里面藏着文件、遗嘱、信件或者诸如此类的东西,无论什么都行……

我什么都没找到。最后我坐在箱子前,我的指尖循着箱子上的花纹挪移。整个箱子都雕刻着做工粗糙的花纹——看来箱子的制作者颇有创意,然而却没有足够的技巧实现自己的创意。箱子上的花纹颇为抽象,螺旋线条布满箱体。在箱子中央有两个绳结状图案,如同一对眼睛透过木头向外张望。我靠着墙壁,与那双非人类的眼睛对视。

"帮帮我吧。"我对小屋、山谷以及所有一切能听到的东西轻声说道,"之前你们让我看到了一些景象,现在让我看一些对解决问题有帮助的景象吧,求你们了。"我有意慢慢闭上双眼,任由自己的神思遨游。

我盯着眼皮内侧。出现在我眼前的是一片黑暗,偶尔被一些光斑打破。或许这些光斑只是想象的造物。时间缓缓流逝。我坐在光秃秃的地板上,我的背感觉阵阵疼痛,我的腿也变得僵硬。我正准备放弃,准备舒展四肢睁开双眼,这时我才意识到自己的眼睛已经睁开了。出现在我眼前的是不停旋转的苍白片状物——我发现那是飘落着的雪花,而眼皮内侧的那片黑暗化为黑沉沉的夜空。寒冷让我的四肢变得僵硬,而我之所以感到背痛,是因为我一直在冻结的河面上行走,走了整整一天。

每迈出一步都能听到积雪被压扁的嘎吱声。我感觉每迈出一步,我的神思就离我这具皮囊远了一步。我就这样渐渐远去。现在我已经不是我自己了,而是一个男人。他身上裹着的大衣见证了许多个寒冬。尽管前方的积雪如棉花般平整,坑洼沟坎却暗藏其下,足以让人摔断腿。那个男人皱皱眉头,张张嘴,敲落凝结在络腮胡上的冰晶。他的口袋里藏着一小瓶酒。那如火的液体让他的双眼迸射出光芒,让他的喉咙感觉到阵阵暖意,让他可以开口歌唱:

"Ha'n kelynn yw an kynsa a'n gwydh oll y'n koes...[①]"

他小心翼翼地前行,走向山谷深处。他不想来到这里,至少今天晚上不想。石头旁边的冬青林寂然无声,看似空无一物。可他必须履行自己的承诺。雪花在提灯的边框上堆积,这一情景让人昏昏欲睡。疲惫让他的眼皮不停耷拉下来。他赶紧

---

① 康沃尔语,该句大意为"一年中最先变绿的是冬青树"。

睁大双眼,顶着严寒,再次唱起了歌。这回他的声音更响亮了:"kelynn! kelynn!"

他提醒自己在这里不会有什么东西伤害他的,这条山谷和他血脉相连。然而,要想记住这一点可真不容易。这个地方在寂静中沉眠了那么久,即使是猫头鹰也因为寒冷而噤声。村民们说这里闹鬼,这里已经成了鬼怪和幽灵的家园,以此地为家的还有他那些被绞死的祖先的鬼魂……

脚下响起了嘎吱声。他几乎要惊叫起来,但还是忍住了。他举起提灯,让提灯的光柱穿透身边那伸手不见五指的黑暗。他打个寒战,低头看看,用脚踢去积雪。积雪之下是冰,浅滩的河水已经凝结成晶莹的河冰。他试探着站在冰上,看看那层冰是否能承受他的重量。现在他距离目的地已经很近了。他高高举起提灯,穿过漫天飞雪,大步向前。

最后提灯的光落在一堵墙上。那是小屋花园的围墙,雪花在围墙表面聚积。他走得更快了。这里以前有一条小径,因此路也变得更好走了。不久之后,他就看到了小屋的门槛和门板,那门槛和门板因时光磨蚀而变得黑黝黝的。他停了下来,把一只戴着手套的手放在门闩上。门前阶梯上的积雪有扫落踩踏的痕迹,看来最近有什么人或动物来过这里。他想把背包扔下,转身就跑,朝河边跑去。可他不能这样做。他曾经许下了诺言。这是他的职责,也曾经是他父亲和祖父的职责。他吮吸一下凝结在络腮胡上的冰晶,推开门。

"你好？[1]"他的嗓音颤颤悠悠，"帕灵？"

黑暗中有什么东西在移动。那东西个头不小，隐约显现出人形。站在门边的男人吓坏了，后退了几步。

"是谁？"一个声音响起。

他颤颤巍巍地举起手中的提灯，提灯的光亮照亮了已成废墟的小屋。他看到一张脸出现在空荡荡的壁炉边。那是一张煞白的脸，还有一对眼睛和一张张开的嘴巴。

"谁在那里？[2]"他问道。他正想在胸前画个十字驱邪，但又改变了主意。在这里画不画十字也没有太大区别。

"你能不能说英语？"那张脸说。听到这话，提灯男人的恐惧消散了。他更加仔细地端详对方。小屋里的男人缩成一团，靠墙坐着，身上裹着一件厚厚的大衣，头上的帽子压得低低的。他也蓄着一副络腮胡，胡子上结满冰晶。

从林子里走出来的提灯男人大声骂了一句："你跑来这里干吗？"

"你觉得呢？"坐在壁炉边的男人说，"我都快冻死了。"他用双手死死护着一条腿，"在那块该死的石头旁边，我的马扔下我跑了。我只能不停地爬。"他的怒气中夹杂着恐惧，"我在这里都等了好几个小时了，如果你是来找我的搜救队员，那

---

[1] 原文为康沃尔语。
[2] 原文为康沃尔语。

你们的动作可真够慢的。"

提灯男人转过身，让光线照亮小屋内的其他地方。小屋显得空荡荡的，雪花钻进破碎的窗户，在地板上掠过。唯一一件完整的家具是那张巨大的厨房餐桌，桌面上凝结了一层冰晶，如金似银，闪闪发亮。

"我可不是什么搜救队员。"他说。

"那你在这里鬼鬼祟祟地干什么？这里可是私人领地。"炉边男人的目光落在提灯男人的背包上，"你是来偷猎的？我要把你送进牢里。"他很不舒服地在石板地上挪动一下身子，"不过如果你肯帮我的话，我可以既往不咎。"

"我可不是来偷猎的。"提灯男人说着把灯放在布满裂痕的石板地上，把背包放下。"我是来喂它的。"他说。

"你说什么？这里没有人住，很多年都没人住了。"

从林子里走出来的提灯男人没有答话，只是从包里拿出几个用报纸包起来的包裹。小屋内那冰冷的空气中多了一丝烤肉和鲜鱼的香味。

"谢天谢地！"炉边男人说。他扑上去，想要拿那些食物，然而提灯男人把食物挪到他摸不到的地方。

"这可不是为你准备的。"提灯男人对他说。

炉边男人的面部扭曲变形。"你真该死！"他想扑上前去，结果却再次向后倒下。他骂骂咧咧，腿上的伤痛让他直喘粗气。"不要考验我的耐心。"他说，"我知道你是谁，你是那群'河边恶魔'中的一个……"

"我是梅尔奇泽德克·罗斯卡罗。"

"我知道。"炉边男人瘫坐下来,他的脸正在抽搐,"怎么会有人取名叫作'梅尔奇泽德克'啊?这是什么异教徒的名字?"

"这个名字典出《圣经》。那怎么会有人取名叫作'戈德菲尔德'啊?"

"这是家族祖先的名字。"炉边男人顿了一下,继续说道,"这么说你知道我是谁?"

"没错。"

"那你得帮帮我。"炉边男人的嗓音里多了一丝震颤,"你得把我送回大宅去。"

提灯男人还没来得及答话,只听"嘎吱"一声,随后是一阵窸窣声传来。他举起一只手,示意对方保持安静。一秒钟过去了,两秒钟过去了,三秒钟过去了……最终,一个黑影从黑暗中缓缓走出,轻悄悄地潜行,来到提灯光圈的边缘。

黑暗中闪现出一对眼睛。那对眼睛黄澄澄的,如兽脂,如玉米。那是一双苍老的眼睛,如鹰眼般狂野。

"你好啊,帕灵。"提灯男人低声说道。他将一包食物向前推推。那只猫慢慢地挪移,靠近那些食物。它的鼻子在抽动,眼睛死死地盯着两个男人。它的身子又瘦又长,长长的黑色猫毛纠结成团,爪子上沾着雪花。当提灯男人作势要动一动,低低的吼声从猫咪的喉头传出。

"来这里,帕灵。"他柔声说道,"来啊。"他伸出手,然而那只猫却发出嘶吼,将爪子一挥,让他的手指多了几条血丝。他马上后退,坐了下来,而那猫咪夺过那条鱼,拖到桌子底下。一阵憋屈的笑声从炉边响起。

"你在这个风雪夜跑到这里来,就是为了喂这只满身跳蚤的畜生?"裹着厚大衣的炉边男人又大笑起来,那嘶哑的笑声中还夹杂着一丝痛楚,"我知道,对于你愚蠢的行为,我本该感到庆幸才对,不过……"

"你根本不明白。"提灯男人打断他的话,把其他食物打开。桌子底下传来利齿撕咬鱼肉的声音,那只猫正在狼吞虎咽。

"它还抓了你一下。"裹着厚大衣的炉边男人说,仿佛他想借着贬损别人来获取些许暖意,"要我说,这就是不知好歹。对我来说,野兽就和死物差不多。如果我有枪,我就射杀它——我管这叫作'仁慈之举'。"

他还没来得及喘口气,提灯男人已经扑了上去。他揪着炉边男人的大衣,将他拖起来,让他支着那条伤腿站起来。

"不许说这样的话!"他叫骂道,"不许这么说,听明白了吗?"他拼命摇晃炉边男人,把他的帽子晃到了地上。"听明白了吗?"他叫道。

"好吧。"裹着厚大衣的炉边男人喘着粗气,"好吧,我明白,现在你能不能……"

提灯男人将他摔在地上。炉边男人发出痛苦的叫喊声，可他却充耳不闻。他再次看向桌下的影子，看着那只猫亮出利齿，狼吞虎咽地享用美餐。

"如果它变野了。"提灯男人说，"那也是你的错，不是别人的错。"当他环顾四周，他的怒气渐渐消散。"也不能怪它变野，谁让它的家变成这个鬼样子呢？"

"这是我的私人领地。"裹着厚大衣的炉边男人喘着粗气，"我想怎样处置，就怎样处置。"

"正是因为你生性残忍，这块地才一直丢荒。"提灯男人说，"不然这里也会住人，你其他的佃户会住在这里，照看这只猫。"他再次打开自己的背包。屋外，雪花轻轻地落下，寂然无声。"或许我们家的人还住在这里。"他说。

炉边的乡绅没有答话，提灯男人继续忙活自己的事。他从背包里取出一张柔软暖和的羊皮和一张旧毯子。他把这两样东西放在一个可以躲避风雪的角落里，铺成一张床。他从口袋里掏出一包鱼干，放在壁炉架上。这样一来，那只敏捷的猫咪就可以跳到壁炉架上享用了。做完这些事之后，他慢慢靠近桌子下方的那只猫。它已经吃完了鱼，现在正向鸡肉发动进攻。

"我们并没有忘记你。"他轻声说道。他想伸手去抚摸那只猫咪的皮毛，可猫却躲开了。很久以前，当人们伸出手去抚摸它的背时，它会惬意地眯起双眼。可现在它不会这样了，再也不会了。那对猫眼中流露出疑虑，盯着那个男人。

男人叹口气，站起来，把空背包扛在肩上。裹着厚大衣的炉边男人默默看着，他的嘴唇被冻得发紫。提灯男人又拿出那个小酒壶，喝了一大口酒。

"我可以帮你。"他抹抹嘴唇，"我可以把你送出这条山谷，送回那栋大宅里。我会守口如瓶，决不提起此事。"他低头看看受伤的炉边男人，"作为回报，你要修整这个地方——修整墙壁、窗户和屋顶，让这个地方像模像样。你要允许我们来这里喂它，无论什么时候，我们想来就来。"

疼痛和寒冷让裹着厚大衣的炉边男人打了个冷战。"为什么不问我要钱呢？"他愤愤地说，"或者要货物或土地也行啊！无论你问我要什么，我肯定会答应的。我不得不答应。"

"誓言和鸡蛋一样，都是易碎品。"提灯男人简短地说了一句。他往前几步，向炉边的乡绅伸出手："我们说好了，对吧？"

裹着厚大衣的炉边男人张张嘴，可是却说不出话。响起的只有刮擦声，仿佛是什么动物正在用爪子抓挠木头。我被吓了一跳，往后一退。我的头撞到了身后的墙壁，我睁开双眼，出现在我眼前的是卧室的地板，之前点燃的炉火正在燃烧。刮擦声再度响起。我四处张望，发现帕灵正在那个老旧的木箱上磨爪子。

"帕灵！"我脱口叫道。它停了下来，一只爪子悬在半空中。梦中那只猫咪孤零零地住在已成废墟的小屋里，几乎成为一只野猫。而帕灵的眼睛和梦中那只猫咪的眼睛一模一样。"帕灵。"我轻声叫道，伸手去抚摸它的头。

它一动不动，任由我把手放在它头上，仿佛它也想起了自己恢复野性的那段时光。过了一会儿，它用脸摩擦我的手掌，跑过来爬到我的腿上。我一直坐在地板上，我的腿已经毫无知觉。尽管如此，我还是让它在我的腿上坐下。它低声叫唤，用爪子拨弄我身上这件套头衫的袖子。我抚摸它，打消它的野性。我试图用无言的方式告诉它：无论这回发生什么事，它都不会被抛弃。

第二天，我穿过山谷，去找梅尔。而那个梦一直挥之不去。我也说不清昨晚自己究竟在期待什么。即使我看到了某些事情，可以在我为保住安尼斯尤尔奋斗时助我一臂之力，然而我怎么对其他人解释呢？我盯着一个木头箱子，然后做了一个梦，我在梦里看到了这些事——我能这么说吗？我仿佛看到自己正在对一个律师说这些话，而那律师若有所思地点点头，在笔记上写下"租客已疯"。

我开始意识到安尼斯尤尔建立在被人遗忘的故事之上，建立在支离破碎的记忆之上，建立在某些过往片段的回响之上。这些来自过去的回响虽然细微，却又足以震撼大地。可现在我需要实实在在的东西。我需要白纸黑字，需要法律能听得懂的语言。我绞尽脑汁想尽办法，以至于开始时我没有留意在山谷中回响的噪声。等我快要走到石头那里时我才完全反应过来：那是一种单调的敲击声，仿佛有人正在砸什么东西。我突然在小径上停下脚步。

"你们怎么敢……"我低声叫骂道，开始狂奔，"你们怎么敢这么做……"

几分钟之后，我跌跌撞撞地跑到林间空地边，停下脚步。我忍不住发出一声恼怒的叫喊声。那块标示牌又竖起来了，就在昨天的那个位置。更糟糕的是，那是一块新的标示牌，牌子朝向相反的方向。无论刚才是谁在这里，当他们听到我跑过来，他们便仓皇逃跑了。我能感觉到其他人的存在。这种感觉悬在凛冽的空气中，和新鲜的木头气味相互交杂。

我出离愤怒，几乎没有感觉到石头的存在。这一回我毫不犹豫，对着支起标示牌的木棍猛踢，踢了一脚又一脚，直到那块标示牌倾斜，直到我可以伸出手把它拔出来。一根细木屑刺破了手腕处的皮肤。流血了，可我并不在乎。这块新的标示牌被钉得更加牢固了。我咒骂着，来回摇晃它，直到它完全松动。我把标示牌扔到地上，扬扬得意，气喘吁吁。

这时我才感觉到疼痛，感觉到一股液体从腕上的伤口中汩汩流出。我正要查看伤口，这时一阵疯狂的猎吠打破了树林的寂静，一个褐色的影子从树木间冲出来。这一情景似曾相识，让我的胃因紧张而不停抽搐。那是麦琪，它认出了我，正在林间空地的边界上蹿来蹿去，不停狂吠。不过它并不敢跨越边界。

我只能瞪着它，感觉已经麻木，直到我意识到谁在这儿附近，又是谁要对这块标示牌负责。

口哨声在光秃秃的树木之间回响。

"麦琪？"

我强压住恶心的感觉，我已经预料到要发生什么事了。

"麦琪，过来……"当亚力看到我，他立马停了下来，一动不动。

这是我和他在电话里吵架分手之后我们俩头一次见面。在那一刻，我感觉到一缕旧日的情丝，其中还夹杂着愧疚。然后我注意到他手里的工具包，还有他扛在肩上的木槌。我的怒火再次燃起，比之前还要猛烈。

"婕丝。"亚力说。他的目光掠过我那通红的脸，掠过我那脏兮兮的双手。"嘿，你流血了……"他说。然而我脸上的表情让他不敢靠近。他把木槌扔在身边，仿佛那样我就看不到似的。"你怎么把自己弄伤了？"他结结巴巴地问道。

那块被打破的标示牌躺在我的脚下。"你觉得呢？"我说。

他脸红了："你不要这样，这样只会让事情变得更糟。"

"变得更糟？你父亲想要把我赶出自己的家，这样他就能为那个狗屁游艇码头弄到那块地——难道能比这更糟糕吗？"

当我提到游艇码头，亚力便咬紧牙关。他知道，他一直都知道这事，我提醒自己。他居然还说什么很高兴我抢先他父亲一步租下了安尼斯尤尔——现在回想起来这些话都是谎言。

"这事……"他清清喉咙,"这事与你无关。这是本地人的事,而你只是一个租客,所以……"他看着我,脸上流露出哀求的神色,"我实在不明白,婕丝,这个破败的小地方对你有什么意义呢?你根本不属于这里。"

在那一刻,我出离愤怒,以至于说不出话来。"那我属于哪里?伦敦吗?或者随便哪个地方,只要不会给你造成不便就好?"他张张嘴想要答话,可我逼近一步,他马上又闭上了嘴,"你觉得我们俩之间究竟会怎样呢,亚力?你觉得我对此会有何反应?难道我会当作什么事都没发生,继续和你们友好相处吗?"

"我以为……"

"你以为什么?"

"我以为这行得通。"他说,他的语气中夹杂着气恼和哀求,"我以为爸爸会帮你,让你摆脱那租约的束缚。"

"什么?然后我就被迫离开?"我叫道,"从哪里来回哪里去?"

"不是!我以为这样或许你就会……会和我在一起了。"

他的话悬在我们俩之间,如同仲秋时分被寒霜打过的叶子。麦琪骚动不安,发出呜咽——即便是它也能感受到我们俩之间的情绪。我无法回应他的话。我感觉难以置信,这种感觉和轻蔑之情混杂在一起,让我不停颤抖。我转过身,抓住那块标示牌。

"我不能让你把这个拿走……"亚力开口了。而我只是推开他,从他身边走过,一言不发地走进林子里。

梅尔·罗斯卡罗在厨房里忙碌,他放下一卷厨房纸巾,在壁橱里翻找。

他跑进浴室里忙活,我叫道:"没事的,只是擦伤而已。"透过浴室的门,我瞥见一个爪形足浴缸的一角,以及木地板上的一个老式地漏。

"即使是擦伤也要处理一下伤口。"梅尔走出来,他手里拿着一个古旧的药瓶。"这是碘酊。"他一边对我说,一边拧开瓶盖,"要说处理伤口,没什么东西比得上这玩意儿。"

我没有力气表示反对,只能看着他将一块布浸入那瓶东西里。和亚力对峙让我感到虚弱无力,浑身颤抖。

"伸出手来。"梅尔说。我伸出手腕,往上扯扯袖子,好让他看到那处擦伤。他轻轻地将干涸的血迹擦去,留下一道橘黄色的印记。我感受到一阵刺痛,不由得龇牙咧嘴。"杰克还是个淘小子的时候,我经常给他处理伤口。"他一边给我抹药,一边低声说道,"那小子老是磕着碰着,从没见过哪个孩子身上有那么多伤口的。"

我想要笑,可是刺痛感让我的眼睛盈满泪水。我想忍住眼泪,可是没有成功。

当我落泪时,梅尔问道:"也不至于吧,有那么疼吗?"

"不,不是因为这个。"我用袖子擦擦鼻子,"是因为……

那栋小屋,梅尔,还有那个山谷。我不知道该怎么办。"

他点点头,盖上碘酊的盖子。"就是罗杰·特拉门诺宣称他拥有安尼斯尤尔,对吧?"他发出干巴巴的笑声,想必是看到了我脸上流露出的震惊。"在兰福德这可不是什么秘密。"他说,"昨晚上我从丽莎的爷爷老德里克那里听说了。"

"听米雪拉的口气,她好像准备放弃了。"我对他说。我很庆幸自己不用把这事从头到尾又讲一遍。"听她和丽莎的口气,感觉这事已经敲定了。无论罗杰·特拉门诺对她们使出了什么卑鄙的手段,那手段毕竟奏效了。"

"好吧,她们还要考虑到自己的生意啊。"梅尔一边说着,一边随手在桌上画圈,"在我们这样的小地方,失业可是很严重的事。如果米雪拉失去了那家房地产中介所,她就不得不离开这里。而我敢打赌,罗杰·特拉门诺的威胁可不是说来吓唬人的,他会来真的。"

"看大家对那家伙的样子,好像他还大权在握似的。"我脱口而出,"就像是什么大宅邸的爵爷。其实大家不用再听他的。"

梅尔将椅子往后一推。"的确,不过旧习俗根深蒂固。几百年来,在这里'特拉门诺'这个姓氏等同于'主人'。要想改变延续几百年的旧习俗是很难的。"他站起来,慢慢走到厨房的壁橱前,"而且还要考虑到钱的问题,这样要改变大家的态度就更难了。在这里,你不用有多少钱就可以做个财大气粗的人物。"他走回桌边，手里拿着一瓶酒和两个酒杯。

我想起托玛辛娜在那张新闻配图上的涂鸦，拼命回想那篇新闻报道的内容，想从中找到一根救命稻草。"我在报纸上看到说有人对那个游艇码头计划提出抗议，他们并不希望在那里建立码头。现在特拉门诺宣称他拥有安尼斯尤尔，我们能不能让那些人也为此抗议呢？"

梅尔摇摇头。"那个码头计划是糊涂脑子才能想出来的，即使是只能驾驭单帆小船的孩子也会告诉你在兰河那一带建码头是行不通的。要在那里建码头就得让河流改道，这也意味着这片造船工场将不复存在。"他低头看看自己的双手，继续说道，"不过我和你说实话吧，婕丝。如果是为了安尼斯尤尔而抗争，本地人是不会卷进去的。他们不会为了这事和特拉门诺作对，这是……"他叹口气，"这是私人事务，而且年代久远。"

"那我该怎么做呢？"我问道，感觉眼泪再次涌上来，"难道我就坐等他们把我赶走吗？"

"不，我不是这个意思。"梅尔的回答中透着镇定，"说实在的，如果罗杰说那个山谷归他所有，那他肯定编造了不少谎言。安尼斯尤尔属于托玛辛娜，而不属于别人。那个地方是特拉门诺家的某个人赠予她母亲的。"

"什么？"我凑上前去，抓住桌子，"什么样的赠予？你又是怎么知道的？"

他耸耸肩："我就是知道，所有人都知道。"

我忍不住恼怒地哼了一声。"好吧,反正没人告诉我。米雪拉说罗杰·特拉门诺有什么证据,说托玛辛娜签了什么文件,声明那片土地不是她的。"

对此梅尔嗤之以鼻:"不可能的,那块地是特拉门诺家族还给她母亲的。特拉门诺家的人一直自称那块地属于他们,但他们也知道事实并非如此。据我所知,他们根本没在那里居住过。"

"那他们为什么要把那块地还给托玛辛娜的母亲呢?"我继续问道,"他们这么做肯定是有理由的。"

梅尔一脸沮丧:"我也不知道。或许他们家破天荒养出了一个好人。"

我往后一靠,擦擦额头。碘酊的气味充斥着我的鼻孔。"梅尔,"我说,"这样没用的。罗杰·特拉门诺说他有证据,我也需要证据。所谓的证据指的是地契和文件,而不是流言和故事。"

他拨开白兰地酒瓶的盖子。"我所拥有的就只有故事。"他说,"而故事很重要,比文件、合同还重要。故事体现了我们如何了解这片土地,如何记住往事。"

"故事还体现了你们如何紧抱仇怨不愿放手。"我反驳道,"我不止一次看见类似的事情发生,总是一个样:特拉门诺和罗斯卡罗相争,安尼斯尤尔夹在你们之间……"我停了下来,心想自己是不是说得太多了。

梅尔只是直直地盯着我。"你说得没错。"他最后说道,"一直都是这样。有时候我也会为此感到难过。"他举起那瓶白兰地,"不过今天我不想难过,今天就让特拉门诺家的人见鬼去吧!"

虽然这时候刚过正午十二点,还不是喝酒的时候,可他倒了两杯满满的白兰地,把其中一杯推到我面前。

"这个可以让你镇静下来,平复你的心情。"他说。

"那你呢?"我说着拿起酒杯,"你也需要酒来平复自己的心情吗?"

"大多数时候也需要。"他对我举起酒杯,"为了安尼斯尤尔,干杯!"

尽管我对他的说法还心存疑虑,不过事实证明梅尔说得没错。白兰地为我的喉头带来暖意,将我腹中的空虚感一扫而空。我正准备喝完最后一点酒,这时我听到前门传来关门声,楼梯上传来脚步声。

"我去看妈妈了。"杰克的声音响起,"她让我带了一些火腿回来。"他已经走到楼梯顶端。当他看到我们俩坐在一起,刚过中午就开始喝酒,他不由得停了下来。

"留下来吃午饭好吗,派克小姐?"梅尔若无其事地问道。

当我试图和杰克对视,他移开了目光。我想起我曾经和他坐在炉边烤掺了藏红花的小圆面包,简直不能相信眼前这个满怀戒心的陌生人和之前那人是同一个人。"谢谢了。"我说,"不过我最好还是回去吧。"

杰克嘟囔几句,说什么要打电话,然后他的身影消失在楼上。

"不要灰心,婕丝。"梅尔说着拍拍我的肩膀,"我们肯定能找到解决方法,证明老特拉门诺在撒谎。"

我露出感激的笑容,跟着他朝楼下走去。当我们走出门外,梅尔踢踢我拔出来的那块标示牌。

"你还要把这个拿回去吗?"

"哦,不要。"我裹好脖子上的围巾,"把它烧掉吧,我不在乎。"

"用来做引火木倒是不错。"梅尔若有所思地挠挠下巴,"今晚你打算去玩吗?"

今晚……当然了,今晚要举行圣诞彩灯的亮灯仪式。然而发生了那么多事,我完全把亮灯仪式这事抛诸脑后了。

"我还说不好。"我犹犹豫豫地说,"今天发生的事也够多了。"

"去吧。"他怂恿我,我不置可否地嗯了两声,他对我微笑,"说实话,我正想找人陪我去那儿。杰克有他自己的计划,而我的腿脚也没以前那么灵便了。"

"好吧。"我妥协了,笑道,"我在哪里等你呢?"

"在那座桥上。"他捡起那块标示牌,"六点钟。别忘了把自己裹得暖和一点儿!"

当我转身时，我看到他连蹦带跳地冲上楼梯。我忍不住露出微笑，心想他的腿脚看样子一点问题都没有。

冬天在大地上迈开大步进军。随着时间一天天的推移，冬天也逐渐占据上风。有人滑倒了，有人垂头丧气。黑暗中的火光如同灯塔，正顽强地展示自己的力量。即将过去的一年正匆匆溜走，朝终点疾驰而去。

当我站在桥上等梅尔的时候，我嘴里哼着一支曲子。我不知道那是什么曲子，只是这支曲子在我的脑子里不停地循环播放，持续了整个下午，就如同一团没头没尾的棉线。今天早些时候，当我用一根绳子和帕灵闹着玩的时候，我甚至还对它哼这支曲子。今天的帕灵很有点可爱小猫的模样。它在小屋里蹿来蹿去，仿佛尾巴着火似的。

我看到一辆辆车子开到山上，在村子旁边停靠，亮着一盏盏红通通的车灯。我听到孩子们的尖叫声和人们的喧嚣在狭窄的街道上空荡漾。尽管早些时候我不想来，可现在我却很高兴自己来到这里。不过嘛……我看看手机，梅尔迟到了。或许他又要借口自己的老腿让他迟到了。

一阵凛冽的寒风吹拂着河岸,带来了大海的气息——那是冬季里泛着灰色的大海。寒风让我眯细双眼。我在脑海里勾勒这样的景象:一条将船舷涂成黑色的帆船,在黝黑的波涛之间颠簸起伏,等着潮汐转向。感觉太冷了,我不能在寒风中站得太久。我正准备沿着那条幽黑的小径,走到小河湾看看梅尔在干什么。这时候我看到了火把的火光一闪,还看到一件绿色防水夹克的一角,听到脚步声传来。

"你再不来我就要走啦!"我叫道。

杰克·罗斯卡罗从黑暗中走出来,他用讶异的目光盯着我。我后退几步,再次感觉到尴尬。我看看他身后。

"你爷爷……"

"我爷爷……"

我们相互对视。在那一刻,我以为他要哈哈大笑了。然而他只是做个鬼脸,熄灭了火把。

"梅尔让我在这里等他的。"我急忙说道,"他和我约好是六点。他说你有其他的计划。"

"他也是这么和我说的。"

"哦。"不知怎的,我感觉自己的手没处放,只好把手插进外套的兜里,"这么说……他不来了?"

"我觉得他不会来了。如果我没猜错的话,他现在已经在酒吧里了。"杰克终于和我目光相接,"我觉得他是在以自己那直白的方式,告诉我们他希望我俩做朋友。"

"啊。"

接着是一段长长的沉默。

"好吧。"杰克对着村子一挥手,"你先走,然后我……"

"别傻了。"说完我做了个鬼脸,"我是说,反正你也要到村子里去,对吧?我们可以一起去,除非你不想让别人看到我们俩在一起。"这本来是句玩笑话,不过听起来却是一本正经。

"别傻了,怎么会呢?"他说。他的脸上绽放出一丝微笑。

我们俩一言不发,这沉默中隐隐透着一股兴高采烈的意味。我们走进村子里。我从没见过这么多的人聚集在这里,即便是万灵节时也没那么多的人。街道上熙熙攘攘,人们裹着围巾,戴着帽子;孩子们身上裹着一层又一层的厚衣物,几乎无法活动。这是一个寒冷而潮湿的夜晚,从海上吹来的风让人们瑟瑟发抖,紧紧揪住自己的领口。所幸雨已经停了。刺鼻的烟味充斥着我的鼻孔。烤栗子散发着暖意,加入糖和香料的苹果酒加热后散发着甜香。

那家集咖啡馆、渔具店和邮局于一体的店铺还开着门,门外多摆了几张椅子,围着一个类似炭火盆的东西。经过这里的时候,我朝村里小店的店员莱格挥挥手。

"你想找个地方坐下来吗?"我问杰克,生怕迟一点自己就会改变主意,"那里还有几个空位。"

"不。"他看向酒吧。

怒火在我心中升腾——他根本不想和我友好相处。"好吧,那么再见了。"我对他说,转过身去。

"等等!"他拍拍我的肩膀,"我不是这个意思……我的意思是我不想坐在这里。观看彩灯的最佳地点是在酒吧的阶梯上,一直以来都是这样。"

"哦,这样啊。"他这话算是邀请吗?"那么……"我说。

"来,我带你去。"

我们从人群中挤出一条路,走进兰福德的主街。这里洋溢着节日的气氛,这种气氛中透着一股天真无邪,还带着点孩子气,仿佛圣诞节已经向我们迈出了第一步,而我们必须为此欢呼。在酒吧附近有一个临时舞台,一群十几岁的孩子正在演奏《上帝赐予你欢乐,先生》,只是那乐声刺耳嘈晰。而年龄较小的孩子在舞台前方跳舞。

我听着这熟悉的圣诞颂歌,只觉得难以置信:再过一个月就到圣诞节了?我想起自己在夏末的某一天,一时冲动跳上一班列车离开伦敦,来这里追梦——感觉那只是昨天刚发生的事。

"走这边。"杰克叫道,朝一道沿着酒吧侧墙延伸的石头阶梯走去。阶梯上已经挤满了人。他们看到杰克走过来,连忙给他腾出空位。他们和杰克握手,拍拍他的肩膀。和往常一样,人们用好奇的目光打量着我。不过这里的气氛轻松愉快,当我对他们微笑,他们也报我以微笑。杰克挪动一下身子,好让我钻进阶梯边缘的缝隙中。当我抬起头,我发现他说得没错:站在这里,我们的目光可以掠过人群的头顶,将沿着河岸延绵的整个村子尽收眼底。

我听到一阵熟悉的狂笑声。梅尔正坐在酒吧前的长凳上,手里拿着酒杯,一群老人环绕在他周围。当他抬起眼睛,发现我正盯着他,他那张布满皱纹的脸上绽放出大大的笑容。我身边的杰克装出一副恼怒的样子,朝他挥拳。梅尔又发出一阵狂笑声,然后继续喝他的酒。

"这个老鬼头。"杰克嘟嘟囔囔地说。我偷偷看他一眼,看见他正转身和阶梯上的另一个年轻人说话。当他放下戒备的时候,他显得友好开朗,甚至有点活泼。我之前看错他了,真不敢相信我看人的眼光竟会如此之差。

"看啊。"他倾身向下,凑了过来。我能感受到他的躯体散发的暖意落在我的脸上。"看啊,那是丹恩和他的那群磨人精!"

没错,那正是丽莎的丈夫丹恩。他正领着一群小孩子走上舞台,只是进行得不太顺利。那群孩子在他身后跺脚,相互推挤,跳来跳去,骚动不安。他让他们一个个就位,勉强排成一列。所有孩子的帽子和外套上都粘贴着亮片,丹恩自己穿着一件难看的套头衫,套头衫上粘贴着闪闪发亮的冬青果。他在舞台边缘跪下,拿起一把吉他。

"来了。"杰克咧嘴一笑,"这场光芒四射的盛典就要开始了。你很高兴自己来到这里,对吧?"

我哈哈大笑,转过身看向舞台。有人介绍说这群孩子是兰福德小学"橡实班"的学生,今年他们获得了亲手点亮圣诞彩灯的殊荣。丹恩拨一下吉他的琴弦,拿起麦克风。麦克风的声音在村子上空回响。

我听到他低声说:"好了,就像我们之前练习的那样,一、二,开始!"

所有孩子都同时开口唱歌,只不过他们唱出的音调有所不同。不过他们很快就跟上了节奏。在这些孩童的歌声中,我听见丹恩那清脆的嗓音,和他们相互应和。

"Ha'n kelynn yw an kynsa a'n gwydh oll y'n koes..."

我心中一动,仿佛两个齿轮严丝合缝地嵌在一起。

"我听过这首歌。"我轻声说道。就是这首歌,这首在我脑子里循环播放一整天的歌。我怎么会听过这首歌呢?我连歌词的意思都不明白。"这歌唱的是什么?"

"这首歌的歌词是康沃尔语。"杰克露出欢欣的微笑,"这是一首古老的圣诞颂歌。我们小时候在学校里也学过。"他等着台上的孩子们磕磕巴巴地唱完这一段,然后加入他们的合唱,"一年中最先变绿的是冬青树……"

"kelynn! kelynn!"

一个人穿过漫天飞雪,唱着这首歌。他想借此让自己暖和起来,驱散心头的恐惧……

"冬青树！冬青树！"

最后几个音符被阵阵掌声淹没了。台上一阵忙乱。突然之间，小镇仿佛活了过来，五颜六色的灯光射入黑暗之中。那彩灯呈现出火苗所有的颜色：白色、金色、红色，甚至蓝色……人群发出阵阵惊呼，然而周围的噪声在我的耳朵里消退，取而代之的是沉闷的咆哮。出现在我眼前的不是电灯光，而是火把的亮光。那些火把擎于许许多多只手中，驱散黑暗。在一块灰色的石头周围，人声此起彼伏。在这人声之中，我还听到奔跑的脚步声、马蹄声、心跳声，还有一个女人的歌声，刀子凿刻石头的声音，泪水落入雪中的声音……

我只觉得天旋地转。我伸出手，想要稳住自己，然而我抓住的只是空气。在那可怕的一刻，我以为自己就要摔倒了。这时一只手抓住我的外套，把我拉了回来。我发现自己正站在阶梯上，前方的人群依然在发出阵阵惊呼，成百上千盏彩灯照亮了兰福德的街道。

杰克盯着我的脸。"……你还好吧？"他问道。

我不理会耳朵里的轰鸣，只是点点头，挪动一下脚步，远离阶梯边缘。然而杰克看起来并不相信我没事。

"你想喝一杯吗？"杰克大声叫道，想盖过舞台上的说话声，"现在正是好时候，不用排队！"

我再次点点头，巴不得马上从阶梯上下来，离开那一片彩色的灯海。在我模糊的视野之中，一盏盏彩灯正若无其事地大放光彩。当我的脚落在地面上,我不由得松了一口气。在酒吧外头有一个小摊,售卖的是加了糖和香料并经过加热的苹果酒。我坚持要请客。我想找到某种实物——某种日常的东西,好让我把自己的注意力倾注于此,而手中的硬币恰好能满足我的需求。杰克跑去买烤栗子,我趁此机会啜饮了一口苹果酒。香料的香气包裹着我——这种感觉如此熟悉,让人隐约感到一丝痛楚。肉桂、蒜瓣、干果皮,其中混杂着强烈的苹果香气。或许在几个月前,那个苹果还沉甸甸地挂在果园里某棵果树的枝头。

我和杰克心照不宣地慢慢离开人群,沿着一条通往河边的狭窄后街前行。这里更加安静,狂欢的喧嚣在我们身后渐渐退却。我深吸一口气。或许我已经习惯了山谷的寂静,反而不喜欢人群的喧闹了。

"刚才到底发生了什么事?"杰克一边啜饮着苹果酒,一边问道,"感觉你就要晕倒了。"

我喝一口苹果酒,让温热的液体充斥我的口腔,借此争取一点时间来思考。

过了一会儿,我说:"我也不知道,最近我的想象力经常不受控制。"我硬挤出微笑,"我认为那是安尼斯尤尔在作祟。托玛辛娜……她有没有看见过什么异象?"

杰克嗯了一声:"我也不清楚。不过我觉得那也有可能,总之太姑奶奶绝对是个怪人。"他斜着眼瞄瞄我,"她经常和帕灵说话,好像帕灵根本不是一只猫,而是和她一起守在山谷里的伙伴。"

我没有出声,我很高兴黑暗遮住了我的脸。此时我们已经来到山脚,道路在此处和河流交汇。杰克在河边坐下,他的两条腿悬在水面上。我也有样学样,坐了下来。在我们前方,幽暗的河水倒映着小镇的灯光,水面上一片流光溢彩。

"你那天把那个速写本送过来,谢谢你。"过了一会儿杰克说,"爷爷把那速写本拿出来给我看了,对他来说这的确很重要。"

"这没什么。"我低声说道,双手握着纸杯取暖。

"话不是这么说的。"杰克看过来,"好吧,我要向你道歉,如果之前我……"他停了下来,摇摇头,仿佛找不到合适的词语。他并没有顺着这个话题说下去,而是问道:"今天早些时候你还好吧?我看到那瓶碘酊被拿出来了。"

我哈哈大笑,扯扯袖子,露出手臂上那道大大的橘黄色印记。"只是擦伤而已。"我说,"我以为没人用碘酊了呢。"

"的确没人用了,我觉得爷爷那瓶碘酊的历史可以一直回溯到 1964 年。"

"他说你和那瓶碘酊可是老熟人了。"

杰克从口袋里掏出几颗栗子,递给我。"我就是所谓的老出状况的孩子。"他说,"我以前把造船工场当成了游乐园,那里有绞车、绳索、坏掉的马达……诸如此类的东西。"

"你是什么时候开始在造船工场工作的？"当我剥开一个栗子，一缕热气从栗子壳上冒出来，散发出焦糖的甜香。

"我以前经常在造船工场打下手，然后我读大学的时候离开了一段时间。再后来奶奶去世了，爷爷自己一个人忙不过来。"他耸耸肩，"于是我提前毕业回来，从那时起我就一直和爷爷一起在工场干活儿了。"

"那你其他的家人呢？"

"他们？"他说，"你想问他们为什么不留在造船工场干活儿？"我点点头。"他们有自己的工作。"他说，"妈妈是簿记员，爸爸在内陆地区开了一间修车行。爸爸本来就不喜欢船，而我妹妹艾米对水面上的东西不感兴趣，她只对水下的东西感兴趣。她是一个海洋生物学家，在国外工作。"他仔细端详一颗栗子，然后说道，"所以就只剩下我了。"

我忍不住在脑海里勾画这样的画面：在安尼斯尤尔，罗斯卡罗一大家子在炉边庆祝。一个父亲和三个兄弟都被绞死了，即使是在几代人之后，这一事件的影响力依然存在。之前我无法理解特拉门诺家族和罗斯卡罗家族之间的仇怨为何如此强烈，现在我开始明白了。

"杰克，你知不知道托玛辛娜和她母亲是如何来到安尼斯尤尔定居的？"我问道，"梅尔告诉我的只是故事，我想找到一些更确凿的证据。"

他看过来："这是为了罗杰·特拉门诺那事吧？爷爷告诉

我他在使什么坏。"他摆弄了一下空纸杯,"我猜亚力也有份儿吧。"

尽管现在很冷,可我觉得自己两颊发烧。我只希望他不要提起亚力,不过现在我也明白了——杰克·罗斯卡罗就是个直肠子,心里藏不住话。

"他肯定从一开始就知道这事。"我低声说道。

杰克做个鬼脸:"抱歉……"

"你没必要抱歉。老实说,我真不知道他在想些什么。"我顿一下,继续说道,"我也不知道自己在想些什么。"

杰克紧紧地抿着嘴唇。

"如果你想说'我早就说过'……"

"我从没想过要说这话。"他答道。他的脸上绽开笑容,和梅尔的笑容何其相似。"现在回到你刚才的问题上,我只能说我不知道,爷爷知道多少,我就知道多少。这个地方就是这样。故事就是我们的历史,而我们的历史以这些故事为基础,很少以事实为基础。抱歉,我不能为你提供更多的信息。"突然之间,他满脸放光,继续说道,"不过你可以去找米雪拉的丈夫吉奥弗打听一下。他主管本地的博物馆,对于本地的历史他最熟悉了,没人比得上他。再说了,他是个外乡人。"他轻轻地推推我,"和你一样。他不会被本地的传奇故事迷惑。"

"我敢肯定,米雪拉已经问过他了吧。"

杰克耸耸肩:"大概吧,不过或许她不知道该问什么样的问题。"

"那我呢？我就知道吗？"

杰克微微一笑，我感觉他的五官样貌已经印入我的脑海中：他那晒得黝黑的脸，他那笔挺的鼻子，他那明亮的眼眸泛着榛木的色泽……无论他是一脸严肃还是满脸嬉笑，他的五官都颇为灵动。

"没错，你知道该问什么样的问题。"他轻声说道。

我们对视良久。我们俩靠得那么近，我能感觉到他的身躯散发的热量，闻到他身上散发出的气味——那是木头燃烧时的烟味、肥皂味，还有温暖的肌肤所散发的气味。

"好吧。"我看向河流，不想让他看到我两颊泛红，"那么明天我就去找吉奥弗，你说那博物馆在什么地方？"

"就在教堂旁边。"杰克往后靠，11月寒冷的空气迅速填补了我们俩之间的空隙，"不过明天博物馆不开门。实际上，我很肯定博物馆只在周二和周四开放。"

我发出一声呻吟："和特拉门诺的会面安排在周一，我想在那之前找到答案。"

"好吧。"杰克跳起来，"我们去找爷爷的朋友们打听一下。他们现在肯定已经喝得醉醺醺的了。就算他们记不起什么有用的东西，至少可以去逗逗他们，很好玩儿的。"

我不由自主地伸出手，让他把我拉起来。我们俩站在那里，靠得很近。

"你爷爷的朋友？"我一边急忙问道，一边迈开脚步，"是不是就是那回在酒吧里，我……"

"……你走过来教训我们一通？"杰克哈哈大笑，"没错，就是那个时候和我在一起的那群老头。"

"哦，老天！"

"别担心，派克小姐。"这时我们已经走到主街上，一串串圣诞节彩灯在黑夜里散发着俗艳的光芒。梅尔还在酒吧门外。他看到我们俩，发出一声狂笑。作为回应，杰克对他咧嘴一笑。"你已经见过那群老头中脾气最臭的那一个了。"他说。

周一上午，当我梳妆打扮的时候，我的胃因紧张而不停翻腾。我即将和特拉门诺以及他的律师会面。为了此次会面，我要穿上最时髦、最正式的服装。平常这个时候我都是在写作。我会坐在厨房餐桌前，身上穿着一件宽大的旧开襟毛衣，喝着第三杯茶。而帕灵也有它自己的生活规律。一旦我坐下来工作，食品储藏室的窗就会传来吱呀声，接着是蹦蹦跳跳的脚爪跑进大厅的声音，脚爪之上是一只湿漉漉、脏兮兮的猫咪。帕灵要在我的电脑键盘上散散步，散完步后它就在火炉边的旧扶手椅上坐下，开始晨间梳洗，梳洗完毕后就睡觉。

然而，今天当它看到我站在门边，而不是坐在平时的位置上，它看上去不怎么高兴。它还是跳到桌子上，在木头桌面上留下一串脚印。我小心翼翼地抚摸它，留意不让猫毛沾在自己的衣服上。

"祝我好运吧。"我对它说,"我要为保住你的家园而抗争。"

它轻声叫唤,转头朝火炉走去。我希望我也能像它那样。然而,现在我能做的只是不停忙碌,让自己更加紧张。出发的时间到了,我听到手机传来短信提示音。肯定是丽莎发来的短信,告诉我她已经去到巷口了。我的手机放在梳妆台边上,因为放在这里偶尔会有信号。短信提示音引起了帕灵的兴趣。它跳上梳妆台,好奇地对着手机嗅来嗅去。我一边朝手机走去,一边在心里琢磨:真是奇怪,帕灵之前对手机从来不感兴趣。

当帕灵想要伸出爪子戳戳手机,我用警告的语气叫道:"帕灵!"

它停了下来,一只爪子已经举起。它审视着我,它的眸子黄澄澄的,仿佛无所不知。然后它放下爪子,把手机从梳妆台边缘推下去——瞧它那模样,简直就是故意的!

"帕灵!"我冲过去。太晚了,手机摔在地板砖上,发出响亮的撞击声,然后滑入梳妆台下方的阴暗角落里。

我气急败坏,当然了,帕灵对此不予理会。它只是开始舔那只做了坏事的脚爪,仿佛我的手机是什么脏东西,弄脏了它的爪子。我骂骂咧咧地跪下来,朝梳妆台下方张望。梳妆台下方久未清理,里面尽是可怕的东西:蜘蛛网、一堆堆厚厚的灰尘、来历不明的污渍、木虱、蜘蛛……现在,在最里面的角落,还多了一部手机。我趴在地板上，伸手去捞手机，心想刚才我为了让自己看起来整洁光鲜还精心打扮了一番，现在这番功夫全白费了。当我的手指触碰到蜘蛛网，我不由得皱皱眉，很想把手缩回来。然而我还是够不着，只能借助拨火棍把手机拨出来。

我拿着拨火棍，在梳妆台下捅捅戳戳。拨火棍触碰到某样沉重的东西，我听到碎玻璃的刮擦声。那不是我的手机，我的手机已经出来了。虽然手机上沾满灰尘，可是屏幕却完好无损。一条短信闪现在屏幕上，或许丽莎还在等着我……我急忙又晃动一下拨火棍，然后伸出手，想把触碰到的东西扯出来。我的手指碰到了类似木头的东西，我终于把那东西扯出来了。

那是一个镜框，因烟熏和时光的磨损而变得黑糊糊的。镜框上的玻璃碎成三片，镜框的衬里是黑色的天鹅绒，上面钉着两块铜质圆牌。是勋章吗？我在心里琢磨。镜框背面有一条断了的细绳。这个镜框原本应该挂在墙上，在某个时候细绳断了，所以它落在梳妆台后头，一直没有人发现。我的手指掠过那污渍斑斑的玻璃。那两块铜牌似乎具有魔力，把我拉近，让我触碰它们……

地板上的手机发出愤怒的叫声，打断了我的思绪。我赶紧把手缩回来。现在还不是时候，无论那两枚铜质圆牌是什么，可以先放一放，过后再说。万一帕灵又玩心大发，又想摆弄这个镜框，那可不妙。于是我把镜框塞进梳妆台的一个抽屉里，然后抓起我的包和外套,把沾满灰尘的手机塞进口袋里。当我关上门,我看了一眼帕灵。它正安然坐在火炉边的"宝座"里,向我眨眨眼睛。如果我对它了解不深,我会以为现在这只猫咪看起来很是惬意。

我沿着小巷狂奔。我因狂奔而大汗淋漓,之前在找回手机时又沾上了满身灰尘。我就以这副尊容钻进车里。丽莎问道:"你到底跑哪儿去了?说实话,我们可不想迟到。"

"抱歉,帕灵……好了,不说了。嗨,米雪拉。"

米雪拉坐在后座。她只是点点头,并没有抬起头。她身边散落着纸张、文件和笔记本。她穿着一件红得刺眼的职业套装,她的头发梳得服帖平整,如同一顶头盔。

车开了。丽莎低声对我说:"她正在找文件里的漏洞,找找看有什么东西能让我们在和罗杰对峙时占据上风。"

"周末的时候我问过梅尔·罗斯卡罗。"我对她说,"还问过他的朋友们。他们都异口同声地说安尼斯尤尔是大约一百年前某人赠予托玛辛娜的母亲的。至于赠予的原因和形式,他们却记不起来了。"

"那么恐怕这一信息对我们没有帮助。"丽莎阴沉着脸。

"就没有什么……地契之类的东西吗?"我依然不肯放弃,"肯定会有人知道这事的。"

"地契已经遗失了。"米雪拉那阴沉的声音从后座传来。我转过头,看着米雪拉那微微泛红的眼眸。"正因如此,罗杰才认为他有机会。"她说,"他要申请更新地契,还要提交证据证明那块地是他的。"

我垂头丧气,往后一靠,瘫坐在座位上。我就一直这样坐着,直到车子驶离大道。我看到一块标示牌,上面写着:河景高尔夫俱乐部,仅招待会员。我们的车沿着一条曲里拐弯的车道前行,车里没人说话。在我们周围,多刺的褐色树篱和布满点点黄色的金雀花灌木已经让位于平整的草坪,草坪上的草叶几乎一般高。

我们这个"怪异三人组"走进高尔夫俱乐部的门厅。我穿着一件皱巴巴的外套,外套上布满灰尘;米雪拉穿着俗艳的红色高肩职业正装,而梳着马尾辫的丽莎显得颇为保守,她还夹着一大摞文件夹。还有,感觉方圆几英里之内就只有我们三个女性。

"这边请。"前台的小伙子惶恐地看看身后,又看向我们,"特拉门诺先生订了花园套间,他已经到了。"

"那是自然。"米雪拉尖酸地回了一句。这时我们正跟着那小伙子,沿着一条铺着厚地毯的走廊前行。走廊两边的墙上挂着已逝会员的照片。

透过一扇茶色玻璃门,我看到罗杰·特拉门诺悠闲地靠在一张会议桌上,前面摆着一个空的咖啡杯。他的对面坐着一个年轻人。那人穿着修身的正装,一边哈哈大笑,一边在手机上打字。我咽咽口水,然而我嘴巴发干。我感觉自己进入了一个不同的世界：这里充斥着三句不离法律的语言和令人窒息的会议厅，与安尼斯尤尔相比简直是天壤之别。安尼斯尤尔属于荒野，与世隔绝，绿意盎然，在那里只有石头、树根和流水才是真实的存在。

罗杰·特拉门诺作势要站起来。他伸出手，然而米雪拉对此视而不见，径直走过他身边。一抹阴郁的笑容即将浮现在我脸上，可我还是把它压下去了。或许米雪拉对保住安尼斯尤尔不抱希望，然而她可不会欣然接受这一事实。她从会议桌的一头拉出一张椅子，重重地坐了下去。

"好吧。现在就让我们来谈谈这事。"她看向那个年轻人，"你是米切尔先生，是来自特鲁罗市的律师，对吧？"那个年轻人张张嘴，想要答话，然而米雪拉不理他，继续说道，"这位是我的助理格拉夫女士，这位是安尼斯尤尔的租客派克小姐。"

"很高兴见到你们。"那年轻人油腔滑调地说，"不过我在信里也说了，租客没必要出席这次会面。"

租客。我咬紧牙关。"如果我签下的租约将要作废，我想知道原因。"我对他说。

他只是露出讨喜的微笑，仿佛我说的话根本无足轻重。"好吧。"他说，"现在让我们开始吧。先从介绍当前状况开始，好吗？"

"不用了，我们很清楚当前状况。"米雪拉厉声说道，"我们只是不清楚特拉门诺先生想要玩什么把戏。"

"行了，米雪拉，违背承诺的人可不是我。"特拉门诺凑上前来，靠着桌子，双手交叠，"我们算是说好了，由我来租下安尼斯尤尔。"

"不，我们并没有说好。在我发出小屋的出租广告之前，我们只是从理论上探讨了一下这种可能性。而且，我还要提醒你，小屋租赁的相关事宜是那笔信托基金条款的一部分。派克小姐早你一步签下租约可不是我的错。"

米切尔先生打断她的话："这个所谓的基金……"他一边说着，一边瞄瞄手机屏幕，"其设立目的是在帕灵寿命延续期间为安尼斯尤尔找到一位监护人和守护者，对吗？"

"没错。"米雪拉冷冰冰地答道。

"而这位帕灵是……"

我看到米雪拉脸颊上的一丝肌肉在抽动。"一只猫。"她答道。

"一只猫啊。"米切尔先生重复道，他居高临下地盯着米雪拉，"真是不同寻常。"

"就算是不同寻常，那也是完全合法的。"丽莎说着敲敲面前的文件夹，"我把有关文件的复印件带来了，如果你想看的话，请便。"

我对她露出浅浅的微笑。作为回应，她也朝我翘翘嘴角。

"合法的前提是她当真拥有那个地方。"罗杰·特拉门诺大声说道,"然而事实并非如此。从法律上看,安尼斯尤尔依然是特拉门诺庄园的一部分。"

"真是胡说八道!"米雪拉的脸涨得通红,和她的套装一样红。她深吸一口气,想要平复自己的嗓音。"那块地是你的一个亲戚赠予托玛辛娜的母亲的,事实就是如此。我知道,你知道,整个村子的人都知道。"

"那不过是司空见惯的传言而已,只不过大家都信以为真了。"特拉门诺嗤之以鼻。

"够了!"米雪拉就要从椅子上跳起来,而罗杰·特拉门诺也作势要站起来和她对抗。

"好了,没必要大吵大闹的。"米切尔先生说,"维尔温太太,这个问题可以在几分钟内解决。你所要做的只是提供证据,只要一件证据就行。你做得到吗?"

米雪拉狠狠瞪他一眼,生硬地摇摇头。

"好吧,看看我们这边——特拉门诺先生持有罗斯卡罗小姐签字的文件,她在文件中承认自己的租客身份。再考虑到这个信托基金里那条颇为可疑的条款,就是和什么猫有关的那一条……"他对我们微微一笑,"恐怕你们的主张根本站不住脚。"

他拿起一支笔,按一下笔帽,将一张纸拉到自己面前。"我们谈下条件吧?如果你们配合,特拉门诺先生将会付给你们一大笔补偿金。"他在纸上写下一个数字,把那张纸推到米雪拉面前,"这是我们目前提出的补偿金数额。"我看着米雪拉的脸颊由红转白,我知道自己不能再保持沉默了。

"这简直是胡扯!"我的嗓音刺破了沉默,"那帕灵呢?托玛辛娜想让它住在那间小屋里,想找个人照顾它,让它这样度过余生。正是出于这个原因她才设立了那笔信托基金,难道这不算数吗?"

"据我所知。"米切尔若无其事地说,"那只猫已经很老了。等它死了,所有之前签下的相关契约都会作废。到时候我们又要再走一遍程序,何必呢?这样很不明智,对吧?"他对我微微一笑,"再说了,一只猫能活多久呢?"

当我们三人穿过停车场,我嘟嘟囔囔地说:"'一只猫能活多久'……他到底什么意思?"此时天光已经渐渐暗淡,天空变成了单调的灰色,看着直让人头痛。

我们爬进车里,没有人回答我的问题。丽莎启动引擎。她们的沉默实在令人不安。

"那我们该怎么做?"我转过身——我提问的对象不仅是丽莎,也包括坐在后座的米雪拉,"如果他在撒谎,那我们肯定有办法……"我住嘴不说了。坐在后座的米雪拉弯腰低头,把脸埋在双手之中。

"我们什么都做不了。"她的围巾堵住了她的嘴,她的话音听起来闷闷的,"你也看到了,他提出给我们那么大一笔补偿金。既然他肯拿出那么大一笔钱让我们闭嘴,假如我们真的闹到法庭上,他肯定会拿出更多的钱来击败我们。"她抬头看着我,一脸憔悴,"我们的房屋中介所可承受不起。抱歉,婕丝,如果我知道事情会变成这个样子,我决不会让你在那份租约上签字。"

我转过脸,看着窗外。我忍不住流下眼泪。安尼斯尤尔——在这里我感受到无与伦比的活力,在这里我感到自己与某种比我更伟大的东西结成最为紧密的纽带。然而,当我想到这里将会被人夺走,被人摧毁,永远不可能复原,我感到难以接受,一股难以消除的疼痛涌上心头。还有帕灵——它会再次被人遗弃,而它的家园会被摧毁……不行,我闭上双眼,试图想出解决的方法。

安尼斯尤尔——这个名字在我脑海中萦绕不去,向来都是如此。灰色和绿色,藏红花和雨水;黑暗中的火把,落在古老石头上的微光,冬青树和飘落的雪花;还有一只生灵,它的脚爪如同青烟般轻盈,它的爪子如同荆棘,它的眼睛黄澄澄的,如同丰收时节的月亮……

"你们要在什么时候对他们提出的条件进行答复?"我突然问道。

"我们要在五个工作日内答复。"米雪拉说着对我皱皱眉,"也就是在下周一之前。"

"那就等到下周一吧。"我看着她们俩,"请你们给我几天的时间,让我试着找到解决方法。你们至少能帮我这个忙吧。"

米雪拉叹口气。"好吧。"她说,"我们就等到周一。不过别抱太大希望,婕丝。在这一带,和特拉门诺家的人作对是很难有好结果的。"

那所教堂位于村子外缘。沿着挂满彩灯的主街向前走,经过酒吧,走过最后几栋茅草屋,出现在我面前的是一条朝山顶延伸的小径。教堂就孤零零地矗立在山上,站在教堂的一侧可以俯瞰整个兰福德,另一侧则是河流和那个隐蔽的小河湾。我沿着那条路走到教堂前,停下脚步,喘口气。这座建筑颇为奇特,其建筑风格杂驳凌乱,仿佛是在过去的几百年间有许许多多不同的人对其进行加建和修整。一座矮墩墩的灰塔立在教堂一角,灰塔的砖石因风力磨蚀而变得破败不堪。

入口旁挂着一块褪色的木牌,上面写着"圣皮兰教堂"。一扇配着门檐的大门敞开着,里面是一片青草萋萋的墓地。当我走进这扇大门,我才意识到这是停枢门,是给逝者出入的大门。这扇大门非常古老,这片墓地也非常古老。墓碑东歪西倒,与地面形成奇异的角度。刻在墓碑上的字吸引了我的目光。当我走得更近,我发现熟悉的姓氏不停地出现:罗斯卡罗,格拉夫,布莱斯,赫斯科斯,波尔金霍恩……可是我没有看到特拉门诺,一个都没有。或许他们有自己家的私人墓地吧。我朝墓地边缘走去,那里立着几棵被狂风扭曲的树,树的后头是一个向下的陡坡,一直延伸到河边。在这一片看不到鲜花或烧尽的蜡烛。这里的草更长，风雨在墓碑上留下深深的印记。许多墓碑或是倒下，或是破碎，化为几块落在地上，被大地缓缓吞噬。我弯下腰，想要看清那些被苍苔覆盖的名字。这时候起风了，狂风钻过形如爪子的枯树，裹挟着严寒，抽打着我的脸。在我头上，海鸟迎着狂风尖叫。

"有什么可以帮到你的吗？"我身边响起一个声音，把我吓了一跳。

那是米雪拉的丈夫吉奥弗。他手里拿着一本厚厚的活页本，脸上戴着眼镜。他的目光透过圆圆的眼镜片，打量着我。"哦，原来是派克小姐啊。"他的脸上露出笑容，"你好啊，我已经听说你要过来了。"

当然，他当然知道，兰福德是个小地方，只是我经常忘记这一点。"你好，呃……是啊。"我说。我们俩相互对视。"这么说今天你这里开门吧？"我问道。

"当然。"吉奥弗匆匆向前走，"当然开门。我只是去吃午餐，跟我来吧。"

教堂后部藏着一栋看似谷仓的平房——我猜这里曾经是教堂的一个礼拜堂。这栋平房有一扇厚重的木门，门边挂着一块塑料牌子，上面写着"兰福德村博物馆"。屋内阴冷昏暗。当吉奥弗打开灯，我看到这里堆满了历史，从地板一直堆叠到天花板。久经磨损的陈列柜摆在墙边，柜子里摆放着配着皮革封面的大书、钱币、农具、陶器碎片、打火石和箭头。墙上挂满了镶上镜框的老照片、素描、地图和剪报。兰福德的全部历史——几千年的出生、死亡和婚姻，几百个丰收季的收成和万灵节，都挤挤挨挨地塞在这个房间里。

我惊讶地看着眼前的一切。相形之下，我自己的人生只是倏忽即逝的短短一瞬，其中充斥着焦躁和不安。我想起每当我跨过安尼斯尤尔的边界，一股沉重感油然而生。之前我还想不明白，现在我明白了：那是时光的重量，是多个世纪的时光累积在一个山谷之中，如同积聚在空谷中的雨水。

"抱歉，这里简直是一团糟。"吉奥弗低声说道。他的话打断了我的思绪。"我们真得换个大一点的地方。"他脸上露出歉意的微笑。他拧开几个电热器，为这个冷冰冰的地方增添暖意。

"这实在是……难以置信。"我对他说。我看着一些锡质品，问道："这里全靠你一个人打理？"

"有时候也有志愿者来帮忙。"他说着用挑剔的目光环顾四周，"不过你说得没错，我独自承担了大部分的工作。这里也不总是这么安静的，夏天有时候还是挺热闹的。"

我对这个冷静而矜持的男人露出微笑。相形之下，米雪拉行事泼辣，如同一阵旋风。我心里纳闷如此不同的两个人是怎么走到一起的。

"我看你已经知道我来这里的原因了，对吧？"我一边说着，一边靠近一个电热器。

"知道。"他叹口气，"这件事的确棘手，我从没见过米雪拉那么紧张。要知道，想让她着急成那个样子可不容易。"他的身影消失在一个偏厅里。我跟着他走进去，发现那是一个被改造成办公室的小房间。一台老式计算机和一张椅子躲在小山似的档案盒、箱子和文件后头，几乎看不见。我看着吉奥弗把活页本放在一摞摇摇欲坠的纸张文件上头，小心翼翼地在椅子里坐下。"很抱歉，恐怕我帮不上什么忙。"他一边说着，一边打开电脑，"对于这个问题，我已经绞尽脑汁进行思考，也进行了一些调查。"

"我和梅尔·罗斯卡罗谈过。"我靠着门框，对他说，"梅尔说安尼斯尤尔是特拉门诺家的某个人赠予托玛辛娜的母亲的，可是他并不知晓其中细节。"

对此吉奥弗表示赞同："我也听说了，镇上所有人都这么说，然而这没什么用，对吧？不过我根据这些流言，确定了这些事件发生的大致日期。"他眯缝眼睛，环顾四周，最后他的目光落在一张凳子上。凳子上还摆着一大摞文件夹。"把那些文件夹搬走，你就拿那张凳子坐下吧。"

之前我在酒吧里见到他时，他冷淡矜持，甚至有几分孤傲。可现在他简直像是变了一个人。在这里，当他置身于布满灰尘的盒子和过往历史的碎片之中，他变得热切而活泼。我在凳子上坐下，而他点开一张电子表格。那张填写得满满当当的表格看似一份经过删减的家谱。

"我查看了本地人口普查记录。"他一边对我说，一边将电子表格的滚动条向下拉,"如果那片土地的所有权真的发生了变更,那应该是在 1911 年之后。"他指指屏幕,"看,那是托玛辛娜的母亲维奥莱。根据 1911 年的人口普查记录,当时她和她丈夫还有儿子和罗斯卡罗的其他家人一起住在河边。"

"那下一次人口普查呢?"我凑上前去,"那时候他们的住址是不是变成安尼斯尤尔了?"

吉奥弗好脾气地对我微微一笑:"那就不知道了,下一次人口普查的结果还没公布呢。"

我往后一靠,不禁有些泄气。"那地图呢?村子里的记录呢?"我问道,"总能找到关于这一带地产所有权的记录吧。"

"地图通常不会显示所有者名字,不过你说的这个问题我也想到了。我快速浏览了《本区估价记录》,你知道那是什么吧?"

我不知道他在说些什么,不过他的热情感染了我,我不由得跟着点点头。

"在那些文件中可以找到本地区从 1909 年到 1915 年的所有权记录。"他正忙着点击鼠标,之后屏幕上慢慢显现出一张图片——那是一张书页的扫描图。他看着我,脸上绽开灿烂的微笑,"前几天我去了镇上的档案室,让他们帮我扫描有关安尼斯尤尔所有权的这一页。"他脸上的笑容慢慢消退,"但是,恐怕这其中的信息并不是你想要的。"

"就是说在 1915 年安尼斯尤尔依然为特拉门诺家所有?"

"没错,而且我找不到在那之后的相关信息。"他吐了一口气,"这实在有点让人抓狂。当然了,如果我们能拿到特拉门诺庄园所属地产的所有权记录……"他意味深长地对我扬扬眉毛,"不过罗杰·特拉门诺并没有把自家庄园的地产所有权记录拿出来作为证据,我猜其中肯定有蹊跷。"

"那法庭不能强制让他交出那些记录吗?"我问道,试图掩饰自己话音中的不耐。

"不太可能,那些记录属于私人记录,老实说,也没人知道里面记录了什么内容。罗杰大可以……"他做个把东西藏起来的手势,"……然后说相关记录已经遗失或从来不曾存在。"他往后一靠,他的椅子嘎吱作响。"抱歉,派克小姐,这就陷入了两难的境地,的确有点'二十二条军规[①]'的意思。"

我盯着虚空,看着老式电脑显示屏上正在闪烁的道道光条。"难道就没有别的资料了吗?"我直接问道,"就没什么我可以查看的记录吗?"

"我也想过或许能找找 20 世纪前十年到 20 年代区议会的会议记录。"吉奥弗说,"看看里面有没有提到安尼斯尤尔。不过那些记录没有数字化,我感觉那就像是大海捞针。"

"不过我还是可以看看的,对吧?"我马上在凳子上坐直身子。我这一动作如此之快,差点儿让周围那些由文件纸张

---

① 二十二条军规:典出美国作家约瑟夫·海勒的小说《二十二条军规》,后用来形容相互矛盾、让人无所适从的规则圈套。

堆叠而成的"小山"崩塌。"能不能让我看看？万一能找到什么呢？"

"好吧。"吉奥弗疑虑重重地答道，"我觉得可以，那些记录在我手上，只是我要想一想放在哪儿了……"

我花了几分钟好言好语地劝吉奥弗找一找，并自告奋勇要帮忙。吉奥弗带我走进大厅的地下室。这里非常寒冷，这里的石墙和石头地板很容易让人联想起地窖。头顶的电灯散发出刺目的光芒，然而角落并没有被照亮。这里和上面的房间一样，都堆满了东西：书架在账册和盒子的重压下摇摇欲坠，塑料箱一个摞着一个，一些布满灰尘的大物件藏在阴影里。吉奥弗娴熟地在这些杂物中找出一条路。

"就在这儿。"他轻声道，抬头看看一个书架，书架上竖着一道道被磨损得很厉害的书脊。"这是教区议会……不对，这是账本。"他踮起脚尖，"啊，在这里，这就是我们要找的东西。"他取下一本配有皮革封面的册子。那本册子短而宽，大约有《圣经》那么厚。他把这本册子放到我怀里。

册子的扉页上写着：兰福德教区议会会议记录，1887—1916 年。那些字迹已经褪色。

"我觉得你还需要这两本。"吉奥弗说着把另外两本册子递过来，"大概 1940 年之前的会议记录都在这儿了。"

书桌前已经没有位置了，吉奥弗让我靠近一个电热器，在地板上坐下，翻阅那几本册子。我打开第一本，只见整洁的手写字迹填满了一张张册页，令我惊叹感慨。

区议会于1887年1月15日晚七点召开会议，12名教区居民出席会议。

我翻过这一页。后面的内容格式相同，只是日期是在三个月之后。我翻过一页又一页，相似的内容一而再再而三地出现。看来一时半会儿是看不完了，我还要在这里坐上好一会儿。于是我在粗糙的地毯上挪动了一下身子，想让自己坐得更舒服。我飞快地翻动册页，古旧的书脊发出细微的吱呀声。我一直找到1915年的会议记录。这时候安尼斯尤尔还为特拉门诺家族所有。我把会议记录册放在膝上，在心里默默祈祷：行行好，让我有所发现吧。

透过这些会议记录，可以瞥见一百多年前兰福德的日常生活。我翻过一张张册页，那上面有许多不同的人留下的字迹。会议记录中记下了一些争议，内容是谁应该修剪树篱，谁拥有在某片水域泊船的权利，要不要说服邮递员在晚间多跑一趟收信……随着旧的一年即将结束，新的一年即将到来，此时世上其他地方因那场可怕的战争而战栗发抖，显然兰福德也无法避免战争的影响。

1916年的记录几乎是一片空白，有人匆忙记下了几条简短的年度会议记录。到了1917年，会议记录又恢复了，然而这其中的原因却不是什么值得高兴的事。战争的阴影如同被打翻的墨水，在一张张册页上洇染开来。这些会议记录提到教区议会向特拉门诺庄园提出请求，要求将林地变为小块菜地，结果却遭到了特拉门诺管家的拒绝。他给出的理由是他的主人还在法国执行军事任务，因此无法决定此事。记录中还提到了食物短缺，煤炭短缺，提到了人们拆下篱笆桩子来烧火取暖……最后，1918年的最后一次会议记录中提到了停战协定的签署。

然而，我还是没找到关于安尼斯尤尔的只言片语。透过博物馆那扇小窗，我看到天空渐渐变暗。吉奥弗给我送来一杯茶和一块饼干，还警告我不要弄洒任何东西——当然，他的警告也是合情合理的。然后他告诉我再过一个小时他就要关门了。我继续翻看会议记录册。失望之情正在啃噬我的心，我尽量忽略它。

1919年的记录充斥着有关战争的回忆与和平日的庆典，但其中也夹杂着遗产税和高税率的记录。我听到后间的吉奥弗正关上电脑，准备离开。我有点抓狂，快速浏览一页页会议记录：8月、10月、12月……我正准备跳到下一年，开始翻看下一个十年的记录，这时一个"安"字吸引了我的目光，后面还有"尤尔"两字。我不由得抓紧记录册的边缘。

收到特拉门诺上校的来信，信中内容涉及安尼斯尤尔的现状。教区议会及时记录此事。

下一行是有关村子排水系统的事务。我目瞪口呆地盯着那一行，拼命翻找之前和之后的记录，看看有没有再提到安尼斯尤尔。现状？什么现状？我想大声叫嚷：究竟是什么意思？然而没有用。写下这简短记录的人早就不在世了，而他所知的有关此事的信息也随着他一起逝去了。

当我把这条记录拿给吉奥弗看，他发出不满的啧啧声。"懒惰的记录员真是让历史学家头痛的祸根。"他说着拍拍我的手臂，"如有需要，非常欢迎你改天再来查看资料。"

我摇摇头，说不出话来。我隐约感觉到这个1919年的"现状"正是我要找的东西，是安尼斯尤尔历史上的关键节点。然而这信息无法作为证据。尽管如此，我还是用手机拍下了那一页，之后让吉奥弗把记录册放回地下室。

教堂外，旋转的微风从河上吹来。我用冰冷的手臂抱住自己的身躯——想来在1918年那段黑暗的日子里，许多人也是这个样子吧。我一无所获，慢慢走下山，朝安尼斯尤尔走去，把那一串串闪亮的圣诞彩灯抛在身后。

土地的生命与人类不同。土地可以持久存在，而人却不能。土地渐渐老去，却又可以重新焕发生机，就如同岩石区潮水潭里的水，会随着海水的涨落或充盈，或干涸。然而，土地也反映了人的存在，人们的选择——无论好坏——都会永远地改变这片土地……

夜晚的时光悄悄流逝。我没有胃口,晚餐时只是挑挑拣拣吃了一丁点儿。我终于厌倦了面包片加豆子。帕灵仿佛也被我的忧郁感染。它根本没有离开那张椅子,即使我把一碟罐头马鲛鱼放在它面前,它也不动弹。今晚的帕灵和平常的帕灵简直判若两猫。

当我跪在扶手椅旁的地板上,它几乎没有抬头,只是不安地朝我眨眨眼睛。我抚摸它的头和胡子。我注意到它的鼻头干燥,当我把它抱起来的时候,它显得软绵绵的。这让我感到不安。它在我膝上低声叫唤,然而却没有了往日里的劲头。

"小宝贝,你不舒服吗?"我低声说。我垂下眼睑,直视它那半睁半闭的眼睛。当我想到它可能生病了,当我想到它会有何种遭遇,我的心感受到一股突如其来的剧痛——这不仅是心理上的痛苦,简直与肉体上的疼痛无异。我无法想象没有帕灵的生活。它就是安尼斯尤尔,它就是这条山谷的灵魂,是山谷正在跳动的心脏。我用盘子盛点清水,放在它面前。然后当我上楼睡觉的时候,我抱着它。它没有反抗,只是在毯子里蜷成一团。

为了抵御寒冷,我裹紧身上的被单。我感受到深入骨髓的疲倦,可是我的思想却与我的躯体不同。我的脑子乱成一团,稍纵即逝的思绪在我脑海中飘荡。我答应过帕灵,要保卫它的家园，然而我不知道为此我还能做什么。和特拉门诺对抗无异于蚍蜉撼大树。我躺在床上，无法入睡，我的脑子不停转动。风儿从烟囱中钻进来，我侧耳聆听那风声，听黑夜中一只猫头鹰在鸣叫。我希望帕灵能弓起腰，与那猫头鹰一唱一和，对着月亮唱歌，唱上一整夜。

一个小时接一个小时过去了，我处于半梦半醒之间。然而帕灵没有动弹，我从没见过它这么安静。最后，在凌晨时分，我发现自己已经坐起来了。我把一只手放在它身躯的一侧，感受它呼吸时身体的一起一落。它睁开一只眼看看我。在火炉暗淡的火光之中，它的眼睛如同青铜，闪闪发亮。我感觉自己睁大双眼，从被窝中钻出来。我没有穿鞋袜，脚下的楼梯冷冰冰的，一楼的石砌地板感觉更冷。我怎么把这事给忘了？

之前我把那两块铜质圆牌放进了梳妆台的抽屉里，现在我从那个抽屉里把它们翻出来。我举起那两块铜牌，我的指尖触碰到镜框底部那柔软的天鹅绒衬里，感觉就如同活物一般。我拨亮炉火，让它散发出光芒和暖意。我对着红红的火焰，举起那两块铜牌。铜牌映射着火光，如同一双青铜铸就的眼睛。铜牌的表面已经黯淡，那上面有图案，还有字……我皱皱眉，凑得更近，仔细端详两块铜牌。

"他为自由和荣耀而死。"我低声念出铜牌上的字。当我意识到那不是什么勋章，而是纪念逝者的铭牌，我不禁打了个寒战。我用颤抖的手指抚摸铭牌上的名字，我的指尖沿着一个个字母缓缓挪移。

弗兰克·约翰·罗斯卡罗。托马斯·彼得·罗斯卡罗。

我透过铭牌的映像，发现身后有异动。我看到一道影子一闪而过。

"帕灵？"我叫道。在这个房间里，在我身后，根本没有帕灵。我再次看向壁炉，看向那两块铭牌。这回我又看到铭牌的表面有什么东西在动。我没有转过身，只是盯着铭牌的映像。过了一会儿又有动静——那是前门慢慢地打开。

如果是在以前，我就会因恐惧而抱紧脑袋。现在我却非常镇定，没有一丝惊慌。然而我还是感觉透不过气。最后我听到一个女人的声音从远处传来——她正在低声歌唱。我转过身，恰好看到一截黑色尾巴的末端从门缝中溜出去。

"等等！"我倒吸一口冷气，摇摇晃晃地站起来，"帕灵！等等！"

门外，天还是黑的，黎明即将来临。远远地，我看到小径上出现一点灯光——像是提灯散发出的灯光。我迈出一步，再迈出一步。

"等等……"

接下来我发现自己面对一堵由厚厚的绿叶织就的墙壁。我发现自己气喘吁吁，可是我不记得自己曾经奔跑，我甚至不记得自己走到这里。我弯下腰，喘口气。头顶上，天空的颜色已经变了。深沉的夜色已经被冬日的暮色取代。天空透着丁香色和灰色,看上去如此细腻,如同一块绸缎。

这里不止我一个人,还有一个女人正靠着帕兰石坐在地上,她的怀中还有一个婴儿。我正想问她为什么要到这里来,可我意识到我已经知晓她来此地的目的。她来履行一个古老的诺言。那个诺言融入她丈夫的血液之中,也融入她儿子的血液之中。将来她的女儿还要继续履行这一诺言。她知道在冬青果变红的时候,他们要带上所能找到的最好的食物,走进这个山谷。当她告诉渔民们她要去山谷里,他们也知道她此行的目的,还把他们能匀出来的鱼塞进她的篮子里。

暮色渐浓,过后她要借助这盏谷仓提灯照亮回家的路。她的身躯微微震颤,怀中的婴儿也动了一下,微微皱起眉头。女人摇晃婴儿,开始低声唱歌,想哄着她再次入睡。

"一年中最先变绿的是冬青树……"

一抹黄光闪过,树木的枝叶中传来一阵窸窣响声。一只黑猫从树丛中钻出来。它快步跑到林间空地中央,它的叫声和女人的歌声融为一体。

"你好啊,帕灵。"女人说着把婴儿放在膝上。

这只猫看起来比她印象中的要老,黑色的皮毛中夹杂着丛丛白毛。不过它还是大胆地走到女人坐着的地方,嗅嗅她的靴子。然后它用自己的身躯摩擦那块石头,仿佛正在和一位老朋友打招呼。接下来,它仔细端详女人膝上的婴儿,好奇地嗅来嗅去。女人一边取出篮子里的东西,一边盯着那只猫——不管怎么说，它毕竟是只野猫。不过那只猫很快就心满意足地离开了婴儿。婴儿醒了，或许是被猫咪用湿漉漉的鼻头弄醒的。她迷迷糊糊地看看四周，她那湛蓝的眼眸已经染上了一抹浅褐色。

"好了，好了。"女人对猫咪喃喃道。地上多了几个用报纸裹起来的纸包，那只猫正在用爪子试探其中的一个。女人摊开报纸，露出里面闪亮的鲜鱼，让猫咪大快朵颐。她微微一笑，把另外两个纸包打开，放到石头旁边。之前她还担心其他动物会抢走这些食物，不过老渔民的话让她安了心——"方圆几英里内，无论是狐狸也好獾也好鸟雀也好，都知道不能抢帕灵的食物。"

那只猫一边吃着，一边低声叫唤——看来它很享受这顿鲜鱼大餐。猫叫声在林间空地上方回荡。婴儿开始皱眉，躁动不安。于是女人解开罩衫的扣子，准备给她喂奶。冬季的寒风掠过她那温热的肌肤，让她感受到阵阵刺痛。她急忙把披肩披在肩上，让婴儿靠在自己的胸前。

"冬青树……冬青树……"她柔声唱道。她低头看看那小小的婴儿——那是她的希望，是所有一切崩塌破碎之后她继续活下去的唯一理由，是她丈夫送给她的最后一份礼物，一份完美而不可或缺的礼物。

所有的一切都沉浸在静谧之中。天空的颜色渐渐变深，很快就会变得更冷。女人呼出的气化为团团白雾。就这样过了好一会儿。不久之后女人又要回到河边的造船工场，忙着煮菜做饭，和丈夫家的一大家子亲戚挤在一起。她决心快快乐乐地度过这个停战后的第一个圣诞节。可是在这段宁静的时光中，她可以和自己的小家庭再次待在一起，只不过这个小家现在只剩下两个人……哦，不，如果加上那只猫，就是三个。当她想到这一点，她不由得露出微笑。

她正准备放下孩子，站起来点亮提灯，这时猫咪叫了一声。它死死盯着空地的另一侧。透过黑黝黝的树丛，女人看到有什么东西在动。她急切地用目光搜寻。在那一刻，荒唐的想法在她的脑海中飘荡。她心想：他们会不会在今夜回到她身边？今晚毕竟是圣诞前夜，是阴阳两界的间隔变得薄弱的时候……

"弗兰克？"她的嗓音颤颤悠悠，"汤姆？"

一个男人走进空地。当然，他既不是弗兰克，也不是汤姆。他穿着军装，军装上挂着绶带，别着闪亮的勋章，再套上一件厚厚的大衣。他和女人对视，然后看向她胸前的婴儿。他赶紧把目光移开。

"抱歉。"他的语调生硬，"我无意冒犯……我正在找一位维奥莱·罗斯卡罗夫人。"

"我就是。"女人一边回答，一边整理自己的罩衫。她从口袋里掏出一块大手帕裹住婴儿。男人没有再出声。女人问道："有人告诉你我在这里，对吧？"

"没错。"男人漠然答道。他深吸一口气，把手放在胸前，仿佛他受了伤。他的目光落在那只猫身上。那只猫已经享用完大餐，正坐在那里，和男人对视。

"真奇怪，真是不同寻常。"男人低声说。接着他立正，对女人说："罗斯卡罗夫人，我为你失去至亲表示最深切的哀悼。你的丈夫和儿子曾经为国英勇奋战。"他的话音中透着忧郁和决绝。他把手伸进大衣的口袋："这是英国国王颁发的圣诞节纪念，以嘉奖他们为国家做出的奉献，请你收下。"

他手里拿着一个褐色的纸包，向前伸直手臂，如同一个正在等待命令的士兵。女人久久没有回答，只是轻轻拍着婴儿的背。这是活着的血肉，而不是透着苦涩的冰冷金属——想到这儿，她把孩子抱得更紧了。

"不管你拿的是什么，我现在腾不出手。"她低声说道，"你能不能放到那边的篮子里？"

男人皱皱眉头，咬紧牙关，然后大步走到篮子旁边，把褐色纸包放进篮里。做完这事之后，他好像不知该做什么，只是站在那里，死死地盯着地面。

显而易见，男人没有离开的意思。于是女人问道："你能不能帮我把这个纸包打开？就是我左手边这个用报纸包起来的包裹？"

男人眨眨眼，仿佛女人说了什么不同寻常的话。之后他点点头。

当他看到纸包里那黏糊糊的食物,他不由得皱起一张脸:"这是什么?"

"碎鱼块,是给它的。"女人朝猫咪点点头。那只猫还在全神贯注地盯着他们。"你能不能帮我把那包鱼块拿过去?"女人说。

"我可不会伺候一只猫。"男人回了一句。他的脸恢复了血色。

女人什么都没说,只是轻摇怀中正在嘟囔的婴儿。男人低头看着鱼块,然后拿起那个纸包,迈着大步朝猫咪走去。

"来吃吧。"他说着把鱼块撒在地上。猫咪不屑地看向相反的方向。然而,即使是这只猫也无法抵挡这鱼块的香气。它跑过来,抖动着胡须。

男人回到女人坐着的地方。女人的背紧贴着那块石头。男人的目光在石头那粗糙的灰色表面上巡睃,看看石头中央那个被时光打磨得非常光滑的圆孔。

"我可以坐这儿吗?"他腼腆地问道,指指她身边的地面。

女人尽力不让自己流露出惊讶的神色。这事的确不同寻常,她心想,但话说回来,现在正是一年中不同寻常的时候。

"当然可以。"

男人闷哼一声,坐了下来。他小心翼翼地靠着那块石头。过了一会儿他低声说:"我从没在这里坐下来过,小时候我害怕这个地方。"

女人露出无声的笑容:"我也一样。"

"不过现在我不怕了。"

"当然。"

男人深吸一口气,把手放在石头表面。他的眼眸闪烁着光芒,仿佛有什么东西在他的眼眸深处掠过。"这么多人和物都不在了,我很高兴看到这块石头还在这里。"他说。在渐浓的暮色中,他转向那个女人,对她说:"我婚礼上的伴郎、机修工、酿酒坊的那个孩子……这么多人都不在了,我所看到的都是他们死去之后留下的空缺,感觉空荡荡的,让我很不习惯。这个世界少了那么多人和物,我实在想象不出这个世界如何能继续运转。"

女人和他对视:"这个世界会继续运转,特拉门诺上校,就是这么回事,向来都是如此。"

"你恨我,对吧?"他的眼睛闪闪发亮,"你们罗斯卡罗家的人都恨我,为我们这些年来做过的事诅咒我。老实说,现在你应该诅咒我,那也是我活该。"

女人把头靠在石头上。"其他人我不知道。"她叹口气,"至于我嘛……我没有诅咒你。或许我在托马斯面前咒骂过你一次。自从弗兰克死后,我所有的一切都随他而去了,只剩下一星半点的感情。在那段时间里,我什么都不剩了,只剩下这具空皮囊,直到我感受到她的存在……"她低头看看那个婴儿,"现在我的心里只容得下因她而生的情感——那是希望,是爱,有时还有忧虑。可那绝不是对你的恨,上校。我的心已经塞不下对你的恨了。"

婴儿躁动不安,踢踢裹在身上的襁褓。她抽出一只手臂,在寒冷的空气中舒展,她那细小的手指动来动去。两人一起低头看着那个婴儿。

"弗兰克……"男人的声音变小,并没有说下去。之后他又开口,"你丈夫知道自己有个女儿吗?"

"不知道。"女人用自己粗糙的手握住婴儿的小手,"当我收到弗兰克的死讯时,我还不知道自己已经怀孕了。虽然在托马斯出生后我们一直祈祷上天再赐予我们一个孩子,可是一直没能如愿。我以为自己年龄太大,再也怀不上了。"

男人紧紧闭上双眼。"我应该把他们带回来的。"他说,"我应该把他们带回家,而不是带回这两块金属片。这样你就不会孤零零一个人过圣诞了。"

"我并不是孤零零一个人啊,我还有她。"女人晃晃怀里的婴儿。"还有你。"她朝猫咪点点头。那只猫正在舔食报纸包里的最后一块鱼。"还有这个地方。"她抬头看看那片冬青林。渐渐变暗的天空衬出冬青树那黑黝黝的枝条。"弗兰克总是说安尼斯尤尔和他血脉相连,我总是觉得这里有他和托马斯留下的残迹。"

"这个地方……"男人重复道。他看向黑暗深处。他的表情渐渐发生了变化,他脸上的阴郁慢慢消失了。"你喜欢这里吗？"他问道。

"喜欢啊。"女人对他露出哀伤的微笑，"这里能让我感受到内心的平静。"

"那就允许我送给你一份圣诞礼物吧，罗斯卡罗夫人。"颤悠悠的微笑浮现在男人脸上，"一份真正的礼物。"

他伸手下探，从石头根部抓起一把泥土，泥土中还夹杂着枯萎的冬青树叶。他轻轻地拉着女人的手。她还没来得及反对，他就把那抔泥土放入她的掌中。

"安尼斯尤尔是你的了。"他说，"也是她的。圣诞节快乐。"

女人握住那抔泥土——那是一份礼物，是凝聚于一把泥土中的整条山谷。我也想紧紧握住那抔泥土，可是泥土却从我的指间滑落。我想要握拳，却发现我的双手已经冻僵。我意识到自己正在发抖，肌肉深处传来阵阵震颤。我迷迷糊糊地伸出手，摸索放在扶手椅上的毯子。我的手指碰到了树叶——厚厚的树叶，边缘锋利，感觉如同皮革。我浑身一激灵，睁开双眼。

我正在那片林间空地中。

震骇如同闪电，在我体内乱窜。我不停眨眼，想让自己醒过来。然而我并不是在做梦，我已经醒过来了。不仅如此，我还被冻僵了。我身上的睡衣裤又冷又湿，我的脚上沾着泥土。这不是梦。头顶上，晨光将天空染成浅灰色。我在这里待了多久了？

我疯狂地四处张望，想要找到任何线索，好让我知晓过去了多少时间，现在到底是哪个时代。可这种搜寻就如同在冰面上寻找落脚处，让人无法站稳脚跟。我记起那两块铜质铭牌，还有炉火……至于接下来发生了什么，我怎么都想不起来。这段记忆滑溜溜的，我根本握持不住。当我闭上双眼，我看到一个女人和一个男人，他们背靠帕兰石坐着，还有帕灵……

"帕灵？"我睁开双眼叫道。一股震颤掠过我的肌肤，如同一只爪子沿着我的脖子下滑。这时候我才感觉到身后的东西——一样冷冰冰的物体紧贴着我的背。我缓缓抬起眼眸。帕兰石正俯视着我。在晨光之中，这块石头如同猫头鹰般肃穆庄严。我敢肯定它正在与我对视。我哆哆嗦嗦地伸出一只手，触摸石头的表面。我的指甲被冻得发紫。

距离最近的树丛发出窸窣声和枝条弯折的声音，帕灵从灌木丛中冲出来，拼命叫唤。我很高兴见到它，在此之前我见到它时也从没这么高兴过。它用脚爪踩踏我的双腿，让我的腿稍稍恢复知觉。它用脑袋顶顶我的下巴，不停地喵喵叫，既像是在责备我，又像是在安慰我。我抚摸它，感觉它的皮毛冷冰冰的。这时我发现地上有霜冻留下的痕迹。我迷迷糊糊地想：我不应该出门来到这里的。诸如"霜冻"和"低温症"之类的字眼掠过我的脑海。我开始活动冻僵的手指和脚趾，笨拙地对它们进行摩擦。血液开始流动，让皮肤感到阵阵刺痛，我不由得皱起眉头。

几分钟之后，我终于可以爬起来，双膝着地。我感觉自己的肌肉僵硬，不由得发出呻吟。在我身边，帕灵开始愤怒地大叫。以前我看见它面对鸟雀时就是这个样子。可是这里并没有鸟雀，连一只小小的知更鸟都看不到。我环顾四周，循着帕灵的眼光望去。它正死死地盯着那块石头。

我摇摇晃晃地站起来。然而腿一软，我又跪了下去。我跪在寒霜覆盖的地上，想要勉力站起来。大事不妙。这一次和上一回梦游到门前不同，这一次……很危险。这一回你无计可施，一个阴郁的声音在我内心深处响起：你让山谷给你看一些有用的东西，而山谷也满足了你的要求。

我咬着牙，再次站起来。这回我勉强走了几步。走了几步之后我感觉天旋地转，为了不让自己摔倒，我只好又跪下来。眼泪即将夺眶而出。我必须回到小屋，必须让自己暖和起来，而且动作要快。可看现在这个样子，我可能要花几个小时才能爬回小屋。

我强迫自己又一次站起来。我想扶着一棵冬青树站直身子，这时帕灵不再愤怒地大叫，而是发出轻快的喵喵声。我对这种叫声很熟悉——那是它打招呼时的叫声。我转过头，看到一个人影从树丛中走出来。千万不要是亚力，我在心里默默祈祷：千万不要，至少现在不要。我看到那人身上穿着防水外套，肩上扛着一个袋子，可是并没有看到狗从灌木丛中蹿出来。而帕灵怡然自得，并没有表现出不安。

来人是杰克。当他看见我,他大叫道:"婕丝!"在那一刻,我感觉如释重负,几乎要笑出声。这时我才意识到现在自己是什么模样。我该怎么和他解释呢?

"我正想去找你,我以为你在家。"杰克说着走进林间空地,"我要告诉你……"他住嘴不说了,他的目光在我的睡衣裤和我的光脚丫上巡睃,再看看我牙齿打战的模样,"老天爷!你究竟在干什么?"

如果我的血液还能流动,那么所有能流动的血液肯定都涌上了我的脸颊。现在能怎么样呢?我费劲地弯弯僵硬的嘴唇,挤出一丝微笑。"我在进行晨间散步。"我对他说。

"你根本没穿鞋!"杰克叫道,脸上满是难以置信的神色,"还有你身上穿的……是什么?睡衣裤吗?"

"哦,这是保暖运动服。"我试图用开玩笑的语气说。

杰克翻翻白眼。"你的嘴唇冻得发紫。"他实事求是地说,接着他放下包,脱下外套,"穿上这个。"

我很冷,也没办法拒绝他。我把手臂伸进外套的袖筒,抱着自己的身躯,让外套紧紧地裹在自己身上。这件衣服上还带着他的体温。

"不管你在干什么,你可以待会儿再告诉我。"他说,"现在我们先找个暖和的地方,我有些事……想告诉你。"他把包扛在肩上,"我想你已经散完步了吧。"

如果让杰克扶着我走回去,那可真是太丢人了。想到这儿我咬紧牙关，勉力迈开一步，又一步。走动了一会儿之后，我感觉四肢慢慢复苏，血液流回我的腿脚之中。我们走回去的时候，杰克若有所思。我发现他不时看我一眼，他的目光中充满忧虑。

当我们快要走到浅滩时，我问道："现在什么时候了？"我们周围变得越来越亮了。

"什么？"他皱皱眉，"哦，大概八点吧。为什么问这个？你在外面多久了？"

当我从梳妆台的抽屉里拿出那两块铜质铭牌，天还是黑的，所以那时顶多是早上五点半。现在天气这么冷，而我在外面游荡了将近三个小时……想到这我不禁打个寒战。

"我不知道。"我低声说。

杰克没有出声。不过他的嘴唇抿得紧紧的，仿佛想说什么话又忍住了。我们沿着通往小屋的小径，走完最后一段。当杰克看见小屋的前门开着，他发出不以为然的啧啧声。

我又冷又累，没力气和他解释，只是径直走到火炉边。炉火已经沉沉睡去，不过并没有完全熄灭。当然了，那两块铜质铭牌还在。它们落在炉火的灰烬里，闪闪发光。我飞快地把它们拿出来，不让杰克看见。不知为什么，我感觉这是非常私密的私人物件。我把铭牌塞进扶手椅一侧的缝隙里。

"来。"杰克抖开一条毯子，裹在我身上，"让自己暖和起来，然后我们再说说这事。"

我坐下来,缩成一团。杰克拨弄一下壁炉中的木炭,让炉火重新燃起。他往壁炉里添加木柴,直到熊熊炉火再次燃起,散发出光亮和热量。我偷偷地低下头,看看那两块铜牌。

"弗兰克·约翰·罗斯卡罗,托马斯·彼得·罗斯卡罗。"我轻声自言自语。

"什么?"杰克问道。他正站在煤气炉边,盯着烧水壶。

我眨眨眼,转头面对他:"没什么,你在泡茶吗?"

"是啊。我还想弄点早餐,不过我只找到了一些豆子罐头。"

"冰箱里有一些熏肉。"我为自己辩白,"还有,我想篮子里还有些面包。"

杰克走开了,一边低声自言自语。我将自己的下巴埋进毯子里,闭上眼睛。我在林间空地那里看到了什么?这个梦和以前的梦一样,都是滑溜溜的,难以把握。一个被哀伤困扰的男人,一个除了怀中婴儿一无所有的女人,整个山谷凝聚于一抔泥土之中,一份圣诞节的礼物……

一股带着烟味的香气斩断了我的思绪。那是熏肉的气味。我这才发现自己已经饥肠辘辘。当杰克发现我看过来,他递给我一杯茶,接着又递给我一份厚厚的熏肉三明治。

"我自己也要吃一点。"他把火炉边的凳子拖过来,"你还好吧?"

"当然。"我放下茶杯,咬了一大口三明治。软和的面包,香脆的熏肉，融化的黄油。我含着满满一口食物，嘟嘟囔囔地对他说："真好吃，谢谢你。"我正准备再咬一口，这时杰克盯着我的眼眸，我只好咽下口中的食物，"你想听我解释刚才的事？"

"好吧，这不关我的事。"他说，"不过必须承认，我还是挺好奇的。"

我叹口气，打起精神，准备顺着这个话题继续说下去："如果我告诉你我是梦游去到那里的，你会怎么想？"

他发出一阵短促的笑声，然后说道："这样就可以解释你为什么穿着睡衣裤了。不过要我说，这不太可能。怎么可能走那么长一段路都没醒过来呢？"

"我知道这很荒唐。"我低声说，低头看着餐盘，"可是我的梦——都是关于这个地方的梦，关于安尼斯尤尔的梦，感觉那么真实，就像是这个山谷想要告诉我什么……"我停了下来——这些话听起来真是可笑。杰克没有答话，于是我说："你肯定觉得很荒唐。"

"我也说不好。"他微微皱起黑色的眉毛，"如果我们是在别的地方，我或许会觉得很荒唐，不过……"他环顾四周，看看小屋的墙壁，看看小屋的石砌地板——经过许多代人的踩踏，那地板饱经磨蚀。"这个地方总有点不同寻常。"他说，"村子里的人假装没这回事，可是大多数人害怕到这里来。"一抹诡异的微笑浮现在他的脸上。"古老的传说如同柏油，根本甩不掉。"他说。

"这么说你觉得我没有发疯?"我问道,竭力掩饰自己话音中的期盼。

"我也说不好。"他笑道,"不过如果这地方对你产生了什么影响,例如扰乱你的思绪什么的,我也不会觉得奇怪。"他转动手中的马克杯,接着说道,"我上大学的时候有个朋友是学地质学的。他总是跑到野外,还说有些地方……有记忆。老师们也不太喜欢他。不过我在这里长大,我觉得他的话有点道理。"

他对我微微一笑,我也报以感激的微笑。我感觉就像是胸口的一块大石被人搬开了。

"我觉得暖和起来了。"我对他说,一边脱下外套。当我脱下外套时,我才想起我还不知道他为什么到这里来。他在这里让我感到安心,所以我从没想过要问问他来这里的目的。

"你是来看我的吗?"我问道,同时把外套递给他。我们的手指相互触碰。刹那之间,我很想握住他的手,感受他的体温。我往后靠,垂下眼眸,不让他看到我脸上的表情。

"没错。"他的声音听起来很严肃。当他走过去拿起自己的包,他那原本轻松愉快的神情已经荡然无存。"我昨天来过,不过你不在家,而我又没有你的手机号。所以我决定今天早点过来,看看能不能找到你。"

他走回火炉边,手里拿着一个用细绳捆着的鞋盒。

"你或许不想看到这个。"他警告道,同时掀开鞋盒的盖子。我往里面瞄了瞄。盒子里有几个印着商标的塑料小碟子,碟子中摆满了亮蓝色的颗粒。那些颗粒撒了出来,在盒子底部铺了一层。

"这究竟是……"我伸出手,可杰克赶紧把盒子拿开,不让我碰到。

"别碰。"他说。

"为什么?那是什么东西?"

"老鼠药,有剧毒。"

我瞪着他,瞪了好一会儿。"我不知道……你在哪儿找到的?"

他小心翼翼地把盒子放在地板上。"昨天我上这儿来,想问问你和特拉门诺的会面进行得怎样。当我走到那片空地的时候,我看到了帕灵。当时它只是坐在那里,盯着一只死耗子。我觉得很奇怪。它并没有吃那只耗子,也没有拿那耗子来玩耍。然后我发现附近几棵灌木有被人踩踏的痕迹。我赶忙在那里找了一下,然后……"他指指盒子,"……发现一个盛着这玩意儿的碟子,不久之后我又发现了其他三个。无论是谁把这些东西放那儿的,他做这事时肯定很匆忙。"

我对他摇摇头:"这说不通啊,为什么有人要……"我停下来,一股冷冰冰的疑虑如同涓涓细流,注入我心里,让我心生恐惧。我想起一个人微笑着说出这句话:再说了,一只猫能活多久呢？

"不会的。"我低声说，"他们不会做这种事的。"我和杰克对视，他板着一张脸。我知道他的想法和我一样：他们会做这种事。

我从椅子上跳起来，被身上的毯子绊倒。"帕灵！"我大叫道。

杰克抓住我的手臂。"婕丝，帕灵没事。"他急忙说道，"帕灵很聪明，不会中计的。"

"你不明白！"我寻找自己的靴子，"帕灵昨晚病了，我就知道有什么不对劲。"突然之间我哭了出来，眼泪夺眶而出。"那些浑蛋。"我骂骂咧咧，"如果他们伤害了帕灵……"

我猛地拉开门，迎接我的是一声轻柔的猫叫。帕灵坐在门前阶梯上，等着我放它进门。我把它抱起来，把脸埋在它那冰冷的皮毛里。它那皮毛散发的气味让人想起刚下过霜的清晨。我感觉怀里的帕灵健壮而充满活力，它的眼睛闪闪发亮，之前的慵懒和不安已经一扫而空。我抱着它，来到火炉边的椅子前。它跳到椅子上，舒舒服服地在我的毯子里坐下。过了一会儿，我感觉到杰克捏捏我的肩膀。

"它看起来没事。"他说，"我觉得如果它出了什么问题，我们肯定能看出来的。"

我点点头，用袖子擦擦眼睛。当我可以控制自己脸上的表情，我抬眼看着他，直视他的眼睛。他那双闪亮的浅褐色眼眸中洋溢着同情。"谢谢你，杰克。"

他微微一笑。我再次感到我们俩的躯体在互相放电。在那漫长的一刻，我以为他会走上前来，用手托起我的脸。然而他只是清清喉咙，后退几步。

"我……呃……帮你把那玩意儿处理掉吧。"他急忙说道，同时朝门前阶梯点点头。门前阶梯上放着一只死去的鸲鹟。显而易见，这只鸲鹟并非自然死亡的。这具鸲鹟的尸体肯定是帕灵叼来的。

杰克扯下一片厨房纸巾。我说："不用了，就放在那儿吧。还有那个盒子也留下，我有用。"

他站直身子："用来干吗？"

我感觉到一抹阴冷的笑容浮上我的嘴角："用来做证据。"

腋下的那个盒子正在颤抖，于是我把它夹得更紧，生怕它掉在地上。尽管我的心已经乱成一团，如同不停翻涌的泡沫，我还是对自己说：振作点，打起精神。我抬起那个古老而沉重的门环，敲了三下，只听到咚咚声在回响。

一分钟过去了，两分钟过去了，没人应门。我又敲敲门，这回敲得更响了。结果还是没有动静。我特地跑过来，打起精神，准备战斗，结果却一无所获。我突然想到：说不定老特拉门诺正在看着我呢？说不定他正安然坐在书房里，通过某个隐蔽的摄像头看着我，嘲笑我。我把盒子放在门前阶梯上，绕到大宅的一侧,想去查看一番。所有门都上了锁,窗户也关得严严实实,借此抵挡严寒。他肯定不在家。最后我无可奈何地站在后门前,看着门前的那个篝火坑和围墙环绕的花园。当初就是在这里,我和亚力第一次……我赶紧斩断思绪,不让自己继续胡思乱想。我是继续等待,还是再试着敲门?现在离去感觉就像是认输……

我决心继续等待。这时一个褐色的影子掠过我的视野。我转过身,恰好看到麦琪跑过来。它离开通往马车房的小径,径直朝前门冲过去。

"该死!"我拔腿狂奔,绕过房子的另一侧,朝前门跑去。我一边沿着碎石小径飞奔,一边暗骂自己是笨蛋。麦琪已经用爪子拨开鞋盒的盖子,把头探进去。

"麦琪!"我大叫着朝它冲过去。我突然出现让它暂时转移了注意力。它竖着耳朵,四处张望,嘴里叼着那只被毒死的鸲鹋。

"快放下!"我用颤颤悠悠的声音命令它,"麦琪,放下!"它只是用犀利的眼睛瞪着我,然后当我试图夺走那只死鸲鹋,它却跑开了。它还以为我在和它玩游戏。"麦琪!"我又大叫一声,追着它跑。这时一个身影绕过树篱的一端,出现在我面前。我撞上了那个人。

"婕丝!"亚力叫道,"怎么回事……"

"让它放下那东西!"我气喘吁吁,指着那条狗。

亚力看起来完全摸不着头脑。他看看麦琪:"放下……你在说什么?"

"亚力,让它放下那东西!快!"

他必定是觉察到我话音中的惊恐。他没有争辩,只是转过身,面对麦琪。麦琪还站在那里,看来它很高兴玩这个"游戏"。

"麦琪。"他用命令的语气说,"放下。"

麦琪伏低身子,它的爪子在地面上刮擦,作势要跑开。亚力用更加严厉的语气命令它,它只得松开嘴,不情不愿地把那只死鹌鹑扔在地上。我赶紧冲过去,抓起那只死鹌鹑。鹌鹑的尸体上沾满了温热的狗唾液,感觉很恶心。不过这时我大大地松了一口气,根本不在意。我走到盒子旁,把死鹌鹑塞进盒子里。把所有东西放好后,我把盒子夹在胳膊下。然而麦琪还在跑来跑去,上蹿下跳。它还想玩游戏。

"婕丝,"亚力向我走来,"这到底怎么回事?你来这里做什么?"

我深吸一口气,稳定自己的情绪。"我是来找你父亲的。"我说,"我要和他谈谈最近他要的这些小把戏。"

亚力板起脸:"你在说什么……"

"别假装你不知情!"我气冲冲地打断他的话。在面对罗杰·特拉门诺时,我们俩都对对方怀有敌意,这等于是在我们之间划了一条明确的界限;然而在面对亚力时又是另一回事了……"或许就是你把这些东西放在那里的。你就像以前那样,为你爸爸跑腿打下手吧。"我说。

"说实话,无论你正在为什么事发火,那件事都与我无关。"他说。

"当真?"我用讥讽的语气说道,"那你能不能解释一下?"我把鞋盒塞进他怀里。

他掀开鞋盒盖子。当他看到那具血肉模糊的鼩鼱尸体躺在那片蓝色颗粒之中,他的脸因厌憎而缩成一团。"这到底是怎么回事?"他说,"你打算把这玩意儿放在我们家门前?你发什么疯?"

"不,我打算把这东西拿给你父亲看。"我说,"而且我还要告诉他,如果他再试图谋害我的猫,我就要报警。"

亚力的脸色变得煞白:"你说什么?"

我指指盒子:"你说那是什么东西?"

他再次低头看向盒子里,这时他才看清里面的东西。过了一会儿,他低声说:"那是老鼠药。"他看起来很难受。

"我看你也认出那是老鼠药了。有人把这东西撒在安尼斯尤尔周围的树林里,我猜那家伙是想毒死帕灵。"我直视他的眼眸,"据我所知,如果帕灵死了,只有一个人能从中获利。"

亚力摇摇头,一言不发。我这才发觉他表现出的震骇是真情流露,不是装出来的。

"不。"他说,"他不会的,这实在是……太疯狂了。我几乎每天都带麦琪到那片树林去遛弯。"他停下来,四处张望,寻找他的狗。麦琪吐着舌头,好脾气地抬起头望着他。

"现在你明白我为什么要它放下那只死鼩鼱了吧?"我说。我话音中的愤怒正在渐渐消退。"如果它吃了那只死鼩鼱,它就会中毒。还好帕灵很聪明,不会中计的。"

亚力弯下腰,揉揉麦琪的耳朵,直视它的眼睛。他问道:"你怎么知道是我爸爸干的?"他没有回过头来。

"不是他还能是谁?"

他没有回答。看得出他正在拼命转动脑子,想找出理由来反驳我。

他最终开口了。"你无法证实。"他并没有直视我的眼睛,"你无法证实那是他干的。"

"我敢跟你打赌,在你家里藏着一袋老鼠药,不过那袋子现在已经半空了,赌多少钱都行。"我说。他还是没有回答,一抹苦笑浮上我的脸庞。"不管怎么说,亚力,帮我把这话转达给你父亲,好吗?"

我转身离开,感觉自己身上的精力都耗光了。我想要离开这个充满争端的丑恶之地,想要回到宁静的山谷中,任由山谷包裹着我。我想和帕灵一起坐在壁炉边,除了我的梦,我不想让任何东西烦扰我。

"等等!"亚力揪住我的衣袖,"我们就不能把这一切都忘了吗?在所有这些事发生之前,我们俩在一起过得很开心。"

"你对我撒谎。"我甩开他的手,"你怎么能假装关心我?"

"我以为我做对了。婕丝,你不了解我爸爸,你不知道他会变得……求你了,让我试着做点什么,弥补你的损失吧。"

"弥补我的损失?老天!亚力,这可不是缺席生日宴会,又或是在约会时放人鸽子……"

"我知道,我知道。"他又伸手揪我的袖子,"可是肯定有什么我是可以做到的,求你了。所有这一切都让我很难受,还有……我很想你。"

我看着他的手——那只手正揪着我的外套。我看着他的眼睛——他正抬起眼睛,用饱含期待的目光看着我。"有一件事你可以做到。"我说。

"是吗?先不管那是什么事,你只管说。"

"你可以帮我证明你父亲在有关安尼斯尤尔的问题上撒谎了。"我直白地对他说,"不管他所谓的证据是什么,我想要看一看。"

"婕丝。"他松开揪着我外套的手,"我做不到。"

"你做得到,你也明白他这么做不对。"

亚力直视我的眼睛。在那一刻,我还以为他要妥协了。"这不关我的事。"他嘟囔着往后退,"我会告诉爸爸你来过。"

之后他呼唤麦琪,急匆匆地朝房子走去。他低着头,仿佛正顶着狂风前行。

有时候人心被生活中的琐事缠绕,陷在其中无法自拔。人们只看到自己想看的东西,却看不到可能发生的事,看不到过往之事,甚至看不清事物的本质。然而,人心就如同自然景致:面对狂风暴雨,如岩石般坚硬之物会慢慢软化,最终变成如河泥般柔软之物。

疲惫很快让位于鼻塞和喉咙痛。我的眼睛火辣辣、干巴巴的,我的脸颊像两块燃烧的火炭。我没有泡茶喝,只是用杯子接着水龙头的水,一杯接一杯地灌下去。水很冷,像岩石一样冰冷,冷得我牙痛。可我还是觉得口渴。最终我意识到这就是梦游的代价:我患上了重感冒。

整个晚上我都裹着毯子瑟瑟发抖,我的后颈被汗水打湿。一两天之后,烧退了,而我感觉虚弱无力。我的身体并不着急,只是慢条斯理地摆脱疾病,渐渐康复,仿佛它也知道再过几天我即将面对足以改变人生的遭遇。周一的时候我就要面对罗杰·特拉门诺,面对失去此处的可怕前景。可现在无论怎么说,安尼斯尤尔还是属于我的。我和帕灵躲在小屋厚厚的石墙之后,安然无恙地躲在这个干燥而舒适的地方。一天过去了,两天过去了，三天过去了……我再也看不到小屋的缺陷。相反，我欣然接受小屋的种种特质。这里洋溢着永恒，我沉浸其中，感觉那永恒就如同一床厚重的鸭绒被，令人感觉很安心。

我开始清理空出来的次卧，拖走很多年都没人翻动过的防尘布，打开箱子，发掘里面的宝藏或垃圾。我在这里找到了几摞老旧的艺术杂志，一把坏了的椅子，一个破旧的空行李箱，还有一个篮子。那个篮子看起来很可疑，与我在梦里见到的那个女人提着的篮子何其相似……

我在房间的一个角落发现了一个粗糙的木箱，里面塞满了一卷卷发黄的报纸。当我把这些废旧报纸取出，旧报纸中某样闪闪发光的东西吸引了我的目光。我伸手下探，用手指拨开皱巴巴的纸张，触碰到某种玻璃质地的物品，感觉那是一个轻薄易碎的物件。我取出那个东西——原来是装饰圣诞树的彩球饰品。我从来没见过这样的圣诞彩球。在我小的时候，我们用来装饰圣诞树的是形态各异的毛毡制成的雪人、塑料冰凌、颜色杂乱的彩箔，还有一颗放在圣诞树顶的木头星星。那颗星星是在伊斯坦布尔的外祖母送给我们的宝贵礼物，也曾是一件光鲜亮丽的圣诞饰品。而现在我手里拿着的这个圣诞彩球精致美丽，不同于之前我见过的那些圣诞装饰。

我擦擦彩球上的灰尘。彩球用深绿色的玻璃制成，表面刻着花纹。那花纹或是叶子，或是雪花，我也说不清。我转动彩球，在灯光的映射下，表面沾着金粉的彩球熠熠生辉。我把彩球放回报纸包中，脸上露出微笑。当我想到圣诞节即将来临，一股兴奋之情涌上心头——我很多年都没有这种感觉了。

我决定了：无论发生什么事，无论老特拉门诺要如何对付我，我都要在安尼斯尤尔过圣诞节。不知怎的，这一决定让我感觉好些了。尽管我的喉咙还痛，头还痛，还流着鼻涕，可是我又开始写作了。感觉这几天我可以暂时抛开现实世界。我套上厚厚的袜子，穿着睡衣裤，裹着最宽松的开襟毛衣，放飞自己的想象力。我用笔描绘这样一片土地：那是属于石头和精灵的世界，那里生活着寒冰幻化而成的生灵，他们身上披着皮毛；要想去到那个世界，你要透过一块石头中央的圆孔张望，然而这样的机会每年只有一次……

当然了，帕灵也在"帮忙"。通常它会把我的纸巾扫到地上，在键盘上散步；如果它认为到了吃饭时间，它还会挡住我的道，不愿让开。它像以前一样固执，喋喋不休，不过感觉它的动作还是慢了下来。这些天来，它不像以前那样爱出门了——或许这是天气寒冷的缘故吧。它的步态变得僵硬，而且这几个星期以来，它一直没有攻击鼠标的意图。

一天晚上，我把它从火炉边的椅子上抱起来，放在自己的膝上。它没有反抗，只是弯曲脚爪，插入我那件羊绒套头衫的缝隙中，发出昏昏欲睡的低沉叫声。我摸摸它的头，心里暗暗希望自古以来人们对山谷的恐惧并非空穴来风——这里有什么比人类更古老、更狂野的东西，它会拼尽全力保护这个地方，如有需要它也会露出尖牙，亮出利爪，为保护这里而战斗。我轻轻抚摸帕灵的背，这时我发现星星点点的白毛散落在它的皮毛之中，如同苍白的雪花。它只是冬季换毛而已，我对自己说，尽力将颤悠悠涌上心头的焦虑压下去。

　　周日下午慢慢变成了周日晚上，我隐隐感觉到恐惧——自从上学以来，我从来没有过这样的感觉。我只想紧紧抓住周末的尾巴，让它一直持续下去。明天，老特拉门诺和他的律师就要大摇大摆地走进米雪拉的房屋中介所。他们很清楚我们已经一败涂地。他要将安尼斯尤尔从我这里夺走，而他凭借的不过是轻飘飘的一纸文件——一份经过签署的文件。想到这我都要发疯了。我要和他抗争，可我的武器只是梦和故事。这些梦和故事或许可以干扰我的睡眠，让我在深夜里梦游，走过整条山谷。然而，如果我在对付特拉门诺时挥舞这样的武器，这些梦和故事就会萎缩凋零，最后消弭于无形。当我躺在床上，我心里想着：对不起，托玛辛娜，我已经尽力了。

　　这四天来我一直穿着睡衣裤，因此当我换上出门的衣服时，我感觉很不舒服。这一回我不再费尽心思把自己打扮得整洁光鲜，只是多加几件保暖的衣物。既然我要走过那条山谷，我就必须保持暖和。我还没有完全康复。我看起来颇为苍白，忧心忡忡，疲惫不堪——这可不是应有的战斗状态。今天的天气也很应景，又冷又湿，灰蒙蒙的，薄雾低低地悬在山谷上空，环绕在帕兰石周围。我小心翼翼地从帕兰石旁走过，跨越山谷的边界，走进树林里。这几天来我一直与世隔绝，跨过山谷边界对我来说可是重大的变化。我感觉自己如此渺小，如此孤独，赤裸裸地暴露在这个世界面前。

我没走多远就感觉自己的口袋里传来一阵剧烈的振动。那是我的手机。我的手机好久都接收不到信号，我几乎把它忘了。我掏出手机，看到几通未接来电——其中之一是我的出版代理商打来的，另一通是妈妈打来的，还有一条短信。当我看到那条短信是亚力发来的，我不由得握紧手机的塑料机身。我告诉自己最好马上把这条短信删除，然而最后我的好奇心还是占了上风。

我打开短信——短信里没有文字，只有一张图片，是今天凌晨发过来的。那是一份文件的照片：这份打印出来的文件只有一页，上面有一个签名。我用颤抖的手放大那张图片，死死盯着它，只觉得难以置信。我不由得屏住呼吸，就这样过了好一会儿，然后我拔腿狂奔。

我奔跑着冲过树林。现在我的肌肉依然虚弱无力，我的喉咙还疼，我的鼻子不通气，不能用鼻子呼吸。然而我把这一切都抛诸脑后了。我的靴子踩在烂泥和枯叶里，弄脏了牛仔裤的裤腿。我离开通往村子的小径，转而朝造船工场跑去。我沿着小溪飞奔。小溪汇入河流，冬天的雨水在河道中流淌，发出深沉的水声。千万要有人在啊，我一边奔跑一边在心里默念：求你了，一定要有人在家啊。

当我跨越兰福德下游的那座桥，跟跟跄跄地跑上山，冲进村子里，我感觉自己要因用力过度而倒下了。可是对此我并不在意。有什么东西在我胸中炸裂：那是希望，如同打火石击打出来的火星，明亮耀眼，不可遏制。我只希望现在还来得及。透过房屋中介所的窗户，我看到米雪拉和丽莎坐在桌前，那个律师朝她们凑过去。罗杰·特拉门诺正坐在一旁，把玩着一个镇纸。米雪拉阴沉着脸，盯着摆在她面前的一份文件，手里拿着一支笔。我气喘吁吁，一把抓住门把手，冲了进去。

"不要……"我叫道，然而我说不下去了，从我口中吐出的只有一串咳嗽声。四个人都惊讶地看着我，看着我那又红又亮的脸庞，看着我那溅满泥点子的牛仔裤，看着我那乱糟糟的头发。丽莎最先反应过来，她赶忙拿着一杯水向我走来。

我拿起那杯水一饮而尽。这时我听到那个律师说："啊，是那位租客，派克小姐，是不是？恐怕你做不了什么了……"

"你签字了吗？"我打断他的话，看向米雪拉。我当时看起来肯定很狼狈——眼中洋溢着泪水，手里抓着一个空杯子。几秒钟之后，她摇摇头。

"没有。"她说，"我想等你到了再说。怎么了？"

我一言不发，掏出自己的手机，找到亚力发给我的那张照片。出现在手机屏幕上的照片显得如此清晰。我对老特拉门诺举起手机："这就是你所谓的证据吧？"

他皱皱眉头，眯着眼看着手机屏幕。我看着他脸上的表情发生了变化,鲜血涌上他的脖子。他作势要夺走我的手机,不过我抢先一步把手机收了回来。

"这是私人文件!"他厉声喝道,"你到底是从哪里弄到的?"

"你还没有回答我的问题。"我尽量让自己的嗓音保持平静,"这就是你所谓的证据吧?就是那份托玛辛娜承认自己是租户的文件?"

"婕丝。"米雪拉站起来问道,"怎么回事?"

为了不让罗杰·特拉门诺抢走我的东西,我后退几步,然后才打开自己的包。包里放着我刚从梅尔那里取回的速写本。"这是托玛辛娜的速写本。"我对他们说,一边翻动那薄脆的纸张,"我在小屋里找到的,里面全是她画的画。"

那个律师嗤之以鼻:"抱歉,可这有什么相干?我们来这里可不是为了看老旧的涂鸦作品。"

我不理他,而是快速地翻到最后一页。"托玛辛娜是什么时候签署你那份文件的?"我问老特拉门诺。

他一言不发地盯着我,紧紧抿着嘴唇。

这时候那个名叫米切尔的律师插话了:"是在罗斯卡罗女士去世前一个月。如果我没记错的话,是5月20号,对吧?"尽管他说话时的嗓音还是那么丝滑,可他的姿态已经透露出些许慌张。他看了老特拉门诺一眼,显然是想问他"你到底对我隐瞒了什么"?

"没错。"老特拉门诺表示赞同,他的语调颇为生硬,"是20号。"

我把速写本放在桌上,转过去,好让他们看到。那幅画几乎看不出画的是什么,只能看到许多颤颤悠悠的细线。然而我却能一眼看出这幅画的内容:那是帕兰石,采用的是俯视角;黑黝黝的树林围成一个圆圈,环绕在石头周围;树林的边缘渐渐模糊,如同烟雾。在画面的右下角有一个签名和日期,几乎难以辨认。

我对老特拉门诺发起进攻:"如果她在5月18号几乎写不了自己的名字,那你能否解释一下她在20号的签名为何如此清晰?"我放大手机上的照片,放在画册旁。两个签名简直天差地别,实在是令人难堪。"所以你可以理解为什么我怀疑这份文件的……真实性。"

在那一刻,所有人都一动不动。

老特拉门诺突然爆发了。他用嘶哑的嗓音叫道:"这简直是胡说八道!我从没见过那个速写本,很可能是你伪造的!"

"什么?伪造?就像你伪造托玛辛娜的签名一样吗?"我反唇相讥,"这不过是你使出的手段之一,你还想毒死帕灵呢!"

他的脸变得通红:"住嘴!"

"到底怎么回事?"那个律师想打断我们的争吵。

"我知道就是你干的!"我忍不住抬高嗓门,"你别想抵赖！"

"如果你想毒死害虫害兽，结果差点儿害了那只猫，那也不是我的错。"

"你这个浑……"

"安静！"米雪拉大叫。所有人都被她震住了，大家立刻静了下来。她深吸一口气，然后说道："谢谢大家。首先，我可以证明那个速写本是托玛辛娜的，我曾多次看到她带着那个速写本。其次，"她说着打开桌上的一本活页本，开始翻找，"不要忘了托玛辛娜在今年4月里曾经和我们签过一份合同。"她从一个塑料文件夹中抽出一份厚厚的文件，匆匆忙忙地舔舔大拇指，迅速翻找，"这样我们就可以好好比较一下，啊，在这儿呢……"

她仔细审视合同上的签名，而我则留意她脸上每一个微小的表情变化。在那紧张得心跳都要停止的一刻，我以为她会对我摇摇头。然而，她嘴角抽动，眉眼也弯起来，一抹难以掩饰的微笑即将浮现在她的脸上。她放下那份合同，放在手机和速写本旁边。

我们不约而同地伸长脖子，看向那份合同。

"很抱歉，罗杰，这回我赞同派克小姐的观点。"米雪拉冷冰冰地说，同时偷偷对我微笑，"看起来你所谓的证据有点……假。"

收音机的噪声从造船工场的一间棚屋传出，我径直朝那里跑去。河面上的空气又冷又湿，让我的肺部感受到阵阵刺痛。我在棚屋门口停下脚步，一手按着一侧肋骨。杰克正坐在一张长凳上干活儿，他身上那件套头衫的袖子卷到肘部。他正在刨一块木头。我感觉喉头哽咽，嘴巴发干，尝试了三次才能用嘶哑的嗓音叫出他的名字。

他的脸上露出惊讶的微笑。然而当他看到我气喘吁吁，因兴奋而两眼放光，他的微笑马上被关切取代。

"婕丝？"他放下刨子，走过来，在一块抹布上擦擦手。"怎么了？出了什么事？"他问道。

"我们成功了！"我几乎要哈哈大笑，然而，与此同时，泪水也夺眶而出，"我们成功了，杰克，我和米雪拉还有丽莎……"

"什么成功了？"他赶紧问道。

"我们证明了老特拉门诺的证据是假的，要打官司的话他根本赢不了。"虽然这话是从我口中说出的，可我还是不敢相信，"他已经撤回了所有权申请，不再声称他对安尼斯尤尔拥有所有权！"

我还没反应过来，杰克就把我抱起来转个圈。作为回应，我紧紧抓住他的肩膀。他的头发和肌肤所散发的气味包裹着我——那是新鲜木头的气味，老旧羊绒衫的气味，肥皂味，还有烟味。他把我放下。我们俩的身躯靠得很近，我们的脸庞靠得更近——这一刻竟然让人感受到一丝痛楚。然后他赶紧转过身，他眼眸的颜色如同秋天的树叶，眼里洋溢着笑意。

"来吧！"他叫道，"我们赶紧把这事告诉爷爷！他肯定不会相信的！"

这个下午是我来到兰福德之后度过的最美妙的下午。梅尔又拿出了白兰地，只不过这回是为了庆祝。他和杰克都把手中的活儿停下来，歇息几个小时。我们来到厨房里。从这个厨房望出去，可以看到灰绿色的兰河。在这里我们吃喝谈笑，感觉身上暖洋洋的。给我们带来暖意的不仅是木柴炉子，还有兴奋之情，以及经过几周焦虑煎熬后席卷而来的如释重负之感。我告诉他们在米雪拉的房屋中介所发生了什么事，我告诉他们老特拉门诺收回了自己此前说过的话，还嘟嘟囔囔地说这是什么"误会"；我告诉他们当特拉门诺和那个律师离开时，那律师用利箭似的目光狠狠地盯着特拉门诺的后背。

"所以说小婕丝，"梅尔的脸红通通的，"这就是说你要留在这里了？"

"是啊。"我笑着举起酒杯，和他碰杯。

当我喝酒的时候，租约里的一句话浮现在我的脑海里：在帕灵寿命延续期间为安尼斯尤尔找到一位监护人和守护者。现在我沉浸在欢乐幸福的海洋里，可这句话如同一个不和谐的音符，如同万里晴空中的一片乌云，而与此同时我又想起了帕灵那身黑毛中夹杂着丛丛白毛。我赶紧把这些想法推到脑后，集中精力听梅尔说话。

"……再过两周就到了,你知道吧?"他说。

"什么?"

"圣诞节啊,在这一带,圣诞节可是一年中重要的节庆。"他将杯中的白兰地一饮而尽,又倒了一些酒。

杰克打开木柴炉,往里面添加了几块木柴。火光照亮了我杯中那琥珀色的酒。在瞬息之间一些形象浮现在我的脑海中:黑暗中的火焰,落在石头上的微光;有人提起嗓门开始唱歌,冬青树的叶子暗沉沉的,如同一口不见天日的深潭;冬青果鲜红如血……

"在这里怎么过圣诞节?"我听到自己问了一句。

"怎么过都行。"梅尔握着酒杯,凑上前来,"夜晚越来越黑暗,白昼越来越短,太阳也疲倦了,而即将过去的一年已经接近尾声。然后就到了蒙特尔日。"他啜饮一口酒,狡黠地看我一眼。

"蒙特尔日又是什么?"我顺着他的话问道。

"那就是冬至啊。"杰克抢在他爷爷之前回答道,"最长的黑夜和最短的白昼,每年这个时候总是要举行一场盛会。"

"就是像圣诞彩灯亮灯仪式那样的活动?"

梅尔嗤之以鼻:"那算什么活动?蒙特尔日才是真正的盛会。"他和我对视,眼睛睁得大大的,"有音乐,有彩灯,有舞会,人们戴着面具,穿着奇装异服……"

"那是狂欢夜,在那天晚上,凡事皆有可能。"杰克说着关上炉子,"有人会提前几个月准备那天晚上穿的服装。"

"你也是这样吗?"我揶揄道。我想起他在万灵夜并没有穿什么奇装异服。

"我也一样。"他故作正经地点点头,"习俗总是要遵守的嘛。"

"听起来挺有意思的。"我笑道,"我最好也找点那天晚上穿的衣服。"

"这么说你会留下来了?"杰克低声问道。他在我身边坐下,和我对视。"你会在安尼斯尤尔过节?你会参加蒙特尔日的活动?"

"当然。"我说。我想起当他把我抱起来时双臂环绕我的感觉,想起他两颊散发的热量落在我的脸上。"我会留下来。"我说。然而他们久久没有出声。我喝完杯中的酒。酒灼烧我的喉咙,让我不由得做了个鬼脸。"我的家人也会从伦敦来这里过圣诞节。"我说,"我妈妈、姐姐还有姐夫都会来。可现在小屋里还是一团糟,我还没开始整理次卧呢。"

"听起来你需要人帮忙啊。"梅尔不动声色地说,"有人正急不可耐地等着效劳呢。"

听到爷爷直白的话语,杰克哈哈大笑。"我很乐意效劳,婕丝。"他说。我想表示反对,可他不予理会,继续说道:"只要你有需要,只管开口。"

我穿过树林,走回小屋。冬天的树林变得越发幽暗。和几个小时前相比，现在我的脚步变得更加轻快。在寒冷的空气中，我的脸颊散发着暖意，木柴的烟味和白兰地的香味在我身边缭绕。帕灵正在门前阶梯上等着我。我看到它的嘴动了动，然后一声猫叫传入我的耳中。它仿佛正在催促我，急着知道最新的消息。我把它拥入怀中，在厨房里蹦来跳去，把所有一切都告诉它，告诉它它的家园现在安全了。当我把它放下，它在自己最喜欢的憩息地坐下，对我缓缓地眨眨眼，仿佛在说：我当然知道最后一切都会顺利。

我们好好地吃了一顿晚餐，以示庆祝。晚餐的主菜是渔民给我的新鲜马鲛鱼。我按照他们教我的法子，在红红的火炭上烧烤属于我的那一份鱼。直到最后整个小屋里都充斥着海水和木头的香味。屋外，冬天的夜色渐渐深沉，我试图想象在这个寒冷的12月夜晚，伦敦城里是何种景象。即使到了现在这个时候，伦敦城里依然热闹非凡——这实在是难以想象。在伦敦城里，熙熙攘攘的人群沿着牛津街挪移，人们正在进行深夜采购，为圣诞节做准备；人们在自动扶梯上闲聊，一辆辆公交车在街上停停走走，车里乘客呼出的热气为车窗蒙上一层薄雾……而我却坐在这里，沉浸在静谧之中，吃着热乎乎的烤鱼。

之前的我只是一名逃离都市的年轻女子，脚上穿着灰尘扑扑的帆布鞋，满脑子都是不着边际的想法。彼时的我和现在的我简直判若两人——想到这我不由得露出微笑。这个地方改变了我。帕灵坐在破旧的地毯上，正忙着洗脸。我看着它，心里洋溢着感激之情。此时此刻,我身在此处,就在安尼斯尤尔——我为此心怀感激。

野外狩猎的骑手掠过冬季的天空。他们追随着星辰,和雨水一道从天而降。他们的猎物是即将过去的一年——它虚弱无力地向前跑着。它每跳一下就过去了一天,它每绊倒一次就过去了一夜。它还能坚持多久并不重要,猎人和猎物都知道:时间并不是衡量存在的唯一尺度。然而人类却经常忘记这一点。

青枝绿叶的气味渗入我的梦中,轻轻将我唤醒。我睁开双眼,出现在我眼前的只有黑暗。我正等着那黑暗退却,可是并未如愿。那浓烈的树脂香味充斥着整个房间——那是刚从树上砍斫下来的枝叶所散发的气味,仿佛有人在床上铺上一层冬青树和云杉的枝叶。我坐起来,深吸一口气,心想这或许是老房子的气味吧。可这气味如此强烈,不可能是房子自身的气味。我从床上下来,双脚触及地板。当我缓缓地站起来,阵阵震颤掠过我的肌肤。不管我即将面对什么,我都不想惊扰它……

当我走到狭窄的楼梯拐弯处,那股气味越发浓烈。当我走下楼梯，走进黑暗的大厅，那种气味浓烈得无以复加。大厅里，暗红色的炉火即将沉沉睡去。火炉边放着一个盛放饰物的木箱——就是我在次卧里发现的那个木箱，在上床睡觉前我把它搬了下来。在那个时候，当我想到要开始整理打扫小屋，为圣诞节做准备，我感到颇为兴奋。

当我走近那个木箱，一星绿色闪现出来。我知道那是什么。我小心翼翼地跪下来，从纸包中拎出那个玻璃质地的圣诞彩球。开始时我不敢过于仔细地端详那个彩球，因为我想起了上回我在洞悉安尼斯尤尔的一个秘密时发生了什么事。然而，冬青树和常青木的气味在我身边升腾。说不出道不明的东西正在靠近，直让我起鸡皮疙瘩。我知道自己别无选择。

我将圣诞彩球举到眼前。彩球在我手中微微转动，它的深处有什么东西在动。那是一个人影，正在一个房间里走动。而那个房间看上去和我所在的房间别无二致。那是一个年轻女子。她正站在餐桌旁，桌上摆着一堆刚砍斫下来的冬青枝叶。她转过身，拿起一把大剪刀。这时我瞥见了她的眼睛——那是夹杂着一抹淡褐色的眼眸。她看起来很面熟，就像是认识很久的老熟人。她小心翼翼地剪下一根冬青的细枝，她那两道黑色的眉毛因专注而微微皱起。她不经意地哼起了歌，自顾自地唱道：

"一年中最先变绿的是冬青树……"

她放下剪刀，用挑剔的目光打量自己：她上身穿着老旧的羊绒罩衫，下身穿着厚厚的长裤，用一根男式皮带扎紧裤腰。除此之外，她所有的衣服就只剩下连身工装裤和褪色的夏装，和那双结实粗犷的靴子很不相配。不，她还有一套衣服藏在楼上——那是一条崭新的蓝色裙子，配上打过鞋油的鞋子。那套行头是为特殊场合准备的，是专门穿给某个人看的。

圣诞节。她已经决定了，要让今年的圣诞节成为他们俩在这栋小屋里度过的头一个圣诞节。他们还不是正式的夫妻，不过这无关紧要。只有两天的圣诞假期太过宝贵，她可不想留在造船工场和家人们一起度过。她不想忍受他们那苛责的目光，不想听他们低声议论他——一个来自远方、无家可归的外国士兵。她又剪下一根冬青的细枝，淘气的微笑在她脸上浮现：想想看，当兰福德的人们听说她结婚的消息，他们脸上会露出什么样的表情啊？

"布罗兹基。"她轻声自言自语。她慢慢品味这个姓氏，让它挂在自己的唇边，感觉就像是从黑市买来的糖，带有一股不可告人的甜蜜。"托玛辛娜·布罗兹基夫人。"她念叨道。

她捧起一把冬青枝叶，朝角落里那张古老而巨大的梳妆台走去。她拉开一个抽屉，取出一个硬纸盒，从纸盒里拿出一个做工精美的玻璃彩球，彩球上沾着金粉，构成一颗星星的形状。这是她要送给未婚夫的圣诞礼物，唤起他对家乡圣诞节的记忆。她在火光中微微转动手中的彩球——感觉这份礼物如此微薄，无法弥补他所失去的一切。不过她觉得只要能在圣诞前夜看到他的微笑,这一切都是值得的。

她着手整理那把冬青枝叶,她的目光落在墙上那两块铜质铭牌上。铭牌上刻着两个名字——那是她从未见过的父亲和哥哥。她母亲的照片放在架子的顶层,靠近那两块铭牌。当她将一根冬青细枝插在母亲照片之后,一股哀伤涌上她的心头。

如果她的父母、哥哥还在,他们会同意这桩婚事吗?她可以肯定他们决不愿意看到她孤零零的一个人。无论如何,这个圣诞节她哪儿也不去,就在这里度过。皮奥特也知道安尼斯尤尔即将成为他的家。在这个问题上,只有一个人能最后拍板,皮奥特已经征得了那个人的同意。而那个人正是她。

她回头望望扶手椅,只见一团毛茸茸的黑色占据了那张椅子。那是一只蜷成一团的猫,它正在呼呼大睡。

"你知道吗,算你走运,那些渔民还关心你。"她闲闲地说,"如果没有他们,你就得像一只真正的猫一样,自己去找食物了。"

那只猫咪把爪子搭在自己的眼睛上。它睁开一只黄澄澄的眼睛,从爪子下方张望。年轻女子笑了一声,转过身去,打算把一枝冬青插在架子顶层。在她做这件事的时候,她脸上的表情发生了变化。她双目圆睁,她的目光变得茫然。她抓紧一把冬青叶子,冬青叶的边沿生长着利齿,可她却毫无反应。直到鲜血从被叶子扎破的伤口中涌出来,她才反应过来。她呆呆地看着一滴鲜血落在石砌地板上,激起地板上的灰烬。那些灰烬飘在空中，有如纷纷扬扬的阵雨。

"不要！"她叫道。冬青枝叶落在地上。当她一步两级地跑上楼梯，她早把那些冬青枝叶抛诸脑后了。她冲进一个房间，直到现在她还把这里看作母亲的卧室。一台无线电收音机摆在窗台上——这个位置的无线电信号最好。她手忙脚乱地转动收音机的旋钮，从手上伤口流出的鲜血沾染在旋钮上，可她并不在意。

巴黎、莫斯科、华沙……那是皮奥特的祖国。他们俩曾经像小孩子一样，坐在这里听收音机，试图捕捉来自他家乡的只言片语。可现在那收音机只是发出杂音，无法固定在一个频道。她每转一下旋钮都能听到无穷无尽的沙沙杂音缓缓传出。

"快点啊！"她哀求道，一边不停寻找本地广播电台的频段，听听有没有发布什么声明、新闻或通告。"求你了！"她叫道。

然而她什么都听不到，可心里的恐惧却越发强烈。她听到从心底深处传出的呼唤……她不再摆弄收音机了，而是跑下楼梯，套上打了无数补丁的袜子。她出门劳作时穿的靴子还放在门边。之前她穿着这靴子在田里干了一天的活儿，现在那双靴子还是湿漉漉的。她赶紧套上靴子。

"行行好，求你了。"她发觉自己正在喃喃自语，既像是在祈祷，又像是在施咒，"行行好吧！"

她猛地推开门。在她出门前，她瞥见帕灵的脸——它正警觉地抬头看着。之后她狂奔,沿着那条小径,朝远离小屋的方向跑去。她无须点燃火把,她对这条小径已经了然于心。而且今晚夜空澄澈,一轮丰满的圆月悬在山谷上空,如同一只眼睛。她跑过浅滩,越过在冬季里涨起来的溪水,继续向前奔跑,去回应那呼唤。

那片冬青林出现在小径尽头。在几个小时之前,她还在冬青林中徜徉,采摘冬青树的枝条。那片冬青林就如同她的老朋友,每年圣诞节她都来这里采集冬青枝叶。可是现在那片冬青林看起来黑黝黝的,仿佛深不可测。而冬青树叶在她手上留下的伤口依然滴着血。

她冲进那块林间空地,帕兰石在那里等着她。这块灰蒙蒙的石头对周围的一切熟视无睹。她并不害怕这块石头,这块石头认得她。她的发丝和眼泪曾经落在这块石头上,而这块石头也听过她在玩耍时的喋喋话音,在炎炎夏日的午后让她靠着打个盹儿……

"到底怎么回事?"她对着石头大叫,敲打着石头的表面,"到底怎么回事?快告诉我啊!"那块苍白的石头一言不发,她手上的鲜血在石头上留下斑斑印记。"求你了!"她气喘吁吁,想要平复自己的呼吸,"求求你,告诉我他没事!"

她绷紧神经。除了自己的呼吸声,她什么都听不到。然后某种声响从远处传来:那是从天上传来的引擎声。这声音足以让她惊讶地抬头张望。之前在这一带她从没听见过飞机的声音。这个山谷自有其魔力,可以屏蔽外面世界的喧嚣。她竖起耳朵——没错,那是飞机的引擎声。尽管感觉很不对头,可她很肯定那就是飞机的声音。那引擎声断断续续,仿佛那架飞机在不停咳嗽。那是运转到极限即将崩溃的机器所发出的声响。声音越来越近,她看向空地上方的那片天空。最后她终于看见了。

这四年来她已经成了惊弓之鸟,她差点儿就要趴倒在地,或是寻找隐蔽处躲起来。然而她的手仿佛粘在石头的表面,让她不能动弹。借着明亮的月光,她看清了机身上的标志——那不是敌机。现在,即将崩溃的引擎发出的声响震耳欲聋。她发现那架飞机只有一个螺旋桨在转动,一团团黑烟正从引擎中冒出来。这架飞机不应该出现在这里,它飞得太低了,而距离最近的空军基地还在几英里之外。兰福德一带都是河湾和陡峭的山坡,根本找不到合适的地方降落,除非……

当飞机飞越石头的上空,她明白了。除非迫不得已,没有人会驾驶一架随时会坠毁的飞机,飞到这个找不到安全着陆点的地方。只有一种可能:驾驶飞机的飞行员明白这是最后的机会,他可以最后看一眼这个地方。他曾经希望在这里建造自己的人生,他的爱人就在此处,或是正在沉睡,或是在炉火边做梦。他想在临终前最后看一眼安尼斯尤尔……

"皮奥特!"年轻女子尖叫道。她绝望地抬头看着那架飞机,想要透过团团黑烟看清飞机的驾驶舱。她不停地尖叫他的名字，可她心里明白他不可能听得到。他顶多能看到一块灰色的石头旁边有一个小小的人影，一张仰起的脸。

飞机的引擎艰难地转动着，不停发出呜咽哀鸣。飞机开始急速下坠，从她的视野中消失，被那片冬青树林遮住了。她朝冬青林跑去，想要追上那架飞机。然而她心里也明白这是没用的。黝黑的冬青叶刮擦她的手臂，阻止她前行。最后她倒在地上，退回到那片林间空地中，来到石头旁边。她的啜泣声和渐渐远去的飞机引擎声融合在一起。

一个生灵从空地的另一侧向她跑来。她没有抬起头，她已经无力抬头了。即便是当一只猫爪按在她那泪痕斑斑的脸上，她也没有抬头……

帕灵正站在我的腿上，朝我的脸举起一只爪子。它身上散发着夜晚的气息，寒气萦绕在它身躯周围，仿佛它刚刚在屋外奔跑。当我把目光放在它身上，它把爪子收回来，四爪着地，可是却没有走开。我深吸一口气，擦擦盈满眼眶的泪水。

我把那个彩球放回纸堆之中。我敢肯定，托玛辛娜终身未婚。我一直以为那是因为她是一名天生的隐士，喜欢过与世隔绝的生活。或许那并非原因所在，或许她再也无法和另一个人分享自己的生活。

她只能和帕灵一起生活。帕灵就坐在我面前，我轻轻抚摸它的脑袋。它焦急地甩甩尾巴，仿佛它记起了上周我那次梦游。

至少这一回我只有双脚感到麻木。我疲惫不堪地爬上楼梯,爬上床。当我为自己盖上被子,冬青枝叶的气味已经消散了。帕灵在我脚边坐下。有它在我感觉很安心,不久之后我就睡着了,陷入无梦的沉眠。

在兰福德这样一个地方,小道消息传得飞快。在这个星期里,安尼斯尤尔迎来了络绎不绝的访客。某天午餐时间米雪拉来到小屋,带来了一张露营床和一张充气床垫,如此一来,当我的家人来到这里时我就能好好安置他们了。丽莎送来一摞用于替换的床单和毛巾。甚至那个恶名远扬的本地女工匠——赫斯科斯太太也现身了,为我修理水管锅炉。她把自己的孙子也带来了,让他打打下手。那个沉默寡言的孩子大约十五岁,无论谁和他说话,他都会脸红。相形之下,赫斯科斯太太的臭脾气还算是好的了。我还没来得及告诉她问题所在,她就大摇大摆走进浴室里了。我看到她从热水锅炉上拧下几个零件,扔到身后。

"把那玩意儿递过来,托比。"她对自己的孙子叫道。

感觉村子里所有人都等着看老特拉门诺的反应,然后才有所行动。最后我问她对这件事的看法。

"当然了,我们都知道那家伙在鬼扯。"她颇为粗鲁地对我说,"不过现在生意不好做,如果米雪拉接受了他的条件,收下那笔钱,也没人会责怪她。"

按理说与老特拉门诺的交易细节是要保密的。不过我并没有问她怎么知道这事的。这里毕竟是兰福德,就是这么回事。

只有亚力没有和我联系。我曾不下十次想给他发一条短信,对他表示感谢。他做出了正确的选择,只不过这样一来他就难以面对自己的父亲了。每当我就要发出短信的时候,我总会想起那天在大宅邸他对我说的话:我们就不能把这一切都忘了吗?在所有这些事发生之前,我们俩在一起过得很开心。然后我就删除了短信。我不想再陷进去了,最好保持现状,就这样放手吧。再说了,现在我正期盼着另一个人的到来……

杰克终于在某天下午现身了。他拎着一桶油漆和两三个油漆滚筒。

"我觉得这些或许有用。"他说。这时他看向桌子,他的目光落在桌子上已经打开的笔记本电脑上。"抱歉,你正在写东西,我不想打扰你……"

"不,不,没事的。"看到他正要转身离开,我赶紧说道,"我是说,我也正要休息一会儿呢,你想喝杯茶吗?"

和往常一样,扶手椅已经被帕灵占据。因此,我们俩只能在厨房餐桌旁相对而坐。一星刨花缠在他那黑色的发卷中,我很想伸手把它摘下来,不过还是忍住了。

"婕丝。"他叫道。听到他突然叫我的名字,我不由得红了脸。我只希望脸上的表情不要透露自己心中所想。"我想问问你……是有关蒙特尔节的事。"他说。

"蒙特尔节?"我尽量用不经意的语气说道,"就是冬至日的节庆活动吧？"

"没错，在这里那可是很重要的节庆，在那天晚上，大家简直要把这个地方闹个天翻地覆。"

"实在是难以想象。"我笑道，"究竟是什么时候？"

"21号，就是这个周六。"杰克放下茶杯，他看上去颇为严肃，"婕丝，我想问你愿不愿意……"

当然愿意！我的心正在大喊：杰克，我愿意和你一起去！

"……和我爷爷一起去参加节庆活动？"

这话如同一记闷棍，砸在我的头上。

"什么？"我拼命挤出一句，我还以为自己听错了。"你是说，让我和梅尔一起去？"我问道。

杰克点点头，低头看着自己的杯子。"自从奶奶去世之后，他就不再参加蒙特尔日的节庆活动了。他觉得他不想自己一个人去。我劝过他，可他不听我的。不过……我觉得如果你提出要和他一起去，他是不会拒绝的。"他看着我，微微皱眉，眉间透着一丝哀伤，"你对他很好，婕丝。过去几个星期他充满活力，这么多年来我从没见过他这个样子。我也不知道该怎么说……"他露出哀伤的微笑，"我想或许是因为你和他争吵，倒让他打起了几分精神。"

我也对杰克报以微笑，尽量不让自己流露出失望的神色。

"当然，我会和他一起去的。"我说，"我能做的也就只有这点小事了。"

他的笑容变得更加灿烂。"谢谢了。"他伸出手,捏捏我的手,"这对他来说很重要。"

我直视他的眼眸。然而在这关键时刻,我的鼻子却很不争气。我赶紧把手抽回来,赶在响亮的喷嚏冲出鼻腔之前,抓住一张纸巾捂住鼻子。

"不过我看你还没有完全康复……"杰克关切地说。

"不,我没事。"泪水已经涌了上来,我赶紧眨眨眼,"不管怎样,到了周六我肯定好了,我向你保证。"

当他穿上外套准备离开,我终于鼓起勇气,问他另一个问题。

"杰克,托玛辛娜年轻的时候,她有没有……和什么人订过婚?"我问道。

"你说太姑奶奶?订婚?"杰克做了个鬼脸,把帽子戴在头上,"我觉得没有。她不喜欢与人相处。有的人可以忍受笨蛋,可以高高兴兴地和他们相处。不过太姑奶奶绝对不是这种人。你为什么问这个?"

"只是好奇而已。"

他颇为敏锐,马上就猜到了。"你还在做梦吗?"他问道。

"是啊。"我承认道,"不过不用担心,这回我没有在外面梦游了。"我犹豫了一下,鼓起勇气向他说出实情,"真奇怪,这些梦变得更加鲜明了。与此同时,我不再在意那些梦了。它们让我感觉到……和这里产生了某种联系。"我做了个鬼脸,

"这很荒唐，对吧？"

我以为他听到这句话会哈哈大笑，不过他并没有笑。

"这听起来的确有点奇怪。"他叹口气，仿佛他也不太相信自己即将说出的话，"不过我觉得这个地方到了冬天就有所变化，我总是觉得这和圣诞节有关。你看，这个地名就包含了圣诞节。'安尼斯'是隔绝或隐秘的意思，至于'尤尔'嘛……"他意味深长地耸耸肩，"如果是按照现在的命名法，这栋小屋或许应该叫作'尤尔小屋'①。"

我睁大眼睛瞪着他。平日里他总是那么理性，经常语带讥讽。我看不出他是不是在开玩笑。

"你有没有想过这可能和……有关？"我朝山谷另一侧那片林间空地的方向点点头。帕兰石就矗立在那里，默默地看着这一切。

"我也不知道。"杰克低声道。我意识到我们俩靠得很近，仿佛担心有其他人偷听我们的谈话。"不过那样也说得通。几千年来，那块石头一直立在那里。早在圣诞节被称为圣诞节之前，它就在那里了。"

突然之间，一声轻柔的猫叫声传来，把我们俩吓了一跳。我们一起看过去，看到扶手椅里的帕灵正在环顾四周，看向我们。

---

① "尤尔"意为"圣诞节"，"安尼斯尤尔小屋"意为"与世隔绝的圣诞小屋"。

"我觉得或许它也同意我的看法。"杰克笑道。

当我把他送到门口,我对他说:"谢谢你来看我。帮我转告梅尔,我很高兴能和他一起参加蒙特尔节的庆典。"

"谢谢你,婕丝。"他并没有立刻转身离开。他掏掏外套的大口袋,仿佛口袋深处有什么东西让他心神不宁。"我……"他清清喉咙,掏出一个报纸包成的小圆锥,"我在镇上看到的,我想你或许会喜欢。"

他把那个小圆锥递过来。我惊讶地朝手中的那个报纸圆锥里张望。那是一束白色的花,花叶呈现出和冬青叶一样深沉的绿色,散落在绿叶间的黄色花蕊如同小小的星星。

"这是什么花?"我问道。可这时杰克已经迈着大步沿着小径走远了。他没有回头,只是挥挥手。

笑容浮现在我脸上。我再次低头看着那花。一块小小的标示牌用细绳挂在花茎上,那上面用整洁的字迹写着:菟葵,又名圣诞玫瑰。

随着蒙特尔节一步步逼近,一股狂热的情绪在兰福德蔓延开来。我发现杰克和梅尔说得没错:这个节日的活动将会是盛大的庆典。两天前,米雪拉和丽莎举行了她们的圣诞聚会。许多人挤进她们那个狭窄的办公室,吃着肉馅饼,喝着甜酒,快快乐乐地消磨一整个下午。众人呼出的热气为窗玻璃糊上一层水汽,透过窗玻璃根本看不见外面的情形。这时候大家也没有回去工作的意思。

众人兴致勃勃地交谈，电脑音箱正播放着圣诞歌曲。我看见吉奥弗独自站在那里。他正看着墙上的一幅地图——周围乡村的地图。我从人群中挤过去。

"你好啊，吉奥弗。"我犹犹豫豫地和他打招呼，生怕自己打扰了他的沉思。

他一脸喜色："是派克小姐啊，最近怎样？"

"比上回我和你见面时要好得多。"我微笑道，"谢谢你给予的帮助。"

"米雪拉告诉我你是如何击败罗杰的。"他隔着眼镜的镜片，向我眨眨眼，"挺高明的手段，以那个速写本为证据。"

我的目光落在面前墙上的那幅地图上。我不由自主地搜寻安尼斯尤尔。

"吉奥弗？"我盯着地图上那覆盖着茂密林木的河岸和山坡，"在'二战'时期有没有飞机在这一带坠毁？你知道吗？"

"有意思的问题。"他摘下眼镜，用衬衫擦了擦，仿佛这样能对他有所帮助，让他可以更加清楚地看到过去的事。"这一带有一个空军基地，距离这里并不远，海边还有一个。有一些飞行员就驻扎在村子里。不过要说到飞机坠毁嘛……"他重新戴上眼镜，"这很难说，只能说有可能。当时的政府倾向于封锁这类消息，生怕会打击士气什么的。"他朝我扬扬眉毛，"这又是一个你想要解开的谜团？"

"算是吧。"

"派克小姐！"有人在叫我。不一会儿，村里小店的店员莱格就出现在我面前。他的双颊红通通的，手里的酒杯上还搁着一块肉馅饼。"你会参加蒙特尔节的活动吧？我真心希望你能来。"他说。

"当然。"我对他说，一边用手背给自己的脸颊降温，"说实话，我会和梅尔一起去参加活动。"

莱格正要拿起那块肉馅饼咬一口。听到这话他停了下来，近在嘴边的肉馅饼已经被他忘得一干二净。"梅尔？"他眨眨眼，一脸难以置信的神色，"你是说梅尔·罗斯卡罗？"

看到他惊讶的样子，我不禁笑道："没错，现在我们是朋友了。杰克说梅尔需要一点点动力，好让他走出家门。所以我们要一起参加节日活动。"说罢我啜饮了一口甜酒。

"梅尔参加蒙特尔节的庆典。"莱格睁大双眼，低声喃喃，"抱歉，派克小姐，请容许我离开一会儿。"他急忙转身离开，消失在人群中。

丽莎出现在我身边，她手里拿着一盘芝士条。"这究竟是怎么回事？"我问她。

"我刚才听到你说你要和梅尔一起参加蒙特尔节活动，对吧？"

"是啊，在这里小道消息难道长翅膀了吗？传得那么快。"我伸手拿了一根芝士条。

"你打算穿什么衣服？"她一本正经地问道。

"什么？"我对她皱皱眉，"我不知道，我还没想过这个问题。在过这个节的时候大家都要好好打扮一番，对吧？"

"好好打扮？"米雪拉听到我们俩的对话，赶紧从人群中挤出一条路，来到我身边。她穿着一件富有节日气息的开襟毛衣，她的头发经过精心梳理，还插着一对鹿角。"看这问题问的，你还不如问教皇是不是天主教徒呢。"她把一个嗝强压下去，伸手拿起一根芝士条。

"我奶奶经常说到了那一天，大伙儿都打扮得花里胡哨的。"丽莎微笑道，"也就是说，大家都穿着奇装异服。蒙特尔节的意义在于揭示了事物并非表面上看到的那样，穷人可以是富人，黑暗也可以是光明。"

"你最好借套衣服给她，丽莎。"米雪拉说，"不然在游行队伍里她就会显得格格不入。"

"游行队伍？"我重复米雪拉的话语，可这时米雪拉已经朝放甜酒的地方走去。"杰克并没有提到什么游行啊。"我说。

丽莎笑道："是吗？不过梅尔总是要参加游行的。或者说以前他一直参加游行，不过几年前他不再来参加节日活动了。他能再次参加那真是太好了。"她斜了我一眼，"看来你和杰克之间的问题已经处理好了？"

"是啊，不过过后我要好好和他说道说道。"我啜饮一口甜酒，"你知不知道……他有伴了吗？"

"你是说女朋友吧?"丽莎嗤笑一声,"我觉得没有。他总是说他很忙,造船工场的活儿让他忙得不可开交,没时间谈朋友。"

"哦,这样啊。"我尽力不让失望之色浮现在自己的脸上。

"你为什么问这个?"

"没什么。"我只希望她没发现我脸红了,"那么周六的这个游行什么时候开始?"

"下午六点。"

"那要进行到什么时候?"

丽莎咧嘴一笑,为我倒满酒:"直到我们一醉方休,和即将过去的这一年告别。"

马蹄声、鼓声和心跳声如同惊雷,如同血液在大地的动脉中流淌。火焰发出咆哮,树木耗尽了自己的绿意,太阳在白昼最短的那一天落下,迎接最长的黑夜……

周六怎么等都不来。可真的到了周六的时候,这一天显得如此漫长。早上的时候我在写作,这部小说即将完结了,只要再过几天就可以杀青了——这样挺好，因为距离截稿日期也只剩下几天的时间。我的编辑一个劲儿地催我，想让我在圣诞前夜交稿，如此一来他就能把书稿带回家，在过节的时候审阅。当我意识到这部书稿多么粗糙，我不禁皱皱眉。现在我没有时间好好编辑润色了。我只能找找借口，做好准备，迎接即将在元旦时收到的一大堆修改意见。

时间终于来到了周六下午，我再也坐不住了。我把笔记本推到一边，准备为今晚的活动打扮一番。丽莎借给我一条裙子，那是一条长及脚踝的深绿色天鹅绒裙子，长长的袖子遮住了我的手。这条裙子有点大，不过在腰间系一条皮带也还过得去。我翻找首饰盒里的项链和手镯。丽莎告诉我："佩戴的首饰越多越好。"我的头发长长了一点，现在已经垂到肩上。为了不让头发碍事，我把发丝盘在脑后，然后犹豫不决地看看效果如何。不管怎么说，我看起来有点像女祭司，又像是即将要参加嬉皮士节庆的人——我猜这就是要达到的效果吧。

屋外，夜幕已经降临，黑暗从天空的各个角落爬出来。是时候出发了。尽管我故作矜持，可在兰福德蔓延的狂热情绪和兴奋之情还是感染了我。我感觉充斥于心中的期盼如同扑火的飞蛾，不停地扇动翅膀。在今天晚上，凡事皆有可能……

往常帕灵都待在壁炉边，可今天它并没有待在那里，而是坐在窗台上。窗外的夜色衬托出它那一身黑色的皮毛，它看上去就像是落在夜空中的一滴墨迹。我呼唤它的名字，它转过身。

它的眼眸闪闪发亮，如同金雀花；它的目光如同猫头鹰般犀利。它化身为一只古老的生灵，正准备捕猎……我眨眨眼，幻象消失了，眼前只有帕灵。它对我轻声叫唤，然后继续对着渐浓的夜色沉思默想。

我急急忙忙地穿过山谷，此时头顶的天空从深蓝色迅速转变为黑色。在走某一段路的时候我还要借助火把的光亮。当我看到林地的沃土被造船工场那粗糙的地面取代，我感到如释重负。船屋的灯光落在水面上，仿佛正在对我表示欢迎。

我走进门，叫道："梅尔？抱歉我来晚了，我得……"

我停下脚步。楼梯顶端站着一个人——一个仿佛从古老的故事里走出来的人物。他的头发和胡须如同一团细枝，他的眼睛藏在一副绿色的面具之后。他头上戴着一顶冬青枝叶编织而成的皇冠，皇冠上的冬青果红艳艳的，如同冬日即将落下的夕阳。他的肩上披着一件斗篷。那件华丽的斗篷用金色、绿色和红色的碎布拼凑而成。这时他那威严的表情发生了变化。他摘下面具——正是梅尔，他正站在楼梯上，露出腼腆的笑容。

"好了，婕丝。"他说。

"梅尔！"我脱口叫道，一时之间我竟说不出话来，"你看起来……真是太棒了！"

"好吧，我可是冬青国王啊。"他自豪地说，"人们总想看我闪亮登场。上来吧。"

我跟着他走到楼上。我真希望自己在打扮的时候能多费点心思。

房屋里其他地方都是静悄悄的，我问道："杰克呢？他不去吗？"

"他已经上那儿去了。"梅尔说。他把一个盒子放在我面前的桌上，他那没有被胡子遮住的脸颊现出一抹粉色。"这是我让花店的小子做的。"他没头没脑地说，"或许你想戴上它。不过如果你不乐意，也不要勉强。"

出于好奇，我打开了那个盒子。一股清香从盒子里溢出——那是刚砍斫下来的青枝绿叶的气味，是树脂、树木汁液和绿叶的气味，就像我在梦中闻到的那股气味一样浓烈。我从盒子里取出一顶皇冠。梅尔的皇冠是用冬青枝叶编织而成的，而我手中的这顶皇冠则是用常青藤做的。常青藤的枝叶编织成螺旋形，插上光秃秃的细枝作为装饰。那细枝闪闪发亮，如同盖上了一层霜。

"真漂亮啊。"我轻声道，"我当然愿意戴上它。"

"好啊。"梅尔摆弄着盒子，他看上去很高兴，"还得给你找一副面具，我这里恰好还多出一副。"

面具遮住了我面部的上半部分，我把常青藤皇冠戴在头上。我感觉自己已经变成另一个人，不再是婕丝敏·派克，也不是婕丝或婕茜，而是一个由绿叶幻化而成的无名女子。我和梅尔挽着彼此的手臂，朝游行队伍的前端走去。我们不用走多远，人群已经在通往兰福德的那座桥旁边聚集。一片亮光出现在黑暗中——那是火把的火光，是提灯里那摇曳不定的蜡烛光，是挂在帽子上或系在外套上的彩灯，还有纸灯笼的亮光。一个个纸灯笼在提竿末端摇晃，如同发光的巨大蠕虫在慢慢挪移。

其他人已经各就各位。"梅尔，"我轻声问道，"我要做什么？"

他摇摇头："什么都不用做，只要陪着我走到小镇的另一头……"

他的话音被一阵欢呼声淹没。多种乐器——小提琴、鼓和笛子苏醒过来，开始演奏。仿佛是被某种不完全属于自己的意志驱策，我们开始前进，走上山坡，走进熙熙攘攘的村子。

圣诞节的彩灯驱散了黑暗。然而与此同时，阴影在每个角落和每条缝隙里跳舞。人们身上的衣着颇为夸张，直令人头晕目眩：有的人披着用碎布拼凑而成的亮丽斗篷，还有的人穿着老式的舞会裙装；女孩子们用羽毛和缎带装饰自己的秀发，男人们在帽子上插上鹿角；人们戴着面具，把自己装扮成鸟兽和某种异界生物。当游行队伍经过时，所有人都挤在街边。我看向人群，搜寻熟悉的面孔。一个女人戴着用羽毛装饰的面具，怀里还抱着一个婴儿。她向我挥挥手，我认出那是丽莎。我也尽力向她挥挥手。

当我们经过兰姆酒吧，人群变得更为稠密。人群沿着山坡向下铺开，一直延伸至河边。总体而言，这种气氛具有某种魔力。我感觉自己也被蒙特尔节的节日氛围吸引，只想把这年终岁末的冬夜当成陈年美酒，一饮而尽。河边，一个以碎木料和浮木为燃料的巨大篝火堆已经立起来了，正等着人们来点燃它。我发现自己已经跟随游行队伍来到河对岸，现在兰河那黑色的河水正在我身后流淌。我在人群中搜寻，不过却没有看见杰克。我听到身边的梅尔吸了吸鼻子。

"你还好吧？"我大叫道，试图盖过人群的喧嚣和乐声。

"我没事。"他拍拍我的手臂，我发现他的手正在颤抖，"我只是想起了菲丽丝。我们就是在蒙特尔节开始谈朋友的，就是五十一年前的今天。"

我握住他那饱经风霜的手："如果她还在，她肯定很高兴看到你出现在这里。"

他对我露出哀伤的微笑，然后点点头："你说得没错。谢谢你陪我来到这里，小婕丝。"

一个声音在篝火堆前方响起。我身边的梅尔挺直身子，再次摆出一副高大威严的模样。

"来了。"他低声对我说。之后他大步向前，从一个侍者手中接过火把。他向空中举起火把，人群中传出掌声和欢呼声。之后他弯下腰，点燃引火木。不一会儿，火苗就蹿起来了。火焰如同一个杂技演员，从一根木头跳到另一根，不停向上攀爬。火焰散发的热量让人们不由得后退几步。

我和梅尔被人群吞没。"现在又要做什么？"我朝他大叫。

他拍拍我的手臂:"现在嘛,我觉得正是你们年轻人去好好乐一乐的时候。"

他看向我的身后。我转过身,发现身后站着一个人。他穿着蒙特尔节的盛装,身上的马甲用碎布和补丁拼凑而成。他的脖子上围着一条鲜红的围巾,脸上的黑色面具遮住了他的眼睛。我正在犹豫,那人已经掀开了面具,露出一双浅褐色的闪亮眼眸,眼眸中荡漾着笑意。

"杰克!"我笑道,"我都没认出你来!"

他朝我咧嘴一笑:"那就说明我成功了。"

我转身看看梅尔,我不想抛下他。不过梅尔已经被一群向他表示祝贺的人吞没了。

"我们走吧。"杰克弯下腰,在我耳边轻声说,"他很快就要在兰姆酒吧大出风头了。"他抓住我的手,拉着我挤进人群中。

一个个小摊正在售卖甜酒、苹果酒和潘趣酒,还有一个全猪在火上烤着,不时能见到一群群乐师和舞者。我发现自己和杰克还有他的几个朋友围在一个炭火盆边,对着人群玩起了"猜猜那人是谁"的游戏。我认出了米雪拉,她打扮成猎人头领的模样,大衣后头还系着一条狐狸尾巴。杰克认出了丽莎的表亲彼得,他穿着花里胡哨的黄色小礼服。我们甚至还发现了罗杰·特拉门诺。他披着一件黑斗篷,戴着一副威尼斯风格的面具,一群人簇拥在他周围。我认出那群人正是我在特拉门诺家的万灵夜聚会上见到的人。当杰克的朋友认出了特拉门诺那群人,杰克搂着我的肩膀。可我对此毫不在意,我玩得很开心,无暇去想有关特拉门诺的事。

一杯酒下肚,三杯酒下肚,四杯酒下肚……我抓住杰克的手臂,我们俩在人群中挤出一条路。他的手落到我的腰间,把我举起,让我站到一个邮筒上。站在这里我可以居高临下地观看表演。夜晚的时光渐渐消逝,夜更深了。我们越靠越近,我能感受到他的体温透过身上的棉布衬衫散发出来。当他弯腰在我耳边低语,我清楚地意识到他的嘴唇就在近旁。每当我们四目相对,千言万语在我们之间流淌,然而事实上我们一句话也没说。直到最后我们中的某一个或是咧嘴一笑,或是哈哈大笑,或是转过身,这种放电的感觉才被打断。

不远处的人群开始跳起欢快的舞蹈。杰克向我伸出手,邀请我一起跳舞。我欣然握住他的手。在那一刻,我很想把他拉到阴影之中,拉到圣诞彩灯照不到的地方,这样我们就可以单独相处了。酒精在我们的血管里激荡,乐声引发阵阵悸动……这时候丽莎的丈夫丹恩出现在人群里。他朝我们挥挥手,示意我们加入跳舞的人群。接着我们就被人群吞没了,置身于许许多多旋转的身躯之中。这是一种圆圈舞。我很快就发现自己和杰克已经分开了,我正和一个从未见过的陌生女人跳舞。我们踩错舞步,跑向和众人相反的方向。为此我们笑得前仰后合。在这一团混乱之中,我感觉到一只手抓住我的手,急切地将我拉出人群。我很高兴能跟着他离开。

　　一些火把的火焰开始摇曳不定，还有一些火把已经熄灭。少了这些火把的光亮，一栋栋建筑的角落都沉浸在黑暗之中。一个促狭的声音在我心底响起：这样岂不是更好？我在马路牙子上绊了一下，杰克赶紧扶住我，让我站直身子。我们俩都因为刚才跳了舞而气喘吁吁。我哈哈大笑，告诉他我刚才跳舞时连步子都没踩对。可他只是凑过来，把我压在一堵墙上。他的身躯紧贴着我，他那坚硬的嘴唇落在我的唇上，透着一股急切。

　　在那一刻我一动不动。我一直梦想着这一刻的来临，可是……这感觉完全不对。所有这一切让我不由得向后退。我闻到了一丝气味。这气味如此熟悉，令我大吃一惊。我终于明白了。我愤愤然把脸别到一边。

　　"你到底在干什么？"

　　这个人是亚力。我用力推他一把，他喘着粗气，跟跟跄跄地后退。他身上穿着白衬衫，脸上戴着的黑色面具和杰克的面具非常相似。

　　"婕丝，求你了。"他含含糊糊地说。他再次凑过来，伸出一只手，想要摸我的脸。

　　我正准备再一次推开他。这时我的目光掠过他的肩膀，看到他身后有异动。杰克已经离开了跳舞的人群，他手里拿着面具，直直地瞪着我们俩。我感觉自己的一颗心在不停下坠。即便是亚力再次凑过来吻我的时候，我的心依然坠入无底深渊。

我再一次把他推开，可惜太迟了。杰克的脸上满是受伤的表情，消失在人群中。

我想追上杰克，可亚力抓住了我的手。"婕丝，求你了。"即使隔着一臂之遥，我依然能闻到他嘴里的酒气。"你看上去那么美，就给我一次机会吧……"他说。

这回我用尽全身力量将他推开。他踉踉跄跄地后退，一屁股坐倒在地。我不再浪费时间对他大吼大叫，而是一头扎进跳舞的人群中，沉浸在不和谐的乐声中，任由晃动的躯体环绕在我周围。可是就在刚才，这音乐和这跳舞的人群还显得那么欢快。一个个音符在我身边萦绕，我挤出一条路，来到街对面。可在我去到那里之前，我心里明白为时已晚。

在12月，在那些黑暗的日子里，大地正在等待，等着年终的野外狩猎接近尾声，就如同朝西边天空飘去的雷声一样慢慢消散。大地正等着旧的一年逐渐退去，就如同阳光下的雾霭。而新的一年尚未来临，所有的一切都悬而未决。

12月22日的晨光从窗帘下方渗进来，把我唤醒。我头痛，心也痛。我静静地躺了好一会儿，可很快我就想起发生了什么事。亲吻、酒味、杰克的脸，他转身之前脸上的表情从震惊和诧异转化为伤心……我将头埋在枕头底下。我一心想着杰克，从来没想过亚力也可能去参加蒙特尔日的活动。我应该仔细看清楚究竟是谁拉起我的手，我应该拼尽全力追上杰克，和他解释清楚。可现在已经过了一个晚上和一个早晨，所有的一切如同已经定型的石膏，变得坚硬，难以改变。

我垂头丧气地把被单推到一边，从床上爬起来。我的衣服堆在地上。昨天晚上我一边流泪一边把衣服脱下，就扔在那里。常青藤皇冠也扔在那里。现在那顶皇冠已经枯萎，常青藤的枝叶已经失去了光泽。我照照镜子：我面色苍白，眼睛因哭泣而肿胀，化妆品在眼睛下方留下道道污渍。

我还不能面对这新的一天，至少现在还不能。像往常一样，帕灵对我喵喵直叫，示意我现在正是吃早餐的时候。只是它的叫声没有平日那么响亮，也没有平日那么执着，仿佛它也看得出现在我需要这个世界温柔以待。我没有像平日那样烤面包，和它一起共进早餐，而是套上靴子，朝户外浴室走去。热水锅炉发出咆哮声和哐当声，仿佛一只吵闹鬼被关在里面。无论之前那位赫斯科斯太太对热水锅炉动了什么手脚，但那毕竟起了作用。虽然现在我心情很糟，但是当我看到热气从热水龙头冒出，我几乎忍不住露出微笑。我赶紧脱下衣服，站在冰冷的石砌地板上瑟瑟发抖，然后赶在洗澡水变凉之前把自己浸泡在滚烫的水里。我拼命擦洗自己的脸和皮肤，抓洗自己的头发，试图将昨晚的记忆统统洗去，可惜却是徒劳。

我本应该坐下来写作。交稿的截止日期是圣诞前夜，我必须赶在那之前把最后几章写完。可我做不到。我必须找到杰克，告诉他发生了什么事。即便这意味着我要以极其尴尬的方式承认自己对他的感情，我也要这么做。当我朝河边走去，我在心里斟酌词句，想想见到他该怎么说。当我走到那片林间空地，帕兰石看起来还像往常一样。然而，今天空气中弥漫着一股疲倦，那块石头就如同一个人，抬起沉甸甸的眼皮，抬起原本看向地面的眼睛。仿佛它正在等待某件事的发生或某个人的到来，在那之前它无法入睡。

当我走近造船工场，我那空空如也的胃开始抽搐。或许没事的，我对自己说，或许在十分钟之内我就会坐在厨房的餐桌旁，吃着熏肉和鸡蛋，将整件事一笑了之。我迈出一步又一步，强迫自己走到前门。

没有人来应门，难道他们还没睡醒吗？我正准备再次敲门，这时我听到脚步声——有人正绕过房子的一侧。我站在那里等着，我的一颗心跳到了嗓子眼。

"杰克……"

出现在房屋一角的是梅尔，他怀里抱着一抱柴火。他对着光亮眯缝眼睛，他脚步迟缓，走起路来小心翼翼。我拼命对他挤出微笑。

"你看起来和我感觉一样。"我说。

他惊讶地抬起眼眸:"是婕丝啊。"他微微皱眉,可很快这皱眉的表情就被微笑取代。显而易见,他也发觉有什么不对劲。"喝杯茶吧?"他说。

"好啊。"我为他推开门,"杰克……"我咽一下口水,只是我嘴巴很干。"杰克在吗?我要和他谈谈。"我说。

"他不在。"梅尔把柴火扔在地上,呻吟一声,"他是今天早上离开的,不过我实在不知道他怎么能那么早就从床上爬起来。"

"这样啊,你知道他什么时候回来吗?或许我可以在这儿等他。"

梅尔摇摇头,他的脸上浮现出一抹痛苦的微笑:"他不会很快回来的,他要去机场接他的妹妹——至少他留的字条是这么说的。"

我拼命咬着口腔内侧,想忍住涌上来的眼泪。可我依然能感受到眼泪的存在,它们正堵着我的胸口。

"你们俩之间发生了什么事吧?"梅尔问道,"杰克昨晚回来的时候一脸阴沉,就像即将下大雨的雷雨云。不过他什么都不肯说。"

这时我的眼泪再也忍不住。我赶在挂在眼睫毛上的泪珠滴下之前,赶紧转过身。

"好了。"梅尔搂着我的肩膀,"没必要哭鼻子的,不管发生了什么事,最后总能解决的。你们俩吵架了?"

我点点头,擦擦不停冒出的泪水。"只是一个很可笑的误会。"我抽抽噎噎地对他说,"可是杰克——如果我不能和他解释清楚,他肯定会把我想得很不堪。"

"别着急,婕丝。虽说他的脾气就像一头倔驴,可最终他会回心转意的。"

听了这话,我不由得笑了起来。我用袖子擦擦自己的脸,拼命挤出一丝微笑。

"好了。"梅尔说,"圣诞节可不兴哭鼻子哦。你不是说有人要来你这里吗?"

"是啊。"我抽抽鼻子,"他们会在圣诞前夜坐火车来这里。"

"好吧,我看在他们到来之前你还有很多事要做。"梅尔用实事求是的语气说道,"现在可没时间为我那个傻瓜孙子伤心落泪。"

"如果他回来的话,你会告诉我吧?"我问道。

"当然。"梅尔向我保证,"现在先过来喝杯茶吧。这宿醉的感觉可太厉害了。"

虽然我感到很不好意思,可我还是问梅尔要了杰克的手机号码。在我走回小屋的路上,我一直在心里打草稿,想要给他发一条短信。在我步入那片林间空地之前,我看看手机屏幕上的十几个字——我能想出来的也只有这些话了。

杰克，抱歉，我们能谈谈吗？婕丝。

这条短信看起来可怜巴巴的。它太过薄弱，太过渺小，无法表达我所有的情感。我按下"发送"，看着那条负载着希望的短信消失，通过手机信号网络发送出去。

梅尔说在圣诞节不兴哭鼻子，而圣诞节也的确是一个快乐的节日。尽管如此，我还是无法定下心做任何事。我写了几百字之后又站起来，在房间里踱步。最后我找个借口跑到屋外。因为屋外信号更好，我想看看有没有收到回复。当下午渐渐变为傍晚，我的手机终于收到了一条短信，然而那并不是我想收到的短信。

为昨晚的事道歉，当时我喝醉了，可醉酒并不是干傻事的理由。实在对不起。亚力。

这条短信并没能让我的心情变好。我不假思索地回了一条短信：去和杰克说这话吧。

帕灵也流露出不安。它在屋子里潜行，仿佛是在找什么东西。它在自己最喜欢的憩息地待了一会儿，然后又跳下来。它甩着尾巴，空气里看不见的静电让它身上的毛根根直竖。等到夜幕降临，我们俩都累了。我们瘫坐在那里，盯着炉火。

"这真是可笑。"我对帕灵说，"梅尔说得没错，呆坐着胡思乱想也没什么用。"

我身上突然爆发出一股力量。我打开门，门前阶梯旁放着我最近从林子里采摘来的冬青枝叶。夜晚的降临让这些枝叶变得湿漉漉的。我把枝叶抱进小屋,小屋里弥漫着浓烈的青葱气味,就如同我在梦里闻到的一样。我要用冬青枝叶和圣诞饰物来装饰这间小屋,让这间小屋洋溢着节日的气氛。这样等到我的家人到来时,他们就会意识到我为什么如此热爱这个地方。我们会一起坐在炉火边,我会把所有的一切都告诉他们。我们吃吃喝喝,直到小屋里洋溢着圣诞节的香气——那是橙子和香料的气味,是藏红花和海港的气味。到了圣诞节,帕灵会追着落在地板上的礼物包装纸和缎带四处乱跑,逗得我们哈哈大笑。

最后我发觉一段乐曲已经融入我那飘飞的思绪之中,而我正在哼唱从梦里学会的那首歌。

"冬青树,冬青树。"我一边低声唱着,一边把一根冬青枝条插在壁炉上方。

我将圣诞饰品一样接一样地从盒子里取出。我在做这事的时候,帕灵在一旁看着。它把脑袋搁在自己的爪子上,仿佛陷入了沉思。我找到一些玻璃圣诞彩球、蚀刻金属饰品和木头玩偶——那是船只、国王和牧羊人,它们表面的油漆已经褪色。我将这些小玩意儿挂在冬青树的枝叶之间,让它们组成自己的游行队伍,在青枝绿叶之中穿行。上方的锡质星星洒下点点星辉,照亮了它们。最后,我取出那个绿色的玻璃彩球,挂在正中央。那个彩球熠熠生辉,如同日月,又像是通往另一个世界的一扇窗户。

时间来到圣诞前夜的黎明。天空澄澈明亮，不过天气很冷，足以把人冻僵。我打开门，朝门外张望。山谷仿佛被赋予了某种魔力：每一根枝条都沾上了白霜，在冬季苍白的阳光中闪闪发亮；鹅卵石之间的小水洼覆上了一层冰，每一根草叶都被冻得僵硬，仿佛对它们来说时间已经停止。帕灵来到我身边，对着空中嗅一嗅。不久之后我们就退回屋内，在暖融融的炉火旁吃早餐。我环顾小屋。小屋的石砌地板已经擦洗得干干净净，我尽力不让一星面包屑落在地上。我本想通过收拾小屋来分散自己的心神，现在看来这么做也是有好处的。小屋看上去干净整洁，壁炉已经打扫过了，桌子也打了上光蜡；炉火噼啪作响地燃烧着，圣诞饰品在火光中熠熠生辉。楼上，床铺正在等待客人的到来；床上放着一条条毯子，正等着客人们度过快乐的一夜之后将它们盖在自己身上睡觉。现在已是万事俱备，我所要做的只是等着家人们来分享这一切。

明亮的天空让我心情变好。我在自己脖子上围了一条厚厚的围巾，将笔记本电脑塞进包里。在笔记本电脑的硬盘里存着一部书稿，正等着我把它发送出去。不过我也得承认，那部书稿只是很粗糙的草稿。

"今天可是圣诞前夜啊。"我用坚决的语气对帕灵说，"我要开开心心地度过这一天。如果杰克·罗斯卡罗太过固执，听不进我的解释，那将会是他的损失，你说是吧？"

帕灵并没有回答，只是转动一只耳朵。它耐心地在门口等候，等我做好出门的准备。当我走出小屋，它也跟了出来。我想阻止它，可是没有用。在过去这几天里，帕灵的动作变得更迟缓了。我担心寒冷的天气会让情况变得更糟。当然了，它对此毫不在意，而是坚持要护送我，一直送到帕兰石那里。它和我一起前行，它的脚爪落地无声。

帕灵从来没有这么安静过。当我们走到那片林间空地，我弯下腰，摸摸它的耳朵，直视它的眼眸，想确认它是不是一切安好。当它与我对视时，它的眸子透出一股严肃，那神情几乎与淡泊无异。在那一刻，我忘了它是一只猫。我想问这只奇异而严肃的生灵究竟为什么事感到烦恼。

可它只是用脑袋摩擦我的手掌，然后坐下来，让我独自穿过空地。当我回头望的时候，它还在那里。帕兰石中央的圆孔仿佛一个圆形的相框，它出现在圆孔的正中央。它只是坐在那里看着。尽管感觉很荒谬，可我还是朝它挥手道别。

兰福德熙熙攘攘，到处是已经放假的孩子、不用上班的人群，还有在圣诞假期第一天串门的亲友。透过一扇扇窗户，可以看见闪闪发亮的圣诞树；用冬青枝叶、一品红和鲜亮的绸带编织而成的花环悬在门梁上，即使是一些船只也经过一番打扮，桅杆上缠绕着彩箔。

那家集咖啡馆、邮局和渔具店于一体的店铺里人头攒动。许多人来到这里躲避刺骨的严寒，他们手里握着杯子，杯子里装着热巧克力。我尽力挤出一条路，走到店铺深处的一张桌子旁坐下。我使用店里的 Wi-Fi 将书稿发送给我的编辑。我附上一则短信，提醒他这部书稿还很粗糙，并祝他圣诞快乐。我按下"发送"。当我看到电子邮件慢慢消失，我如释重负地叹了一口气。

尽管我已经下定决心要快快乐乐地度过圣诞节，可我还是不时想起杰克。我发现自己正透过起雾的窗玻璃朝外张望，看着每一个经过的路人，还试图从嘈杂的人声中分辨出他的笑声。最后我还是收拾自己的心情，打起精神，把桌子让给三位老太太。当我朝村里小店走去时，我的手机振动了一下。

嗨！妹妹！天气也太糟糕了，列车晚点了，不过应该很快就能继续前进的。姐。

我疑虑重重地抬头望望天空。不知不觉中，天空已经变脸了。滚滚彤云如同湿漉漉的羊毛，遮蔽了天空。在小店里，挤挤挨挨的顾客沿着过道前行，购买此前遗漏的零碎物件。所幸我已经拿到了我所需要的所有东西。昨天莱格的侄子骑着山地摩托车，把我购买的物品送到了小屋。

莱格那光秃秃的脑袋上戴着一顶圣诞精灵帽。当他看到我，他满脸喜色地和我打招呼："派克小姐，拿到你要的东西了吗？我看你和帕灵没有把所有食物都吃光了吧？"

"没有。"我笑道，"只是想过来和你说一声'圣诞快乐'，莱格。"

"圣诞快乐，派克小姐。你说过你的家人要从伦敦过来？"

"是啊，他们现在已经出发了。至少我希望他们已经出发了。路上的天气很糟糕，显然是天公不作美。"

一个穿着宽厚外套的男人走过来，把一瓶雪莉酒重重地放在柜台上。我认出那人是一个渔民。

"没错，而且天气还会越来越糟糕。"他大声说道，"如果下雪的话可一点都不稀奇。"

"在康沃尔郡会下雪？"我嗤之以鼻，"直到我亲眼见到了才会相信。"

"要我说，今天晚上你就会亲眼见到了。"那男人说着把那瓶酒塞进一个口袋里，"圣诞快乐，派克小姐。"他在门边停下脚步，又加了一句，"也祝它……圣诞快乐。"

当我走过那座桥，一股冰冷刺骨的寒风掠过水面，旋转而起。尽管我已经下定决心，尽管我明白他们很可能已经去了杰克的父母家，可我还是忍不住绕道朝造船工场走去。果不其然，当我走进造船工场，我能感觉到整个地方空无一人。以前，那东拼西凑的窗户总是闪烁着灯光，仿佛在对我表示欢迎。可现在那窗户却黑洞洞的，作坊和工棚也是一片死寂。我抱着侥幸心理敲敲门，可是却无人应答。

一缕忧伤涌上心头。我走进树林，走回安尼斯尤尔。在归途中，下午的天光渐渐消散，天色变得越来越暗。可现在距离夜晚的到来还有几个小时。我感觉吸入肺部的空气沉甸甸的，仿佛那不是空气，而是冰碴儿。当我走进林间空地，只觉一片寂静，仿佛这世上所有声音都被吸走了。这时候我发现刚才那个老渔民说得没错。

雪花开始无声地飘落，几乎难以察觉。雪花在空中转着圈，落在光秃秃的地面上，落在帕兰石上。我看着最先落在帕兰石上的几片雪花，它们在这块古石那坑坑洼洼的表面上留下几点白斑。我抬起头，看向空地上方那一圈天空，任由雪花拂过我的脸颊和眼睛，在我温热的肌肤上融化。就在这时，我听到了人声掠过我的耳边，那声音细微得几乎听不到。

那些话语含混不清，或是窃窃私语，或是高声大喊，或是哭泣，或是歌唱。尽管如此，我明白这些声音属于这个山谷，我明白安尼斯尤尔保存了这些声音，然后在几百年后的今天再次释放出来，传入我的耳中，就如同来自过去的回响。

那是一双手正在凿刻石头，那是一双脚正在奔跑；马儿正在狂奔，轻启的嘴唇准备歌唱，眼泪落入雪中……然而，在曾经发生的所有一切中蕴含着一种存在，向来皆是如此。那是一双苍老的眼睛，一双黄澄澄的眼睛，如鹰眼般狂野。我曾以为那是我的想象力在作祟，我曾在所有梦中都见过它。可如果这并不是想象出来的幻象呢？如果它一直在这里观察和守护呢？可是……我睁开双眼。今晚可非比寻常，今晚是圣诞前夜，也是圣诞节的核心，就如同在炭火盆中央燃烧的火炭。人们相信就在今晚，分隔两个世界的屏障变得薄弱，精灵可以在大地上游走。

　　我突然想起今天早上帕灵那古怪而严肃的神情，想起它坐在空地中看着我离开的样子，就如同一只知道自己大限将近、等着迎接死神的生灵。身后的帕兰石也在等待。它立在飘落的飞雪之中，看起来比往常要大。它赫然耸现在空地中，化为斑白大地上的一抹深灰色。它正迫不及待地等待圣诞前夜的降临。

　　不祥之感席卷而来。

　　"帕灵。"我轻声叫道，朝小屋跑去。

　　只要有打火石，就能再次打出火星；只要有燃料，就能燃起火苗；只要有人，就会有希望。而大地知道，希望正是最好的引火木……

　　等到我跑到小屋门口，我气喘吁吁，一侧肋骨隐隐作痛。飘落的雪花开始在花园围墙上堆积，为小屋的茅草屋顶敷上一层银粉。我冲进小屋，关上身后的门。所有的一切看似和我今早离开时一样。

"帕灵！"我叫道。然而并没有回应。我没有听到帕灵和我打招呼时的低低叫声，也没有听到它愤愤不平的大叫声。壁炉边的扶手椅是空的，我用手摸摸椅垫——椅垫的布料表面已经是冷冰冰的了。

我站在原地不动，再次呼喊它的名字。我侧耳聆听，只盼着头顶上传来爪子踩踏木地板的声响，听到爪子沿着楼梯跑下的响动。我查看了所有帕灵喜欢的憩息地：窗台、小地毯……可哪儿也找不到它。我甚至跑去查看户外浴室，生怕它被关在里面。

"帕灵？"我朝前门外呼唤，一边敲打着一罐金枪鱼罐头——以前每当我使出这一招，我都能成功地把帕灵引出来。然而还是没有任何响动，只有雪花飞速落下，无声地落入山谷之中。我再次关上门，我的脑子已经乱作一团，不停掂量各种最糟糕的可能性。

去卧室看看，我对自己说，想让自己镇定下来；再去卧室查看一遍，或许它睡着了，没有听到你在叫它。

我一步两级地跳上楼梯，楼梯在我脚下嘎吱作响，发出阵阵呻吟。我冲进次卧。房间里还是像之前一样，没有被翻动过的迹象。床铺已经整理好了，窗台上空无一物。我冲出门，转向我的卧室。我的小腿被床脚的那个箱子狠狠地磕了一下。

"真该死！"我骂道。帕灵不在我的卧室里，不在床上，也不在角落里的那一堆衣服上。眼泪涌了上来，然而这眼泪与小腿的疼痛无关。它会回来的,我绝望地想,我随时都会听到它抓挠门板的响声,又或是它从食品储藏室的小窗钻进来时的哐当响声。然而,焦虑正在啃咬我的心,对此我无法置之不理。不知怎的,我很肯定出了什么岔子。

那个箱子刚才被我踢歪了。当我把它放回原位时,我的手在木质箱体表面的无数刮痕上流连——那是帕灵多年来不停拿这个箱子磨爪子所留下的痕迹。我的手指碰到箱体一侧的一处突起,这一块比其他部分突出约半英寸[①]。我弯下腰去查看:那是一块方形木块,因年深日久而变得黝黑,与箱体的其余部分完美地融为一体。我拔出木块。木块滑出,但并没有脱离箱体,而是卡在某一个点上,如同一根锁住秘密的门闩。我盯着那木块,心跳开始加速。我一直在寻找打开这个箱子的钥匙,可是如果根本没有钥匙呢?如果这个箱子也像安尼斯尤尔的所有一切一样,以其独特的方式保守自己的秘密呢?

我赶紧摸摸箱体的另一侧。果不其然,我发现了另一块突起的木块,正好能用指尖捏住。我用力拔出木块。只听"咔嗒"一声,木块落在地板上。在逐渐暗淡的光线中,木箱那绳结状的眼睛正盯着我。我仿佛被催眠似的,把手放在箱盖上,打开箱子。

多种颜色在昏暗中闪现:一块块绿色、褐色和灰色被缝在

[①] 1英寸约等于2.54厘米。

一幅看似被面的布料上,那张被子被人小心翼翼地叠好,藏在箱子底层。被子上还放着一样东西,让我不由得屏住呼吸——那是一个信封,厚厚的信封纸呈奶黄色,上面只写了几个字:致亲爱的陌生人。

我不假思索地拿起信封,拆开信封背面的封印。在我做这事的时候,我感觉这双手已经不属于我自己了。信封里只有一张信纸,上面写满了熟悉的字迹,还有一个日期。那个日期是一年前的圣诞节。

亲爱的陌生人:

我希望阅读这封信能让你感到开心,就像我写这封信时一样开心。如果你正在读这封信,那么我猜测自己已经不在人世了(如果我没有死而你不是陌生人,而是我的侄子梅尔或村子里的维尔温太太无意中翻到的,那么不要继续读下去,把信放回去!这封信不是写给你们的)。

这封信是写给你的,陌生人。我希望现在你已经开始领略这山谷——我所钟爱的安尼斯尤尔的妙处了。我之所以说"开始",是因为我在此处度过了一生,然而我还未能洞悉山谷的所有秘密。有时候一连几星期我都无所发现。之后我的目光落在草地上的一星露珠上,又或是我的耳朵捕捉到一只乌鸦的呼唤,又或是不知从何处飘来的藏红花和雨水气味充斥着我的鼻孔,然后我会消失一会儿。

当我回来之后，我发现我对这个地方的了解又深了一层。我不知道你是否也有相同的感受，但我肯定山谷必定能以某种方式让你听到它的声音，一如过去，总是如此。

最重要的是，现在你已经见过它了。如果你能读到这封信，你肯定已经获得了它的认可，不然我觉得你连一个晚上都撑不过去。你会发现帕灵看人的眼光很准，我相信它，让它来决定你是不是适合此处的人选。同时我也相信你会像我一样照顾它。而在我之前，我母亲以及我父亲的家人一直都在照顾它。

我预感到这将是我在安尼斯尤尔度过的最后一个圣诞节了，陌生人。旧的一年即将过去，新的一年即将开始。我将做好准备，而我希望你的到来正是我这些准备所带来的结果。你将会像我一样照看这个山谷，照看帕灵，让它记住家和壁炉，不让它变野。你将带来新的眼光和新的姓氏，你不会陷在持续几百上千年的纷争和仇怨之中。我也曾经希望将一个新的姓氏带到这里，和他生下顶着这个新姓氏的孩子，通过他们的血脉将此处和远方联结起来。然而我没有成功。现在，陌生人，我把这项任务交给你了。

我不知道你会在什么时候读这封信。你是在透过窗户的夏日阳光中读这封信吗？还是听着落在茅草屋顶的雨声读这封信？又或是在大地铺上一层寒霜时读这封信？无论如何，我还是要祝你圣诞快乐，因为这是我最后的机会了。

如果你愿意,就留到圣诞前夜再读这封信吧。如果之前你尚未了解,我敢肯定到了圣诞前夜你一定会明白对于这个山谷而言那一夜是一年中非比寻常的时刻。不要害怕,带着我的祝福,守护尤尔,照看帕灵,就像它曾经照看我一样。我希望它也会在将来很多年里一直照看着你。

你从未谋面的朋友
托玛辛娜·罗斯卡罗

我盯着信纸上的字,仿佛听到托玛辛娜的声音颇有节奏地念出信的内容。我想象她写这封信时的情景:她坐在厨房的餐桌旁,每写完一句都要活动一下肿胀的指关节,而她心里正在琢磨究竟是谁会读到她这封信,那人的眸子是什么颜色?脾性如何?叫什么名字……我抓住信纸,读了一遍又一遍。我希望能给她写封回信,希望能对过去轻声述说,告诉她我在这儿,告诉她我理解她所说的一切。

最后我感到自己的腿像被针扎一样,我回过神来。我赶紧眨眨眼,从信纸上抬起眼眸,环顾我身处的这个房间。透过窗户的光线变得昏暗,窗外的天空斑斑驳驳,透着青紫色,如同瘀伤。天不会已经黑了吧?

我把手伸进口袋,掏出手机。我原本握着光滑干燥的信纸,现在换成笨重滑溜的手机,这感觉怪怪的。我目瞪口呆地看着手机时间：已经过了一个小时。而这段时间里我一直坐在这里读信。整整一个小时，屋外的雪还在下，天色已经变暗，而帕灵还没有回家。不仅如此，手机还显示有短信和未接电话。手机必定是捕捉到了信号，不停地在我兜里响着，而我却浑然不觉。

我打开短信，"延误""更换铁轨""班车取消"之类的字眼映入我的眼帘。我暗暗祈祷手机信号不要中断，跑到窗边，拨打电话。电话刚接通，姐姐的声音马上传了过来。

"你到底跑哪儿去了？"她质问道。因为相隔的距离远，她的声音也变得断断续续。"我一直在拨打你的电话！"她说。

"抱歉，我只是在……怎么了？出了什么事？"

"我们被困在半道上了。"她说。她听起来忧心忡忡。"列车走不动了，现在我们已经出了斯文顿，前不着村后不着店的。雪太大了，把一切都搅得一团糟，婕丝……"

"安娜，冷静点，妈妈在吗？"

我听到窸窸窣窣的声音，感觉另一个人接过了姐姐的手机。接着就响起了妈妈的声音。

"婕丝敏，到最后我们开始担心了。"妈妈的声音如此熟悉，几乎让我落泪。我希望能跨越我们之间的距离，好好拥抱她。

"抱歉。"我只是说，"出了什么事？"

我听到她在电话的另一头重重地叹息一声："这是列车的

问题,婕丝敏,因为大雪,所有列车都停运了。到目前为止,我们的列车已经一个小时都没有前进一步了。列车长说或许可以在今晚把我们送回伦敦,但让他们继续前进是不可能了。"妈妈的声音变得断断续续,"我很抱歉,宝贝,我们应该早点出发的。"

"没事,妈妈。"为了妈妈,我尽力让自己的嗓音保持平静,控制好自己的情绪,"这不是你的错,都是这该死的天气,我看现在没有人会想要什么'白色圣诞节'了。"

听了我的话她哈哈大笑。然后我听到她吸吸鼻子,又擤擤鼻涕。

"平平安安地回伦敦去吧。"我对她说,"或许到了节礼日你们可以再乘班车过来,到时候轨道可能已经清理好了。"

"可你怎么办呢?"她忧心似焚地说,"可不能让你自己一个人过圣诞节啊。"

"我不是自己一个人啊。"我尽量用欢快的语气回答,然而忧虑正在不停地挤压我的心,"我还有帕灵啊,你还记得吗?明天它会陪我的。"

"我是说要有人陪你过圣诞节,婕丝敏。你的那些新朋友呢?就是鼓捣小船的,你不能上他们那儿去吗?"

我不想让她更加担心,只得撒谎道:"可以啊。我向你保证,我没事的。那只火鸡还能再等个一两天。"

她又说了什么话,可是信号变弱了。我靠在冰冷的窗玻璃上，手机紧紧贴在耳边，想要听清她的话语。

"妈妈，我爱你，不要担心。"

"我也爱你……"她的声音戛然而止，然后只剩下忙音。

我不知道我在那里站了多久，手机一直贴着我的耳朵。我一直以为能过一个不一样的圣诞节。这个圣诞节将是我新生活的开始，我想和我最爱的人一起度过。然而他们都来不了。妈妈不在，姐姐不在，爸爸也不在……爸爸已经离世很久了……连帕灵都不在……

照看帕灵，就像它曾经照看我一样。

我的目光落在窗户上，窗外已经完全黑了。借着从卧室窗户渗出的灯光，我看到雪花旋转而下。我听到狂风正在摇撼着小屋。像这样的天气，不能任由帕灵待在外面。现在我别无选择了。

我走到前门，穿上外套，套上靴子，手忙脚乱地寻找火把。我在梳妆台旁找到一根火把，然后拉开大门，正准备一头扎进夜色之中。

一个黑色的影子——漫天风雪中的一道身影挡住了我的去路。我几乎要惊叫起来，然而那个人影摘下头上的兜帽，火光照亮了他那闪亮的浅褐色眼睛，他的皮肤因寒冷而变得红通通的。

"婕丝。"杰克说，"我……"

我张开双臂，抱住他的肩膀。在经历这一切之后，我实在是无法克制自己。在那仿佛永无止境的一刻,他只是呆呆地站着,然后他也抱紧我。仿佛出于本能,我们俩的嘴唇凑到了一块儿。当他回吻我,当他的手在我的颈脖和脸上摩挲,当他的手指缠绕着我的发丝,我感觉一股喜悦涌上心头。他的外套沾着雪花,又冷又湿,可我并不在意,因为当我们俩不停亲吻对方时,我们身躯相互触碰之处都如同火烧。最后我不得不转过脸,把脸埋在他的肩膀里。

"对不起,婕丝。"我听到他上气不接下气地喃喃道,"我真是个笨蛋,我看见你和亚力在一起,我以为……"

"我和他之间没什么。"我抬头看着他,挤出一句,"已经结束了。"

"我知道。"杰克的脸上现出一抹痛苦的微笑,他拂去落在我脸上的一绺散发,"感觉挺奇怪的,他给我发了一条信息,向我解释究竟发生了什么事。他说他不想看到你愁眉苦脸地过圣诞节。我一收到短信就开车赶过来了。"他直视我的眼眸,"对不起,我应该早几天过来的。"

他再次凑过来吻我。这个吻更持久、更缠绵,我想沉浸其中,可是却做不到。那封信,我的家人,见到杰克时的喜悦和如释重负之感,由帕灵引发的担忧……所有这些情感让我无法承受。我感觉眼泪涌了上来,在我胸中激荡。杰克往后退。

"怎么了?"他问道,他的脸上流露出关切,"婕丝,出什么事了?"

"抱歉。"我用袖子擦擦眼睛,"是……帕灵。我哪儿都找不到它,我知道肯定出了什么岔子。"我等着他安慰我说不用担心,等着他说帕灵肯定没事的。然而,我看到他的脸失去了几分血色。

"帕灵不见了?"他问道。

"没。"我抓住他的手臂,"怎么?你是不是知道什么?"

"没什么。"他摇摇头,"只是古老的传说而已。"

"我要去找它。"我朝门外走去,心里还盼着杰克会阻拦我。可他并没有阻拦,只是将兜帽重新戴在头上。

"外面的天气很糟糕。"他说,"我和你一起去。"

我们一起迈着大步,走进黑夜中。夹杂着雪花的狂风拍打着我们的外套,抽打着我们的脸,让我的双眼感受到阵阵疼痛。我举着火把走在前面,而杰克则扫视地面。

"帕灵!"我对着黑夜,呼唤了一遍又一遍。当寒冷掐住我的喉咙,让我无法发声,杰克便接着呼唤帕灵的名字。他吹吹口哨,不停呼唤。我们俩都竖起耳朵,试图从暴风雪的喧嚣中辨别出帕灵的回应。在经过了漫长得如同一个世纪的时间之后,我们来到了浅滩。这里的水已经被冻结了,整片水面被一层寒冰覆盖。还是没有帕灵的踪迹。我们继续向前。当我们脚下的小径开始向山坡下延伸,通往那片冬青林,一个清晰的念头突然在我脑海中闪现,我的心中充满了不祥之感。当我想到这件事不可避免,我不禁暗暗咒骂……我发足狂奔,隐而不现的树根将我绊倒，飞雪让我目不能视。火把的火光在黑暗中摇曳，可我几乎看不清。我听到杰克在叫我的名字，但我没有停下脚步。

在一片黑暗中，冬青林毫无征兆地突然显现。我跌跌撞撞地在冬青林中停了下来。我气喘吁吁，举着火把，疯狂地在地上搜寻。火光照亮了雪地里一个淡淡的印记——一个猫爪形的印记，之后我又发现一个……我沿着那行脚印前行，我已经知道脚印的终点是什么。

在帕兰石脚下，一个小小的黑影躺在雪地里。我扔下火把，跌跌撞撞地跑过去。

"帕灵！"我跪在冰冷坚硬的地上，跪在它身边。雪花开始在它的皮毛上聚积。我拂去落在它小脸蛋和耳朵上的雪，希望它能动起来，希望它能像往常一样轻声叫唤，和我打招呼。可是它的眼睛闭着，它的身躯已经僵硬。我想感受它的呼吸，可它已经没有了呼吸，它的胸膛也不再随着呼吸一起一伏。当我把它抱起，它的爪子无力地垂下。我把它拥入怀中，想要用自己的体温来温暖它。然而我知道已经太迟了。

帕灵已经死了。

当圣诞夜变得最为深沉的时候，事物的边界变得模糊，一样事物化作另一样，午夜化为黎明，大地化为回忆，石头化为精灵。新与旧在熊熊燃烧的火炉边会面，过去、现在和将来汇于一点。然而最非同寻常的莫过于人心——尽管人心如同海浪般转瞬即逝，脆弱易碎，然而它却足够宽广，足以容纳这所有的一切。

我几乎不记得杰克是如何把我扶起来的，他搂着我的肩膀，让我站直身子，走完长长的一段路，回到小屋。当我们回到小屋，他让我放下帕灵。他温柔地从我怀中接过帕灵，用一条毯子裹着它，仿佛它正在熟睡。他把帕灵放在食品储藏室的地板上，放在它的猫食盘旁边。我的思想已经游离于躯体之外，仿佛再也不会回来了。直到我感觉到一条毯子裹在我周围，我才回过神来。我抬头看看杰克，他的脸上满是忧虑。

"你应该回家的。"我怔怔地对他说，"今天是圣诞前夜，你的家人还在等你呢。"

他露出苦笑："我觉得不会的，这几天以来我可不是一个好相处的人。"他在我身边坐下。"那你的家人呢？"他问道，"我以为他们现在应该到了。"

"他们来不了了。"我将头靠在椅背上，闭上眼睛，"因为下大雪，班车取消了。"

过了一会儿,我听到有响动。我抬头一看,发现杰克正在解靴子的靴带。

"你在干什么?"我听见自己问道。

他脱下一只湿漉漉的袜子。"我不能让你一个人孤零零地过圣诞前夜,对吧?再说了,现在雪太大,不能开车。"

我的眼里盈满泪水:"你不用这么做的。"

他凑过来亲吻我,他的手落在我的脸上,感觉那么温暖。"我要留下来,婕丝。"他只是简单地说了一句。

我到楼上换上干燥的套头衫和长裤。放在床脚的木箱没有关上,之前我把托玛辛娜的信放在床上,现在那封信还在那里。我把手伸进木箱,拿出折叠整齐放在木箱底部的被子。那床被子感觉沉重而冰凉,散发着雪松木的气味。我把信和被子带到楼下。

我低声对杰克说:"早些时候我发现了这个。"我把那封信递过去,"就在床脚的那个箱子里,之前我一直没法打开它。"

杰克浏览那封信,之后他的目光落在我怀里的被子上。

"我见过这个。"他低声说,"以前见过一次。那时候我还是个孩子,是在某一年的夏天,爸妈不在家,妹妹艾米到朋友家去了。我留在造船工场,可是爷爷要送奶奶去医院,这样一来就没人照看我了。"他从我手中接过那床被子,"所以我就被送来这里。太姑奶奶为我铺好一张床,我就盖着这床被子睡觉……"他抖开被子,摊放在褴褛的小地毯上。

我从来没见过这样的被子。这床被子很漂亮,被面用不同颜色的碎布拼凑而成，而这些碎布的颜色都是安尼斯尤尔的颜色：灰色、绿色、褐色……一块丝绸的颜色让人想起了岩石，一块亚麻的颜色让人想起了天空——冬季里空地上方的那一圈天空，一块古旧的金色织锦缎让人想起了散落在小屋屋顶上的苔藓。还有十几种深浅不同的绿色：如同河边芦苇一般冰凉湿滑的绿色，如同新叶一般耀眼夺目的亮绿色，如同冬青一般深沉而华丽的深绿色……这些碎布呈扇形铺排，从被面正中央向外延伸，在扇形弯曲处嵌入黑色的天鹅绒碎布。被面中央绣着两个圆圈，那绣线黄澄澄的，如同金雀花。谁都能一眼看出这被面上的图案究竟是什么。

我轻抚被面。那布料如此柔软，如同帕灵的耳朵。眼泪再次涌了上来，我为托玛辛娜，为帕灵，为所有可能发生的一切而哭泣。杰克坐下来，把我拉近，抱着我。如果现在我没有那么悲伤，我的心定会因为我们俩在一起而雀跃歌唱。可现在我所感受到的一切喜悦都被哀伤冲淡了。

"我不得不离开安尼斯尤尔了。"我低声说。我将头靠在他的肩膀上："托玛辛娜定下的合同条款只在帕灵寿命延续期间有效……"我说不下去了，只是把他抱得更紧。

"没事的。"杰克低声说，他的嘴唇紧贴着我的头发，"我向你保证，婕丝，所有的一切最后都会好起来的。"

他用那床被子裹住我们俩。安尼斯尤尔的颜色在火光中闪烁，让我想起自己第一天踏足这个山谷时的情形。在风雪中行走一段之后,现在的炉火感觉那么温暖,再加上情绪的作用,我感觉自己正在沉入梦乡。我靠着椅子,杰克的手臂环绕在我周围。

冬青树的枝叶让小屋充斥着冬天树木的气味。风儿从烟囱中涌入,让一个绿色的玻璃彩球微微转动。两个年轻人正在熟睡,另一个妇人的梦正包裹着他们。在他们看不见的地方,参加野外狩猎的骑手勒住他们那疲惫的坐骑,他们的猎物正站在即将坠入的悬崖边上。它纵身一跃,消失在雪花的旋涡之中。在瞬息之间,圣诞前夜化为了圣诞日的清晨……

我的腿和我的一侧手臂已经毫无知觉,更不用说我的脖子还在抽搐。我呻吟一声,伸个懒腰,结果发现自己的腿和别人的腿交缠在一起。我迷迷糊糊地抬起眼皮,看到杰克正在揉眼睛。

他低头看着我,对我露出惺忪的微笑,他的一头黑发乱糟糟的。"我的腿没有知觉了。"他嘟嘟囔囔地说。

"我也一样。"

他哈哈大笑,挪动一下身子,让我不再感受到他的重压。他把被子拉上来,裹住我们俩。我任由自己的脑袋再次落在他的肩膀上，我感觉到他正凑过来亲吻我的秀发。是什么把我吵醒的？那是一个声音，我迷迷糊糊地想，一个细微的声音，像是窸窸窣窣的脚步声。是老鼠吗？我心里纳闷。我从没在这里见过老鼠。正当我又要睡过去，那个声音再次响起——那是抓挠声、刮擦声，还伴随着哀哀叫声……我猛地坐起来，昨夜的记忆朝我袭来。

"帕灵！"

我挣脱被子的束缚，杰克想拉住我："婕丝！婕丝，等等……"

我不能等了。尽管我的双腿依然麻木，可我还是穿过这个房间，冲去打开前门。日光席卷而来，让我目不能视。整个山谷银装素裹，树木、草坪甚至那条小径都消失在皑皑白雪之下。积雪洁白无瑕，没有人或动物在上面留下任何印记……哦，不，有一行细小的足迹，从树林中延伸出来，一直延伸至小屋门前。

我不敢呼吸，低头往下看。一双眼睛和我对视。那双眼睛黄澄澄的，如兽脂，如玉米，如鹰眼般狂野……无论晴雪，无论朝暮，脚爪在山谷中奔跑。那里立着一块石头，它曾见证过几千个冬天。在未来的几千年里，它将一直立在那里。

那只猫咪不满地大叫，我弯下腰，把它抱起来。我将自己的脸埋在它那冰冷而柔软的皮毛里，在这之前我曾多次这么做。那只猫发出几声尖叫，它的小爪子钩住了我套头衫的毛线。对于一只小猫来说，它的体形也够大了。它身上的皮毛黑如煤炭，它的目光掠过我的肩膀，看向我的身后，又开始喵喵叫。我转过身，看到杰克正站在食品储藏室的门口。之前他用来裹着帕灵的那条毯子挂在他的手臂上，毯子里什么都没有。

"婕丝。"他的声音里透着一股急切。之后他的目光落在了那只猫咪身上，猫咪正忙着用冰冷的爪子来抓挠我的袖子。杰克目瞪口呆。

我说不出话，只是喜极而泣。当他走过来，小心翼翼地向猫咪的脑袋伸出手，我也只能哈哈大笑。那只猫严肃地打量了他一下，然后用脑袋顶顶他的手掌。

"我就知道。"他低声说。

"知道什么？"我终于说得出话了。

"没什么。"他说，他的脸上露出笑容，"只是古老的传说。"

我们把猫咪抱到火炉边，把它放在那床被子上。我们惊奇地看着它对着被面上的黑猫图案嗅来嗅去，之后又跳到那张扶手椅上。它在椅子里转了几个圈，然后坐下来，化为一个小小的黑色圆球，占据了整张椅子。仿佛它一直都坐在那里。

"我们要给它起什么名呢？"我喃喃问道。我的脑子还是糊里糊涂的。

"我觉得它已经有名字了，它一直都叫那个名字。"

"石头和精灵。"我轻声道。那只猫咪抬眼看着我。

"什么？"杰克问道。

"没什么。"当我看向杰克，笑容浮现在我的脸上。我向他